광개토대왕

著者 尹泳容

책머리에

역사를 잘못 배웠다-

백두산에 올라 천지의 온갖 조화를 보고 감탄하며 기도하였다. 중국과 남북한, 그리고 일본이 얽히고설킨 황해바다 일원의 사람들에게 새로운 꿈과 밝은 미래상을 제대로 보여주는 그런 근초고 대왕을 쓰고 있는 것이 맞느냐고 초고를 놓고 하늘에 묻고 또 물었다.

패배자가 아니었다. 이제까지 역사로 배워온 것과 전혀 다른 근초고의 백제 이야기가 들려왔다. 황해를 내해(內海)로 삼아 소금과 비단, 수리농업, 철정(鐵釘), 삼(蔘) 등으로 큰 부(富)를 일으켜 교역하며 대륙의 동부 전역과 한반도 서부, 일본 규슈와 본토, 대만에 이르기까지 동아시아 일원을 지배했던 근초고의 커다란 백제가 보였다.

단궁(檀弓)이었다. 박달나무. 활을 만들 수 없는 단단한 박달나무 단(檀)에 활(弓)이 붙어 있다. 고대 최고의 신무기였던 활과 단군조선(檀君朝鮮)이 긴밀했음을 뜻한다.

중국이든 일본이든 한자 문화권에서는 왕과 관련된 단어에 조(朝)가 있다. 왕이 일하는 곳이 조정이고, 나라가 이어짐이 왕조며, 갖다가 바치는 것이 조공이다. 왜 조정(朝廷), 왕조(王朝), 조공(朝貢)이라 했겠는가? 문자가 생긴 그 시대, 이 세상의 첫 나라 이름이 조선(朝鮮)이다. 위와 아래의 별(十)과 해(日)와 달(月). 하늘이 곧 조(朝)요. 거기 물고기(魚)와 양(羊)으로 상징되는 풍족한 먹을거리가 있었던 나라 이름이 조선이었다. 동이족의 나라. 옛 단군조선의 꿈을 이루고 싶었다.

이이제이(以夷制夷). 이(夷)는 이(夷)로써 제압한다는 오랜 고사성어다. 자신은 제압할 힘이 없기에 다른 이(夷)를 동원해야 한다는 뜻이다. 이 말은 곧 그만큼 큰(大) 활(弓)을 가졌던 동(東)쪽 이(夷) 사람들이 강했다는 방증이다.

흔히 왜적(倭賊)이라고 한다. 왜소할 왜. 자신들이 아무리 왜소하다고 해도 나라 이름이나 그 세력을 대표하는 명칭을 왜소하다고 했을까? 왜(倭)가 아닌 동이족 일파 위(委)를 보았다. 웅본성(熊本城)과 박다항(博多港)이 구주(九州)에 있었다.

3

일본의 대화(大和) 정부의 시조로 불리는 근초고는 일본무존이라고도 한다. 일본(日本). 태양이다. 빛을 이용한 정복군주는 칠지도를 하사하게 했다. 그 칠지도는 어디에 어떻게 쓰이는 칼일까? 또 일본이라는 나라 이름은 어디에서 어떻게 유래했을까? 왜 열도에는 여왕이 다스리는 나라가 많았을까?

백제를 멸망시킨 통일신라 시대, 그 유명한 대학자 최치원 열전은 고구려·백제 전성 시에 강병 백만이 남으로는 오·월을 침공하고 북으로는 유·연·제·노를 흔들어 중국의 큰 좀[두]이 되었다고 기록하고 있다.

高麗百濟全盛之時 强兵百萬 南侵吳越 北撓幽燕齊魯 爲中國巨蠹

승자의 역사에서도 드러나는 백제의 최전성기 제13대 근초고대왕(AD 346~375)의 시대에 백제는 현 난하 서쪽의 요서 지역과 북경 지역까지 장악하여 요서군, 진평군 등 백제군을 설치한 후 남쪽으로 중국 진(晋)과 결전을 벌여 이미 구축한 양자강 일원을 넘어 오나라와 월나라 지역을 다 장악했다. 고구려의 요동 지역 일부와 한반도 서북지역까지 영토를 확장하니 각지에 지방왕을 두어 황해를 내해로 하는 말발굽형의 강대한 대백제를 이루었던 것이다.

문명이 발달한 오늘날 대륙에 거대한 태풍이 연달아 2번 몰아치니 수천만 이재민이 발생했다. 고대 그 시절 왕조가 무너지는 천재지변. 그 천재지변을 일으키는 하늘과 싸운 근초고대왕.

황해바다를 내해로 여기고 대륙과 반도, 열도를 경략한 영웅 근초고. 가까울 근(近), 본받을 초(肖), 옛날 고(古). 옛것으로 오늘에 가까이 본받을 수 있는 왕 중의 왕, 근초고대왕. 근초고라는 한 위대한 영웅으로 말미암아 동아시아 일원 국가들이 새롭게 나아가야 할 지향점을 엿보았다.

이만큼 멋지게 황해바다를 경략한 영웅이 또 있을까? 동이족의 웅지를 가득 품고 백두산에서 내려오자 기도에 대한 답이 들려온다.

그 동이족 역사, 대백제 이야기를 들려주라고 했다.

2010년 칠월칠석 백두산에서

서기 300년 경

제 1 권

謀事在天
모 사 재 천

첫 하늘이 꾸미고 인간이 이룬다.
소서노 모태후의 절대무왕 비기(秘記)를 찾기 위해 왕재들을 살편다.
백성이 따르는 왕.
황해바다를 내해로 경략할 그 비결은 무엇인가?
열도 여인국 위(倭)의 비밀.

一 하나는	8
始 시작됨이	32
無 없이	56
始 시작한	84
一 하나다	118

析 나누면	144
三 세 가지는	170
極 끝이	202
無 없는	228
盡 지극한	250
本 본질이다	286

― 하나는

　어미는 잠이 든 아이를 땅에 반쯤 넘게 묻혀 있던 곡식 항아리 속에 넣었다. 그 옆으로 이불을 둘둘 말아 아이를 받치고 옆으로 쓰러지지 않게 작은 공간을 채웠다. 다행히 비어 있는 항아리라 아이가 들어가 숨기에 적당했다.

　일각이 급하다―

　뚜껑을 덮기 전 항아리 입구에 자신의 옷고름을 뜯어 도톰하게 접어 걸쳤다. 공기가 들어갈 틈을 만들어 줘야 했다. 뚜껑을 닫고 나서 어미는 옆에 있던 시녀를 보았다. 눈물범벅이 된 얼굴로 주변을 경계하던 시녀는 고개만 끄덕였다. 어미는 어금니를 악 다물고 한칼에 시녀를 베었다. 그리고 시녀의 시체를 일으켜 아이가 들어 있는 항아리를 덮었다. 그 곁에 털썩 주저앉으니 온몸에 모든 힘이 빠져나갔다. 아직 따뜻한 시녀의 손을 쓰다듬으니 눈물이 주르륵 흘렀다. 이미 집안은 알 수 없는 무리에 의해 도륙이 나고 있었다. 어린 자식을 안고 가자니 태산이요 돌아서자니 죽음이라 여자걸음으로 얼마 도망도 할 수 없는 지경. 아이라도 살리려면 이 수밖에는 없다. 슬픔도 황망함도 제대로 누리지 못한 그 순간, 검은 그림자가 시야를 가렸다. 어미를 발견한 암살자, 그는 소리 없이 다가와 망설임 없이 목을 향해 칼을 휘둘렀다. 어미는 칼을 맞고서도 죽을힘을 다해 몸을 돌려 항아리 위로 쓰러졌다. 붉은 피가 눈과 코와 입에서 계속 뿜어져 죽은 시녀의 머리칼을 적시고 있었다. 칼 든 자는 다시 한 번 어미의 등을 베어 등뼈를 끊어내고 목숨이 떨어진 것을 확인한 뒤 사라졌다.

곡식 항아리 속에서 아이는 잠이 깼다. 여기가 어딘가? 놀란 심장 탓에 딸꾹질이 터졌다. 딸꾹질은 한동안 멈추지 않았다.

그리고 얼마나 지났을까. 무엇이 짓누르고 있는지 어린아이 힘으로 아무리 용을 써도 안에서는 도저히 항아리 뚜껑을 열 수가 없었다. 기분 나쁜 까마귀 소리만 항아리 속으로 흘러들었다. 무서움이 들었다. 꼼짝없이 죽을 판이었다.

참혹한 살육의 현장-

까마귀들이 날고 있었다. 금방 죽은 영혼들이 떠돌았다. 하늘의 별자리를 매일 읽고 있던 근자부(近紫府)는 얼마 전, 자신의 인연이 이곳에 닿아 있음을 알았다. 시체들 사이에서 누구 하나라도 살아 있을까 살피고 있었다. 처참했다. 모두 급소만을 노린 최상의 실력. 시신들은 하나같이 다 절명해 있었다.

없나 보다. 다 절명했다. 누가 이랬을까? 근자부가 막 돌아서려던 순간, 귀한 복장의 한 부인이 엎드려 피를 흘리고 죽어 있는 곳으로 발걸음이 옮겨졌다. 두 여인, 아래 여인은 귀한 복장의 부인 밑에 죽어 있었다. 옷차림을 보아 집의 계집종인 듯 했다. 계집종이 먼저 죽고 안주인으로 보이는 귀부인이 나중에 죽었을 것이다. 계집종이 침입자의 칼을 몸으로 먼저 막았을 것이다. 주인을 지키고자…. 그런 생각이 들자 가슴이 저며 왔다.

그때였다-

사람의 숨소리 같은 것이 들렸다. 귀부인이 마치 근자부(近紫府)를 부르는 것 같았다. 두 여인의 시신을 바로 눕히려 몸을 굽히자 소리가 들렸다. 그 여인들의 시신 아래서 들려오고 있었다. 작은 숨소리. 살아 있나? 하지만 시신은 모두 목숨이 끊겨 있었다. 근자부는 먼저 귀부인의 시신을 옆으로 눕히고 계집종의 시신도 치웠다. 그러자 땅 위로 드러난 항아리 뚜껑 하나가 이미 시커멓게 굳은 피로 뒤덮여 있었다.

어린아이는 무서움과 배고픔에 더는 가만히 있을 수가 없었다. 항아리를 주먹으로 때리고 뚜껑을 위로 밀어 열고자 했다. 안간힘을 쓰고 또 썼다. 어미를 부르며 울고 또 울고 그렇게 지치고 또 지쳐서 소리도 없어진 울음을 또 울고 항아리 속에서 그렇게 주먹이 터지고 손톱이 닳도록 울부짖다 정신이 아득해지고… 그러다가 겨우 꺼이꺼이 숨을 헐떡이던 중, 크르르- 항아리 뚜껑이 긁히는 소리가 어린 려호기(厲好奇)의 귀에 천둥처럼 들려왔다.

근자부의 예감이 맞았다. 거기 생명이 있었다. 시녀와 귀부인이 죽음으로 지킨 항아리 속에 한 어린 생명이 있었다. 어린아이가 하나 있었다.

그 빛-

눈이 부셨다. 온통 하얀빛. 항아리 속으로 빛이 쏟아져 들었다. 아이는 빛 속에서 어렴풋이 머리와 수염이 회색빛인 한 중년의 남자를 보았다. 그리고 기절해버렸다. 옛 단군조선(檀君朝鮮) 선인 근자부와 어린아이의 인연은 그렇게 세상 밖으로 나왔다.

그리고 세월이 십수 년 흘렀다—

청년 려호기는 근자부를 따라 주유천하(周遊天下)하며 무(武)와 예(藝), 격(格), 물(物)을 배우고 있었다.

요하(遼河)를 바라보는 적봉(赤峰). 듬성듬성 간격을 둔 나무들이 작은 숲을 이루고 있다. 돌계단이 가파르다. 첩첩이 쌓은 돌은 하나의 산을 이루고 있다. 아래 네 단으로 이루어져 있는 일명 첩석산. 사방 한 단이 어림잡아 성인 보폭으로 500보는 족히 넘을 듯 보이는 돌산은 옛사람들이 쌓은 제단이다. 옛 대륙을 지배한 제국의 대군장(大君長)들의 무덤이라고도 하는 데, 왜 이렇게 드러내놓고 무덤을 만들었을까? 그래서 사람들은 무덤보다는 가끔 이름 모를 이들이 천제를 지내는 것을 빌미로 옛 단군조선(檀君朝鮮)인들의 제단으로 본다.

스승 근자부는 첩석산에 오르기 시작하여 지금까지 말 한마디 숨소리 한 자락 크게 내지 않는다. 이에 려호기도 숨소리조차 크게 내지 못하며 묵묵히 뒤를 따른다. 매에— 짊어진 양(羊) 울음소리가 길게 늘어져 구슬프게 정적을 가른다.

열여덟 살. 려호기는 건장한 청년이 되었다. 그러나 그의 스승 근자부는 나이를 가늠하기가 쉽지 않다. 단정하게 머리를 묶어

올려 상투를 튼 모습이다. 동이족의 머리 모양이다. 지팡이를 짚고 돌계단을 사뿐히 오른다. 발걸음이 가볍다. 삼각형 짚 모자 아래 반그늘이 드리운 콧날, 무겁게 다문 입 주위에 가득한 회색빛 수염들… 간혹 위를 쳐다보는 눈빛이 매의 눈처럼 날카롭다.

대륙 북부 들판에 추수가 시작되었다. 곡물을 쌓은 작은 보람들이 들판 곳곳에 있다. 려호기는 스승이 시키는 일에 단 한 번도 꾀를 부린 적이 없었다. 오늘도 이리 많은 계단을 오르며 땔나무며 양 그리고 한 보따리 제물(祭物)들을 잔뜩 짊어지고 따라오라 하시니 그저 따를 뿐, 스승은 늘 하는 일에 허튼 것이 없었다. 마땅히 그럴만한 이유가 있었다.

유난히 겨울이 길었던 어느 해 초봄, 하루는 려호기가 조밥을 지어 스승께 올렸다. 스승님과 함께 조밥을 다 비워 갈 즈음 스승님은 한 숟갈 정도 남은 조밥에 물을 부어 휘휘 젓더니 그대로 흙바닥에 휙 쏟아버리셨다. 하도 놀라 려호기가 스승의 얼굴을 쳐다보자 스승은 아무 일도 없다는 듯이 지팡이를 찾아들고 길을 나서려 채비를 하시는 것이 아닌가. 밥을 잘못 지었나? 내가 무엇을 잘못했나? 려호기도 얼른 남은 밥을 목구멍에 구겨 넣고 밥그릇을 챙겨 봇짐을 메고 따라나설 채비를 하니 조금 전 스승께서 흙바닥에 버린 조밥을 작은 새 한 마리 날아와 앉아 사람 무서운 줄도 모르고 연방 쪼아 먹고 있었다. 조금 뒤 반쯤 남은 조밥을 두고 새가 둥지로 날아가니 또 아까 것보다는 몸집이 조금 더 큰 것이 그 둥지에서 나와 남은 조밥을 쪼아 먹는 것이 아닌가!

"이제 곧 따뜻해지면 저들도 부모가 되어야 하는데 겨울이 이리 길고 봄은 아직 머니 어디 먹을 것이 있겠느냐… 그만 가자."

아마도 그때부터 이리라. 그저 스승이 시키면 무엇이든 기꺼운 마음으로 그렇게 해왔다. 그리하시는 이유를 묻지 않았다. 묻지 않아도 시간이 지나고 세월이 가면 자연 알게 되었다. 스승 근자부는 오늘도 이 첩석산에 오르는 이유를 설명하지 않았다. 다만 려호기에게 본능적으로 느껴진 것이 있었다. 무엇인가 중요한 의식이 있을 것이라는 막연한 느낌만 있을 뿐 이제 곧 알게 될 터인데 그저 따르면 될 일이었다.

쿵-

넓게 트인 벌판이 한눈에 확 들어왔다. 온통 붉은 땅, 너머 너머에 붉은 흙, 붉은 돌산들이 저 멀리까지 보인다. 이 벌판에 누가 이렇게 제단을 쌓았을까. 그런 생각을 하자마자 스승 근자부의 목소리가 들려왔다.

"가우리"

근자부는 적봉산 너머로 하루를 마감하는 해를 보고 나지막이 읊조렸다. 잘 가라는 뜻인가, 간다는 말인가? 의문이 생긴 그 찰나에 꽝- 눈앞에서 별이 번쩍였다. 뭔가? 스승님이다. 뭐 하고 있느냐는 표정으로 멍해진 려호기를 빤히 쳐다본다.

"어서, 해 다 떨어지기 전에 이놈아!"

제상(祭床)을 차리라 하신다. 주섬주섬 골방 주머니에서 과일을 꺼내어 놓는다. 양을 내려 묶어 놓고 나무를 쌓았다. 그리고 스승 근자부는 상좌에 도낏자루와 같이 생긴 옛 쇠돈, 즉 명도전(明刀錢)을 먼저 놓고, 청동거울과 방울을 꺼내어 제상 위에 가지런히 놓는다.

그 사이 뉘 엿 머물던 해는 벌써 사라지고 어둠이 가득해졌다. 순식간이다. 스승 근자부는 모습을 드러내는 별이라도 세는 지 하늘만 쳐다보고 있다. 저 멀리 금성이 빛을 발하고 있다. 이제 별들이 뜨겠지? 그 별 중에 어디에 이 천제를 지내려 하시나. 스승을 보던 려호기는 스승의 표정에서 시간 여유를 발견하고 그제야 잠시 숨을 돌린다. 그리고 묻는다. 가우리는 무슨 뜻입니까?

"모르느냐?"

처음이다. 스승 근자부가 뭘 가르쳐 주려 하면서 지팡이 매질을 안 한 것이. 그래서 려호기는 더 엄숙해졌다.

"한가운데다. 우주의 중심, 저 하늘에 계신 한울님이 계신 곳이다. 중심이다. 우리의 조상 중의 조상님이 계신 곳… 그 하늘의 높고 높은 큰 뜻을 펴고자 우리 조상님들이 세워온 이 땅의 나라다. 저기 해가 떨어지는 땅의 끝에서, 저 해가 다시 떠오르는 이쪽 땅의 끝까지. 밝게 빛나는 여기(麗起), 려(麗)의 세상이 가우리다. 그 가우리는 곧 밝달이니 백(白)이다. 일(一) 백(白)이니 이는 곧 백(百)이며, 많은 빛의 출(出)이다. 이는 또 라(羅)다. 새로운 광명이 곧 라(羅)이니 이런 불, 부여(夫餘)와 더불어 구려, 백제, 신라가 곧 그 광명천의 중심 세상임을 뜻하는 말이다. 같은 대동이족(大東夷族)이다. 지금 각 나라는 옛 단군조선의 중심, 밝달 환국을 꿈꾸고 있다."

자세히 알 수는 없었지만 근자부의 말 한 마디 한 마디가 려호기의 가슴 속을 파고들었다. 심장에 고동 소리가 커졌다. 뭔가 큰 뜻이 있는 듯 했다. 려호기는 마음 한편으로 오늘 참 이상한 날이라고 생각했다.

세상이 어두컴컴해지자 눈이 오히려 밝아졌다. 괴팍스럽기 짝이 없던 스승 근자부의 표정에 전에 없이 따스함이 보이고 자애가 넘쳤다. 그리고 잘 알아들을 수 없는 말은 계속 이어졌다.

"그 본(本) 중심은 태양(太陽)이다. 해와 달, 그리고 수(水), 목(木), 화(火), 토(土), 금(金). 이렇게 일월(日月) 음양(陰陽)의 대성(大成)이 오행(五行)과 어울려 이루고, 이제 곧 네가…"

스승 근자부의 말이 순간 끊어졌다.

"아, 하늘이 열린다. 삼태(三台)다."

대웅성좌(大熊星座)에 딸린 별. 하늘의 궁전 자미성(紫微星)을 지킨다고 하는 세 개의 별. 곧 상태성(上台星), 중태성(中台星), 하태성(下台星)의 삼태(三台)가 열린다. 삼태가 열려! 하고 근자부는 그렇게 중얼거리고 서둘렀다.

"지금이다. 어서 양의 목을 베어라!"

여지가 없었다. 려호기는 스승이 시키는 대로 했다. 자기가 죽을 때를 알았는지 매에- 애처롭게 양이 긴 울음을 토하고 있었다. 미안한 생각이 들어 잠시라도 멈칫한다면 그것이 양에게는 도리어 고통일 것이다. 틈도 없이 칼을 들어 내리쳤다. 피가 뿜어졌다.

"무거운 먹장구름들이 일어나 서로 부딪치고 밀려서 나간다."

그때 근자부는 보았다. 삼태성이 머무는 곳, 그곳에 하늘이 열린 공간을 볼 수 있었다. 근자부는 그곳으로부터 무엇인가를 받고 있었다.

….

얼마나 흘렀을까. 려호기는 스승의 엄숙함에 기가 질려 아무 소리도 묻지 못했다. 스승에게 저런 면도 있었나? 당최 이해가 되지 않는 상황이었다. 문득 려호기의 시선이 멈춘 곳에 청동거울이 있었다. 그 거울에 새겨진 문양. 아, 아까 스승 근자부가 보던 북극성 큰곰자리 삼태성의 배치와 똑같았다. 저 거울. 방울. 그리고 도끼같이 생긴 옛날 돈 명도전.

스승님-

벌써 두 시진이 넘은 듯 했다. 말로는 못하고 애절하게 눈빛을 보냈다. 근자부의 얼굴에 묘한 회한이 가득했다. 그리고 무겁게 입을 열었다.

"열린 공간을 통하여 거룩한 이가 올 것이다. 땅의 권세들이 흔들리고 큰일들이 차례로 일어날 것이다. 난리 중에 또 난리가 난다. 전쟁과 기근과 역병이 먼저 땅의 권세들을 흔든다. 그다음, 하늘의 음성이 해와 달과 별들과 이 땅을 또 흔들 것이다. 모든 분노한 국가들이 흔들릴 것을…"

스승 근자부는 려호기에게 세 번, 그리고 또 일곱 번 절을 하라 했다. 그리고 나무에 불을 붙였다. 잘 마른 장작들이 순식간에 타올랐다. 벌레를 쫓으려는 듯 스승은 향나무를 고집했다. 그윽한 향냄새가 다른 이 하나 없는 돌 제단 위를 가득 채우고 널리 퍼져갔다.

"아느냐? 이 세상은 암흑천(暗黑天)으로부터 시작했다. 태초(太初). 무태극(無太極). 대혼돈(大混沌)의 시기. 하늘과 땅이 나뉘기 이전, 암흑천은 광명천(光明天)을 만들었다. 그 광명천의 세상을… 이 땅에 열어줄 이를 위해… 그 선천지기(先天之氣)를 기다리는 사람들이 있다."

옛 쥬신. 조선(朝鮮)의 선인(仙人)들. 그들은 단군임금님의 스승인 자부선인의 명(命)을 따라 혼란을 극복하고 새로운 시대를 열 영웅의 등장을 기다리고 있었다. 근자부는 그 자부선인의 명맥을 이어온 단군조선(檀君朝鮮)의 선인 중의 선인이었다. 려호기는 이제야 스승 근자부의 비밀을 알 듯 했다.

들은 적이 있었다. 조(朝)란 무엇이냐? 풀어쓰면 十, 日, 十, 月이다. 十 열십자는 바로 ★ 별이다. 하늘의 별을 상징하는 문자고… 별과 별 사이에 해와 달이 곧 조(朝)라는 글자의 뜻이다. 조(朝)는 곧 우주를 담고 있다. 조선(朝鮮)은 바로 밝은 해를 따르는 하늘 민족의 나라다. 어떤 역사 속에서도, 어떤 나라도 부정을 못 하는 것이 있다. 조정(朝廷), 나라의 정치(政治)를 의논(議論), 집행(執行)하던 곳, 즉 정국을 논하는 자리, 임금이 일하는 곳은 곧 조선(朝鮮)의 마당, 조정(朝廷)이다. 왜 조정(朝廷)이 겠느냐? 왜 왕조(王朝)라 했겠느냐? 문자가 생긴 시기. 임금이 있어 임금이 나라의 일을 본 곳. 그것이 하나의 명사로 이름 지어졌으니… 그렇다. 문자가 생긴 그 시대, 이 땅의 첫 나라 이름. 그것은 바로 조선(朝鮮)이다. 그렇게 스승 근자부는 려호기에게 가르쳤었다.

명상하는 스승의 곁에서 려호기는 잠시 생각에 빠졌다. 그러나 엉킨 생각의 타래가 쉽게 풀리지 않았다. 려호기에게 궁금증이 몰려왔다. 스승에게 물었었다.

"하늘은 무엇입니까? 인간은 그 하늘과 어떤 관계입니까?"

달포 전, 하얀 머리의 산. 백두(白頭). 장백폭포 아래에서 무예를 닦던 중, 려호기는 스승 근자부에게 그렇게 또 묻고 있었다. 스승은 웃는 듯 마는 듯 휙- 박달나무로 만든 지팡이로 려호기를 향해 냅다 휘두른다.

아쿠- 또 려호기는 머리에 혹을 하나 더 달게 된다. 도대체 스승님은 제대로 가르쳐 주는 법이 없다. 벌써 십여 년. 스승 근자부를 만나 세상을 떠돌아다니며 무예를 배운 것이 엊그제 같다. 그렇지만, 스승은 거저 가르쳐 주는 법이 없었다. 반드시 뭐라도 해야 했다. 아니면 지팡이로 머리에 혹이라도 만들어야 말문을 열었다. 참, 지독한 노인네…

"하늘이 있더냐?"

예? 려호기는 뭔 소리인가 했다. 그럼 하늘이 없단 말입니까? 대뜸 물어댔다. 휙- 또 지팡이 질이다. 이번엔 곧잘 피했다.

"고놈, 참… 하늘이 어디 있더란 말이냐?"

또 선문답이다. 그냥 가르쳐주면 어디 등창이 덧나기라도 하나? 려호기는 매일 스승이 입에 달고 살던, 하늘… 그 하늘에 대해 심지를 곧추세우고 대들었다. 곧 돌아온 대답이 더 황망하다. 그럼 지금까지 사람들에게 아무 때나 떠들어대던 하늘은 도대체 뭡니까? 그 말이 목구멍에까지 튀어나올 뻔했다.

"봐라. 여기저기 다 하늘이 있지 않으냐?"

글쎄 거기엔 구름도 있고 푸른 하늘도 있지요. 그런데 그게 뭔데요? 하고 다시 묻고 싶어진다. 려호기의 장난기가 돌았다. 그래서요. 하늘이 스승님께 뭐라고 해요? 하고 물었다. 그 하늘…

"안 들리느냐? 네가 인간이라면 마땅히 하늘이 주는 소리를 들어야 하느니라. 짐승들도 듣고, 나무와 이 돌들도 듣는 하늘의 소리를 너는 왜 듣지 못하느냐? 아직도 안 들리느냐?"

근자부의 표정이 굳어졌다. 무슨 소리. 려호기는 도대체 스승의 말씀이 이해가 되지 않는다. 아무 소리도 안 나는데… 다시 휙- 지팡이가 휘돌고 려호기는 몸을 비틀어 피했다. 스승의 말을 려호기가 머릿속에 담는 순간, 그 방심한 틈 사이에 스승의 지팡이가 냅다 달려들었다. 피할 수 있었지만, 그냥 맞았다. 정수리에 힘을 주고 맞으니 그리 아프지도 않았다. 사실 벌써 몇 년 전쯤부터인가 려호기도 스승님의 지팡이 정도는 얼마든지 피할 수 있었다. 그렇지만, 가끔은 오늘처럼 그저 맞을 때도 있었다. 이제 스승님의 지팡이를 맞을 날이 많지 않다는 것을 려호기는 느끼고 있었다.

스승님, 그 하늘의 소리를 꼭 들어야 합니까? 저는 저의 마음에서 오는 소리를 듣고 따르고 싶습니다.

이렇게 말하고 싶었지만 그래서는 안 될 것 같았다. 어느새 스승의 눈빛이 암울해졌기 때문이었다. 그 눈빛. 옛날 자신을 쳐다보고 있던 그때 그 표정, 그 눈빛과 비슷했다.

십여 년 전-

려호기의 일족은 모두 몰살을 당했다. 붉은 땅. 넓디넓은 들판에 옛 단군조선(檀君朝鮮) 대군장들의 무덤이라 했다. 아니 천제단(天祭壇)이 무덤들과 함께 있는 그곳, 홍산(紅山) 땅을 지키고자 했던 대륙 비류계 본가(本家) 수장(首長)의 둘째 아들로 려호기는 태어났다. 그러다 어느 날 일족을 모두 잃었다. 대륙백제의 비류계 본가를 습격한 정체를 알 수 없는 암살자들. 그리고 그 기억. 이전의 기억들을 다 잃었다. 다만 참혹하게 죽은 어미의 모습을 기억할 뿐, 과거는 없었다. 충격이 어린아이에게 너무 컸었다. 2년 동안. 려호기는 말을 잃고 있었다. 그런 려호기에게 이름을 지어주고 자상하게 돌보아 준 사람이 스승 근자부였다. 다만 대륙 비류계 본가 수장의 둘째 아들이었다는 사실을 근자부는 려호기에게 가르쳐 주지 않았다. 가문의 몰락으로 고아가 되었다고만 말해주었다. 그 일이 있었던 이후, 려호기에게 늘 하늘은 원망의 대상(對象)이었다.

그런 하늘에 대해서 오늘 돌산 제단 위에서 스승 근자부가 가장 많은 말을 해주고 있었다. 혹시나 하는 불안감마저 들 정도로 오늘 스승 근자부는 말이 많았다. 지팡이로 뒤통수를 때리는 공부 값도 거의 없이…

"기야!"

예? 깜짝 놀랐다. 근자부의 표정이 더욱 엄숙해져 있었다.

"하늘이 일을 꾸민다. 이제 사람들이 그 일을 해야 한다."
"예? …? …! 그런데 스승님, 모사재인(謀事在人) 성사재천(成事在天)이 아닙니까?"

려호기가 반문(反問)하듯 말을 막았다. 일은 사람이 꾸미고 하늘이 이룬다는 말이 떠올랐다. 그러자 스승 근자부의 목소리가 뒤를 이었다.

"아니다. 모사재천(謀事在天) 성사재인(成事在人)이다."

하늘이 꾸민다. 사람이 이룬다. 본디 사람이 일을 꾸미고 하늘이 이룬다는 것으로 알고 있었는데… 사람이 진력을 다하고 하늘의 뜻을 기다린다는 진인사대천명(盡人事待天命). 이 말 역시, 본디 그 뜻이 뒤바뀐 것이라고 하신다.

아닌데…

아니라고 우기고 싶은데… 스승 근자부가 오늘은 어쩐지… 그동안의 모습들과 너무 달라서 려호기는 묻지를 못한다.

하늘의 큰 뜻이 있다. 인간은 알고도 모르고도 따르게 된다. 뜻은 이미 하늘이 세워 놓았다는 것. 인간도 결국 하늘의 뜻을 이루어야 하는 역할 자에 불과하다. 그러면 하늘의 뜻을 바로 아는 자가 그 뜻을 이룰 것이라는…

그렇다면 인간세상이 다 하늘 탓이 아닌가? 려호기는 그런 하늘을 야속해하며 살아왔다. 자신의 부모. 일가족이 모두 몰살당한 것도 하늘의 뜻이다. 그렇다면 그런 하늘을 원망해야 하는 것 아닌가. 려호기는 순간 하늘이 또 미워진다.

하늘(天)은 정말 있기는 있나요? 선(善)한가요? 아니면 악(惡)한가요? 하늘이 어떻게 존재하는가에 대한 궁금증은 부모와 일가족을 다 잃고 2년이 지나서야 시작됐다. 려호기 자신의 경우에서 보면 하늘은 악(惡)한 존재였다.

"새벽녘 어둠을 이어져 오는 아침으로부터 밝음이 채워져 들어오고, 그 밝음이 가득한 세상에서 다시 어둠이 찾아오는 세상. 구중천(九重天)의 중심에서 들려오는 이야기… 가장 강한 태양 아래 가장 어두운 그림자가 있고, 가장 어두운 곳에 밝음이 더 빛을 발하는 것이 이치다."

근자부의 이야기는 천제단(天祭壇) 위에서 그렇게 이어졌다. 하늘을 위한 변명처럼 들려왔다.

"하느님의 아들. 천자(天子)는 언제부터 시작된 말일까? 생각해보았느냐?"

천자? 그런 생각을 누가 왜 합니까? 우리와 같이 미천한 사람들이 그저 하루 끼니 걱정이나 면하면 다행이지. 언제 출세하고 원수를 갚나… 아니 누가 원수인지도 모르는데… 깜깜합니다. 그런 생각. 려호기는 스승의 말이 너무 어려웠고 자신과 동떨어진 얘기라고 생각되었다.

하늘 아들? 그런 하늘의 아들은 아무나 자신의 뜻과 안 맞으면 인간을 죽여도 되는가. 정말 그래도 되는가. 하늘이 있으면 묻고 싶었다. 자신이 보고 들은 천자는 곧 피바람의 근원이었다.

천하(天下). 왜 하늘 아래인가? 하늘이 그렇게 높은가. 어디인데? 난세(亂世)에서 사람들은 어떻게 살아야 하는가? 그저 하늘만 바라보고 살아야 하는가. 반항심이 일었다. 려호기의 그런 심중을 아는지 모르는지 스승 근자부는 말을 이어갔다.

"빛과 암흑이 어우러진 세계. 광명천(光明天)과 암흑천(暗黑天)은 태초로부터 세상을 나눠왔다. 그리고 충돌하고 깨지고 합하고 섞여왔다."

그것이 이 땅에서도 벌어진다. 똑같이. 천하를 떠돌면서 려호기는 사람들을 보았다. 선한 사람 조금이 있고, 악한 사람 여럿이 있다. 아니 때론 선한 사람이 여럿이 있고, 악한 사람이 조금 있었다. 그런데 어느 날 스승 근자부는 악한 사람 안에 있는 선함을 보라고 했고 선한 사람 안의 악함을 보라고 했다. 그날부터 려호기는 선과 악에 대해 혼동이 왔다. 아직도 그 혼동은 가시지 않았다. 누가 선하고 누가 악한지. 또 무엇이 선한 것이고 무엇이 악한 것인지 잘 알 수가 없다.

려호기가 스승 근자부와 천하의 이곳저곳을 살폈을 때 요하(遼河) 인근에서만 여러 나라가 일어났다. 부여국도, 고구려도, 백제도 천하의 주인이 되지 못했다. 그래서였다. 하늘의 아들을 빙자한 몇 명 때문에 천하 백성은 권력에 시달리고 전쟁 앞에 목숨을 내어놓아야 했다. 하늘의 아들… 천자(天子)가 되려는 사람들은 인간들을 쥐어짠다. 제 욕심을 위해. 려호기는 그렇게 생각했다.

사람들이 저마다 욕심을 부리는 시기. 자기 그릇을 다 채우지도 못하고 넘치고 넘쳐날 때, 하늘은 세상에 시련을 준다. 가뭄과 대홍수. 기후변화는 인간 세상을 아귀 지옥으로 만들어 버린다. 그것을 스승 근자부는 염려했다. 이 말에는 려호기도 수긍했다. 려호기는 보았다. 인간이 지옥(地獄)을 만들면 하늘도 더 한다. 가뭄이 오고, 홍수가 나서 더 살기 어렵게 한다. 그래서 국가와 국가는 또 전쟁한다. 포로는 노예가 되고 전리품(戰利品)은 승자의 차지가 된다.

얼마 전부터 다시 대륙 북쪽에 일어난 큰 가뭄으로 말미암아 목축을 하던 유목민들의 이동이 시작되었다. 먹을 것을 찾아 떠난 유목민들은 거대한 세력이 되고 있었다. 한 부족보다는 두 부족이 열 부족이 모여 농민들을 잡아챘다. 먹을 것을 빼앗고 남자의 씨를 말리고 여자는 노예로 거뒀다. 농민은 땅을 버렸다. 도망쳐야 했다. 떠돌아야 하는 유민들은 붙잡히면 노예가 되었다.

땅을 일구던 사람들이 곡식을 빼앗기고 떠돌아야 하는 시기… 시작됐다. 스승 근자부는 피바람이 대륙에 불 것을 예견하고 있었다.

"이제 세상은 욕심들이 지배한다. 미증유(未曾有)의 혼란(混亂). 천하의 주인들이 되고자 피를 뿌리는 시대. 죽음이 또 다른 죽음을 부르는 시대를 만들도록 욕심은 사람들을 유혹할 것이다."

욕심(慾心). 려호기의 머릿속에 강한 자극으로 자리를 잡는다. 어째 잊지 못할 이름처럼 각인(刻印)되고 있었다.

"파멸의 길로 향하게 하는 욕심은 그 깊은 곳에 태고(太古)의 전설(傳說)을 간직한 채 기다릴 것이다. 하늘의 뜻대로…"

욕심이라… 욕심이 하늘의 큰 뜻? 욕심에 하늘의 뜻이 숨어 있다고 근자부는 말한다. 려호기는 생각했다. 욕심은 죄(罪)를 만들지 않는가. 그럼 죄도 하늘의 뜻이란 말인가. 옛 단군조선의 선인 중의 선인 근자부 입에서 나온 말이니 믿지 않을 수 없지 않은가. 거참, 점점 더 알아들을 수가 없다. 평소 근자부의 말과 다르다. 더욱이 려호기에게는 거리감이 느껴졌다. 하늘의 큰 뜻, 그게 나하고 무슨 상관이 있습니까?

도대체 알 수가 없다. 욕심을 가지라는 것인가… 버리라는 것인가…

始 시작됨이

대륙의 북쪽 만주 요양 태자하 대방왕(帶方王) 통진의 사위는 백제 책계왕(責稽王)이다. 289년에 고이왕 뒤를 이어 백제의 왕이 된 책계왕은 연호를 영화(永和)로 했다. 이름을 청계(靑稽)라고도 했다. 그는 성격이 곧았다. 키가 크고 뜻과 기품이 웅장하고 뛰어났다. 왕은 장정들을 징발하여 대륙 위례성(慰禮城)을 보수하였다. 대륙경영에 큰 뜻을 품었다.

책계왕은 그 자신이 창려(昌黎), 현도(玄菟), 대방(帶方) 3군(郡) 태수(太守)도 겸했다.

수경(水經)에 백랑수(白狼水)가 동쪽으로 흘러 왜성의 북쪽을 지나는데 위(倭)인들이 옮겨와 산다고 하였다. 백랑수 본류에 들어가서는 조양을 지난다고 하였다.

창려는 본래 백랑수의 최상류로서 지금의 수중현 북쪽 건창현인데, 요동 6국이 번갈아 다스리던 땅이다. 현도군은 대릉하 수계인 부신(阜新)에 있었다. 대방군은 의무려산 동남쪽에 있었다. 의무려산 서북쪽인 의현에는 요동군이 있었다. 당시 대능하가 고능하를 통해서 요수와 만나서 안시현 서쪽 바다로 나갔으므로 백제의 창려군, 요동군, 현도군이 모두 대능하 수계라고 할 수 있다.

대륙의 동쪽 바닷길을 가장 잘 아는 이들. 백가제해. 백제라는 이름에 바다가 있다. 바다를 누볐던 백제 사람들은 해류와 계절별로 서로 다른 바람을 적절히 이용했다. 대륙 동쪽과 반도의 서쪽 중간에는 해류가 남만 아래 너른 바다에서부터 요동과 요서가 있는 발해만까지 올라간다. 그 올라온 물은 대륙의 동쪽과 반도의 서쪽 연안을 타고 다시 내려온다. 이 해류의 큰 물줄기를 잘 따르기만 한다면 먼 바닷길이 어렵지 않게 된다.

소서노 모태후 시절부터 백제는 배를 잘 만들었다. 황해바다를 중심으로 해류와 옛 바다지도를 이용해 먼바다를 경략하여 부(富)를 만들었다. 그래서 대륙의 동쪽과 반도의 서쪽, 열도의 연안 강 입구를 중심으로 백제의 교역장들이 많이 있었다.

백제 책계왕은 대극성(大極城)을 중심으로 세력을 펼치고 있던 모용씨족(慕容氏族)의 침공과 노략질을 염려하여 아단성(阿旦城)과 사성(蛇城)을 구축하여 이에 대비하였다.

전쟁을 위해 젊은이들이 필요했다. 책계왕은 백제의 무사집단인 무절(武節)의 신예 중에서 최고의 무예집단을 구성하고자 했다. 전쟁의 맨 앞에서 군(軍)의 사기를 올려줄 어린 희생양들이 필요했던 것이다. 승리를 이끌 전사들. 그런 전사들로 특수돌격대를 만들고자 했다.

백가제해 천하제일 무술대회(百家濟海 天下第一 武術大會).

백제 무사 집단인 무절(武節)의 새로운 수장(首長)을 뽑는 대회다. 백제의 각 지역을 망라한 최고의 무사들이 참여하는 무술대회를 열기로 하자 온 나라가 들썩였다. 양민도 참여할 수 있는 일반부문과, 명문가 또는 각 상단 호위 무사 등 계파의 인정을 받은 이들이 참여하는 신진부문, 고수부문으로 나뉘었다. 일반부문에서 예선을 통과하면 일반부 본선을 치르고 본선 통과자들은 다시 신진부문에 편입된다. 명문 귀족, 정예 무사들이 포함된 신진부에서 고수들이 가려지면 고수부에서 결선이 치러지게 된다. 일반부 본선에 오르기만 해도 무절(武節)에 편입되어 정식 무사가 되는 것이다. 백제 무절(武節), 즉 나라의 정예군에 편입되어 봉급과 신분 상승을 약속받게 된다. 더 나아가 신진부에 든다면 최소한 무절의 기초 장교는 떼 놓은 당상이다.

더구나 고수부에 내건 조건이 좋았다. 고수부 8강자는 무절(武節)의 신예 군장(軍將)이 될 것이다. 특히, 우승자에게는 왕비족의 여인을 하사하고 왕가 계보에 편입시킨다는 획기적인 제안이 책계왕의 입에서 나왔다. 우승자는 왕의 후계자에 이름을 올린다! 이렇게 파격적인 조건이 걸린 무술대회는 없었다. 전무후무한 일이다. 백성 사이에서는 우승자를 왕이 수양아들로 삼는다는 뜻으로 해석되었다. 게다가 왕비족 여인을 부인으로 맞이한다는 것은 백제 평민 사내로 태어나서는 꿈도 꿀 수 없는 일이었다. 이 때문에 무예대전의 참가 열기는 가히 폭발적이 되었다. 책계왕의 전쟁준비 1단계, 젊은 청년들을 모으는 책략은 일단 성공적이었다.

가자, 한성으로! 백제 제일의 무사가 되자!

그래서 왕가에 버젓이 이름을 올리자. 이렇게 부푼 꿈들을 안고 한성백제에 사람들이 모여들었다. 백가제해 천하제일 무술대회에 참가하려는 사람들의 면면이 대단했다.

특히, 한성백제에서의 열기는 최고 중의 최고였다. 누가 우승할까? 왕비족에서는 누굴 혼인시킬까… 정말 왕의 수양아들이 될까? 여기저기 신청자들이 줄을 서고 있었다. 무절(武節) 고수부에만 들어도 당장 군장(軍將)의 지위에 오른다. 무절(武節) 5백 명과 일반 군사 1천 명의 수장(首長)이다. 파격 중의 파격이었다. 그만큼 경쟁은 대단했다.

백제 8대 명문가의 자제들은 일시에 군권을 쥐는 이런 기회를 놓칠 수 없었다. 가문의 명예가 걸린 일이었다. 각 가문은 자신의 집안에서 최고의 무사를 고르고 있었다. 집안에 좋은 기재가 없으면 일시 양자로 삼아 출전시키는 방편을 마련해서라도 참여해야 했다. 좋은 무사를 찾기 위해 혈안이 되었다. 백제의 병권을 쥘 기회가 아닌가.

"어이-, 아기씨도 무술대회 가시나?"

길을 지나던 우복(優福)은 무슨 말인가 했다. 웬 털북숭이 무사 하나가 우복에게 말을 건다. 아기씨? 한성백제인 같지는 않았다. 백가제해(百家濟海). 백제는 워낙 바다를 넘나드는 상단이 많아서 이국인들이 많았다. 또한 이국인들과의 혼혈인들도 많았다. 그들도 이번 백가제해 천하제일 무술대회에 참가할 수 있었다. 그래서인지 부쩍 한성백제에 힘이 세어 보이는 외국계 무인들이 많이 눈에 띄었다. 피부가 검고 집채만 한 몸집의 털북숭이. 서남쪽 바닷길을 건너온 사람 같은데 나더러 아기씨라니… 칼을 어깨에 메고 있던 우복을 보고 조롱을 하며 길을 물은 것이었다.

"무예대전을 등록하는 곳이 어디인지 아느냐?"

곱상하게 생긴 미청년 우복(優福)의 대답이 없자 털북숭이는 눈을 부라리며 재차 묻는다. 안 가르쳐 주면 한 대 칠 기세다. 우복은 슬쩍 눈짓으로 그냥 가라고 했다. 무시다. 단박. 그렇게 털북숭이가 느끼고 바로 주먹질한다.

"아니, 이놈이, 날… 개 무시해-"

순식간에 주먹은 우복의 코앞에 닿은 듯 했다. 때아닌 큰 소리에 구경이 난 사람들의 눈들이 커졌다. 저 곱상한 청년, 얼굴이 박살 나는구나. 그렇게 생각한 찰나,

쾅-

나가자빠진 것은 털북숭이였다. 미청년 우복은 여전히 그대로 서 있었다. 그런데 털북숭이는 나동그라져서 몸을 가누지 못한다.

와-

모사재천 37

구경하던 사람들은 일시에 탄성을 내질렀다. 미청년이 손이나 발을 쓰는 모습조차 보질 못했다. 그런데 거한이 쓰러진 것이다. 거한조차 자신이 왜 그렇게 쓰러져 있는지 모르는 모양이었다. 그야말로 순식간이었다.

우복(優福)은 씨익… 미소를 흘리며 뒤돌아 걷기 시작했다. 거한은 자존심이 상했다. 들고 있던 칼을 냅다 빼고 달려들었다. 그리고 다시 일순,

휘익-

칼바람이 피바람이 되어 갈라졌다. 아악- 그리고 거기서 털북숭이 거한은 한쪽 눈을 잃어야 했다. 사선으로 그어진 거한의 눈에서 피 분수가 뿜어져 나왔다. 미청년 우복은 무예 고수였다. 단정한 모습에 주먹은 물론 칼 솜씨가 보통이 아니었다. 칼이 어떻게 거한의 눈앞을 스치고 지나갔는지 제 눈으로 똑똑히 본 사람은 아무도 없었다.

거한이 비틀거리는 그 순간, 미청년 우복은 이미 저만큼 수십 보 앞을 지나가고 있었다. 사람들은 그런 우복을 보며 감탄을 금치 못했다. 그렇게 한성백제에는 무예를 뽐내는 실력자들이 하나

둘씩 모여들고 있었다.

와—

정말 솜씨가 좋다. 감탄하고 있던 사람들 틈에서 그런 우복을 눈여겨보는 한 젊은 청년이 있었다. 려호기였다.

려호기는 스승 근자부와 함께 요하 수변(水邊) 홍산(紅山)을 떠나 뱃길로 사흘 밤낮을 달려와 한성백제에 들어온 지 얼마 안 되었다. 스승 근자부는 평양 들녘을 가로질러 서 있는 한성백제 고마성을 둘러보고 대천관 신녀를 만나기로 했다. 백제의 대천관(大天官) 신녀(神女)는 왕비족 여인으로 스승 근자부와는 오랜 인연이 있다고 했다.

"스승님 저도 무예대전에 나가면 안 되나요?"

옛 단군조선의 무예를 가르쳐준 스승 근자부에게 려호기는 조르고 졸랐다. 간청한다. 저도 도전하고 싶어요. 근자부는 그런 려호기를 말리고 또 말린다. 너는 왜 세상에 나가려 하느냐?

"그걸 말이라고 하십니까? 저에게 무예를 가르쳐 준 스승님이 할 말입니까?"

려호기는 묻고 또 물었다. 그런데도 요지부동. 스승 근자부는 딱 잘라 거절이다. 이번에는 정말 스승 근자부의 속내를 알 수가 없었다. 당신께서 공들여 가르친 유일한 제자가 아닌가? 왜 제자의 가고자 하는 길을 막으시는 것일까? 그래서 려호기는 더 안달이었다. 상대가 있는 무예를 하고 싶었다. 실력을 가늠해볼 좋은 기회가 아닌가.

"무예가 무엇이더냐?"

무예가 무엇이냐… 무예란 힘이지요. 지팡이가 바람을 가르면 려호기는 피하기 바쁘다. 그래도 할 말은 해야 했다. 이렇게 피하고 때리고 싶을 때, 때리고… 뭐 그런 거지요.

"스승님, 제 무예 실력을 알고 싶어요!"

청년 려호기는 세상에서 자신의 무예가 어느 정도인지 알고 싶었다. 명예도 얻고 싶었다. 려호기는 스승 근자부에게 이런 기회가 다시 올 수 없다고 여기고 계속 조른다.

"저도 제 원수를 갚으려면 힘이 있어야 하죠."

원수. 그렇다. 원수를 갚아야 했다. 눈을 감으면 참혹하게 죽은 어미의 표정이 살아난다. 그래서 잠을 잘 수가 없어 밤새 목검을 휘둘렀다. 나무를 부러뜨리고 바위도 목검으로 박살을 냈다. 마침내 십 년이 넘자 겨우 밤잠을 제대로 잘 수 있었다. 그렇게 려호기는 어미를 잊지 못했다.

어머니-

아들을 살리고자 항아리를 안고 죽었다. 항아리에서 나와서 어린 려호기는 그런 어미부터 보아야 했다. 그리고 말없이 두 번의 계절을 다 보내고 어느 날 목검을 쥐었다. 스승 근자부는 려호기에게 목검을 통해 세상에 대한 한(恨)을 풀게 했다. 그러나 려호기는 그 목검으로 하늘을 베고 있었다. 아니 하늘이라도 베고 싶었다.

그런 려호기를 지켜보며 키워온 근자부가 아닌가. 제 어미의 죽음 앞에서 울고 또 울다 지쳐 무덤덤해질 때까지 그저 지켜본 스승 근자부였다. 그래서 말리고 있었다. 려호기가 그 열정이 폭발해도 되는지, 그때가 맞는지, 그래야 하는지. 제대로 시운(時運)을 맞춰서 려호기를 세상에 내 보내고 싶었다.

"가보자꾸나-"

스승 근자부의 표정에서 려호기는 한줄기 희망을 보았다. 스승의 마음에 변화가 일고 있다고 직감했다.

백제 대천관 신녀가 머무는 곳, 백제 신궁은 삼엄했다. 근자부는 작은 신물(信物) 하나를 명도전(明刀錢)과 함께 입구를 지키던 호위 무사에게 건넸다. 곧 근자부와 려호기를 맞이하라는 명이 당도했다.

"오래만이구나―"

근자부의 목소리도 가볍게 떨고 있었다. 려호기는 의아했다. 스승이 저렇게 마음이 흔들릴 리가 없는데… 그런 모습을 한 번도 본 적이 없는 것 같았다. 신녀는 려호기를 한 번 흘깃 보더니 근자부에게 정성어린 인사를 올린다. 신녀의 눈 안 가득히 고여드는 물기가 둘 사이에 깊은 사연이 있음을 짐작하게 했다. 근자부는 자애로운 눈길로 신녀를 보고 있었다.

"어인 일이십니까?"

차(茶)를 내놓고 대천관 신녀는 근자부에게 물었다. 마치 투정하는 것 같았다. 근자부는 잠시 말을 잃고 있었다.

"누구입니까?"

신녀는 려호기를 또 물었다. 근자부는 힘겹게 입을 열었다. 인연이다. 내 업보의 인연이다. 그렇게 근자부가 말하자 그 말에 신녀의 입이 꽉 여며진다. 마치 원망이 뭉쳐진 것 같았다.

"어찌 저를 찾으신 것입니까?"

신녀는 근자부를 다시 다그쳤다. 원망이 깊은 것 같았다. 근자부는 선뜻 내놓을 말을 찾지 못하고 있었다. 그때 신녀는 려호기를 뚫어지게 쳐다보며 말을 근자부에게 건넸다.

"이번 무예대전에 나갈 사람이군요. 어제 꿈에 늙은 학(鶴) 한 마리가 어린 봉(鳳)을 데려오더니… 어린 봉은 놓아두고 늙은 학만 다시 떠납디다."

정말 원망이었다. 그랬다. 신녀는 근자부에게 그렇게 투정을 하고 있었다. 아버지. 학이 봉을 데려오고… 그 꿈… 그 늙은 학이 바로 지금 눈앞에 있는 대천관 신녀의 아버지였다. 왕비족 서자(庶子)로 태어나 신녀의 어미와 사랑을 하고, 낳은 그 어린 딸을 백제 신전(神殿)에 내버려둔 채로 온 산천(山川)을 헤매는 아비, 근자부에게 대천관 신녀는 하소연하고 있었다. 그런 두 사람의 관계를 전혀 모르는 려호기는 근자부도 신녀의 말도 이해가 가지 않았다. 다만 이 자리에서 자신의 미래에 영향이 끼치는 어떤 일이 벌어지는 것을 짐작할 뿐이었다.

"제게 맡겨 주시지요. 이제는 저와의 인연이 더 깊을 듯합니다."

신녀는 근자부와 마치 거래를 하듯 결론을 지어 단호히 말했다. 근자부는 이것이 하늘의 뜻이라 생각했다. 봉(鳳)이니… 자신이 하늘의 문이 열린 옛 단군조선의 천제단에서 본 것과 같았다. 려호기는 이제 세상에 나가야 했다. 자신의 뜻과는 달리 피바람이는 세파를 헤쳐나가야 했다.

홍산에서 근자부는 려호기에게 하늘에 제사를 올리고 그 뜻을 묻자고 한다. 려호기의 자질이 좋아 자신의 뒤를 잇게 하고 싶었던 근자부는 제천의식을 통해 려호기에게 새로운 소명이 있음을 깨닫는다. 왕(王)이 될 신탁(神託)이었다. 하늘과 땅, 그리고 사람이 이어지는 왕기(王氣)가 제천의식을 통해 암시되었다. 더욱이 그 왕기는 절대무왕의 패권 예기까지 품고 있었다. 근자부는 하늘의 뜻이 시작되고 있음을 직감했다. 그래서 한성백제에 왔다. 려호기를 세상에 내보내려고.

얕은 물도 깊게 건너 거라-

자식… 려호기는 근자부에게 아들과 같았다. 한 번도 제대로 품어준 적 없는 딸 대신이었다. 이제 려호기가 세상으로 나가고자 하니 새삼 묻어 두었던 딸자식이 마음에 밟혔다. 자식이 보고 싶었다. 이십여 년 전 백제 제일의 무사로 신망이 높았던 근자부는 당시 백제 신궁의 대천관 신녀 후계자였던 현녀를 사랑했었다. 신녀는 혼인은 물론 남자를 알아서도 안 된다. 오직 하늘의 뜻을 전하는 정갈한 여자여야 했다. 그 일로 근자부는 스스로 백제 무사의 직을 버리고 백제신궁에서 떠나 목숨을 부지했다. 가져서는 안 될 여인인 것을 알고 있었음에도 근자부는 그 여인을 품었다. 그리고 그 여인을 통해서 자신이 백제 무절(武節)로 있을 사람이 아니라는 것도 알았다. 그렇게 근자부는 평생에 한 번 사랑한 여인을 백제 신궁에 두고 그곳을 떠났다.

남은 대천관 신녀(神女)는 여아를 낳았다. 그 여아. 죽을 위기에서 하늘의 신탁을 받았다. 다섯 살이 되기도 전에 이미 신통(神通)했다. 제 어미보다 더 많은 예지력으로 백제 궁성을 발칵 뒤집곤 했다. 왕과 왕비족은 신녀를 지키고자 했다. 그 어린 여아는 절대무왕의 탄생을 예고했다. 왕비족은 백제 천년 왕국을 만들 절대무존의 탄생을 보기 위해서라도 여아를 신녀로 만들어야 했다.

 그 신녀. 어린 여아, 진혜(辰慧)는 근자부가 대천관 신녀 후계자 현녀와의 사이에서 본 세상에 단 하나뿐인 핏줄이었다. 바로 현재 백제의 대천관 신녀다. 부녀가 얼굴을 서로 본 것은 십 년에 한 번씩, 딱 두 번 보았을 뿐이었다. 그러나 천신(天神)을 모시기에 서로 말을 안 해도 전해지는 것이 있었다. 그래서 더욱 애틋했다. 하늘의 명을 전해야 하기에 그 자신만의 일신(一身)을 위할 수는 없는 일. 그렇게 아비와 여식은 서로의 가슴에 서로 묻어둔 채 인간적인 슬픔을 감추고 살아왔다.

 "기야, 정말 무예대전에 참가할 것이냐?"

 뜻밖의 근자부의 물음에 려호기는 반색부터 했다. 얼른 대답도 나오지 않았다. 물론입니다. 예- 예- 고개도 세차게 끄덕였다. 하늘을 베고자 했던 날들. 근자부의 무예를 통째로 배우고도 갈증에 목말라했던 나날들. 하루도 어미를 잊은 적이 없었다. 그 참혹한 멸문의 현장에서 어린 눈에 가득 박힌 그 가시들. 참혹한 죽음들. 핏자국이, 칼에 베인 생채기들이 바위를 부수고 돌들을 깨뜨려도 가시지 않았다. 아무리 무예를 닦고, 마음을 다스리려 심법을 운용해본들 사라지지 않았다. 그래서 려호기는 세상에 나서려 한다. 그 갈증을 풀고자. 멸문의 이유와 원수가 누구인지 알고자. 그 원수를 갚고자 힘이 필요했다.

"반드시 하고 싶습니다. 해야 합니다."

려호기 입에서 강하고 당찬 다짐이 흐른다. 근자부는 더는 말릴 수 없다는 것을 깨닫는다. 먼저 대천관 신녀에게 부탁했다. 신탁을 다시 확인하고자 했다. 그리고 나지막이 려호기에게 말한다.

"공격 중에 제일 무서운 공격이 무엇이더냐?"
"가장 가까운 사람의 공격입니다. 방어하기가 가장 어렵습니다."
"방심보다 무서운 것은 믿음이다. 믿은 만큼 위기는 크지 않느냐?"
"그렇기는 하지만 또한 믿음이 힘을 주기도 합니다."
"그래서 더욱 주의해야 한다. 사람이 가지고 태어난 습성은 잘 고쳐지지 않는 법이다."

그렇게 근자부는 가르쳐왔다. 가장 가까운 자신이 먼저 려호기의 뒤통수에 지팡이를 휘둘러 댔다. 그것은 가까운 곳에 있는 큰 위험을 경계한 것이다.

백제 신궁(神宮) 대천관이 거하는 내실에 은밀하게 신탁(神託)이 준비되었다. 신녀(神女)는 이번 려호기의 무예대전을 위해 기도를 올리려 했다. 근자부는 대천관 신녀에게 기도를 부탁하고 자신도 긴 명상에 빠졌다. 그리고 기도는 오랫동안 계속됐다. 밤이 지나도록. 새벽이 되었을 때 신녀는 보았다.

"아시, 아시새…"

역시 봉(鳳)이다. 옛 단군조선의 전설에 나오는 봉황(鳳凰)이다. 봉은 수컷이고 황은 암컷이다. 용과 학이 교미하여 낳은 상서로운 새. 신탁에서는 그 이름 하여 아시, 아시새 라고 하며 임금, 즉 군장(軍將)을 뜻한다. 가슴은 기러기, 몸 후반부는 수사슴, 목은 뱀, 꼬리는 물고기, 이마는 새, 깃은 원앙새, 무늬는 용, 등은 거북, 얼굴은 제비, 부리는 수탉과 같이 생겼다. 키는 여자아이의 두 배 정도. 백제의 궁(宮) 전각에도 봉황의 문양이 두루 쓰인다. 여인들이 놓는 수(繡)의 그림 재로 많이 이용한 것은 좋은 후사(後事)를 얻기 위함이다. 봉황(鳳凰)은 음악을 좋아한다. 호사할 경우가 많다. 옛 단군조선에서는 개국과 함께 성군의 덕치를 상징하는 의미로 가무(歌舞)에 이용되었다. 기린·거북·용과 함께 4령(四靈)의 하나다.

대천관 신녀는 근자부에게 려호기가 모르게 조용히 말했다. 이 신탁은 비밀로 해야 했다. 자칫하면 반역의 씨앗이 된다.

"역시 아시새입니다. 저 아이. 이번 무예대전에 참가하면 좋을 일이 있을 듯싶습니다. 그리고 좋은 배필을 만나겠습니다. 다만 노래를 부르지 않으며 딴 곳을 보는 것이 이상합니다. 우여곡절이 있겠습니다. 봉이 겹쳐서 보이고 하나 속에 더 큰 봉광(鳳光)이 있습니다. 절대 비밀로 하지 않으면 저 아이, 죽음을 면치 못할 것입니다."

대천관 신녀는 려호기를 자기에게 맡겨달라고 다시 근자부에게 말했다. 근자부는 신탁 때문에 심각해졌다. 이윽고 결심한 듯, 순간, 표정이 명료해졌다.

그리하자―

근자부는 려호기를 데리고 사흘 후 오겠다며 백제 신궁(神宮)을 떠났다. 대천관 신녀는 그런 근자부를 말리지 않았다. 아련히 떠나는 아비의 뒷모습을 그저 바라볼 뿐이었다.

근자부는 발길을 재촉했다.

려호기를 데리고 수두객점(蘇塗客店)으로 향했다. 솟대, 수두,

솟터에서 유래했다고 하는 소도(蘇塗)는 하늘에 제사를 지내던 특수한 신성 지역, 곧 성지(聖地)다. 어디에서나 옛 단군조선의 유민들은 하늘 제단을 만들고 방울과 북을 단 큰 나무를 세워 산천에 제사를 올렸다. 매년 한두 차례에 걸쳐 각 읍(邑), 담로(擔魯)별로 소도에서 천군(天君)을 선발하여 제사를 지내었으며, 질병과 재앙이 없기를 빈다. 단군시대. 소도는 신성한 곳이었다. 제사에 참석하는 자는 죄인이라도 처벌하지 않았다. 큰 소나무를 세우고 신악기(神樂器)인 방울과 북을 달아서 강신(降神)에 대한 안내 또는 신역(神域)의 표지로 삼는다. 근자부는 그런 수두, 소도를 객점으로 만든 곳을 잘 찾았다. 수두객점. 표식은 솟대였다. 그곳이었다. 옛 단군조선 유민들이 가진 그들만의 연락망, 즉 정보를 수집하고 몰래 교류하던 곳이다. 소도는 부여, 숙신, 고구려, 백제, 신라 등 옛 단군조선의 흔적이 있는 곳이라면 그 어느 곳에도 있었다. 수두객점 또한 각 지역 상권이 발달한 곳에는 반드시 한두 곳이라도 있었다.

수두객점의 주인은 근자부를 보고 반가워했다. 객점 은밀한 곳으로 안내한다. 객점의 지하에는 작은 토굴 같은 것을 지나면 은신처가 마련되어 있었다. 려호기는 이미 여러 곳에서 이러한 수두객점의 기능을 알고 있었기에 놀라지 않았다. 다만 대천관 신녀에게 사흘의 말미를 받아 자신을 급히 데리고 어디로 왜 가려 하는 지가 궁금할 따름이었다. 이럴 시간에 무예비법이나 하나 더 가르쳐주면 훨씬 좋을 텐데… 뭐 우승을 위한 특급비법 같은 것은 없나? 이런저런 생각을 하고 있는데… 근자부는 아무런 말도 없이 려호기만을 남겨놓고 황급히 어디론가 사라졌다.

내일 보자 하고-

평양(平壤). 평평한 땅, 큰 벌판. 대벌 수두객점에 사람들이 북적인다. 다들 관심사는 무예대전이다. 그중에서도 집약해보면 대체로 4대 강자가 떠올랐다. 왕비족 처자(妻子)들이 가장 눈독을 들이는 사내 중의 사내는 우복이다. 한성백제의 명문가 자손이면서 거대한 흑우(黑牛) 상단의 후계자이다. 검은 소는 전쟁과 경제의 힘을 상징했다. 그런 우복을 향한 여심(女心)은 이번 무예대전의 백미다. 또 한 명, 백제 무절(武節)의 현재 수장가(首長家)에서 무사 대표로 나오는 설귀(卨龜)라는 자도 있었다. 출생 신분은 분명치 않으나 병관좌평 집안이자 백제 무절의 수장인 설진강(卨鎭强)의 성(姓)을 받아 나오는 무사로 이미 백제 무절들 사이에서는 우승이 당연시되고 있었다. 신진기예 중에서도 특히 백제 무절의 무예에 정통했다는 소문이 파다했다. 그리고 8대 명문가가 있었다. 그중에서도 태왕손 여설리(餘薛利)와 함께 전쟁터를 누벼 온 사명(沙名), 찬수(贊首), 해곤(解昆), 목나(木那) 등이 그 뛰어난 자질과 함께 이름이 높았다. 객점에 모인 사람들은 일반부 무사들이었다. 그들은 신진부에 오르기를 원했다. 고수부는 감히 넘볼 대상이 아니었다. 그러나 사람의 욕심이란… 역시 관심은 고수부 대결에 몰렸다.

스승 근자부가 하룻밤을 훌쩍 지나고서야 돌아왔다. 조용히 려호기를 불렀다. 한 자루의 흑단목검(黑檀木劍)을 내놓았다. 이번 무예대전에서 일반부는 살상(殺傷)을 막으려고 목검 승부를 펼친다. 진검(眞劍) 승부로 살상은 피하겠다는 뜻이지만 고수의 대결에서는 진검이나 목검이나 목숨을 걸기는 매한가지였다. 신진부부터는 무기를 가리지 않는다. 다만 살상부족(殺傷不足)이라 하여 죽게 하거나 아주 크게 상하게 하면 승리할 수 없다는 규칙이 있었다. 대결에서 죽이거나 큰 부상을 입히지 않는 것도 고수의 덕목 중의 하나로 본 것이다. 이번 무예대전의 목적은 전쟁을 위한 젊은 백제인들의 발굴이니, 출전한 사람을 상하게 하는 것은 국익에도 반하는 것이었다.

스승 근자부는 검 손잡이에 끈을 매주었다. 그 끈이 이상했다. 흑단목검은 손에 잡히는 재질감이 좋아 보통은 검 끈을 매지 않는다. 그런데 스승 근자부는 일부러 검 끈을 매준다. 게다가 검 끈에는 방울도 달렸다. 은(銀)으로 만든 방울. 참, 황당한 일이다. 목검에 방울을 달면 상대에게 나 여기 있소 하고 알려주는 결과를 만들 것이 아닌가.

"들어 보아라!"

흑단목검은 매운 냄새가 아직 가시지 않은 것이 아마 목검으로 만들어진 지가 얼마 되지 않은 듯 했다. 저 멀리 서역이나 고원지대를 건너온 흑단목검 재료를 가공하려 할 때 매운 냄새가 난다. 유난히 냄새에 예민한 려호기는 흑단목검에서 스승의 애정을 느끼고 있었다. 밤새워 어디선가 흑단목검을 만들어 오신 것이다. 스승의 기대가 느껴졌다. 흑단목검은 무거웠다. 은방울은 형태만 있을 뿐 소리는 잘 나지 않았다. 방울에 알이 없었다. 검 끈도 손에 착 달라붙었다. 역시 스승님이다. 은방울의 용도는 잘 모르겠지만, 검 끈은 이유가 분명했다.

흑단목검을 휘두르자 희한한 소리가 났다. 휘-이, 은방울 구멍으로 바람이 새는 소리가 난다. 묘한 긴장감이 휘감아 돈다. 게다가 그 소리는 검기(劍氣)를 더욱 강하게 해주고 있었다. 아, 그제야 려호기는 은방울의 용도를 알게 되었다. 검기를 산란하게 해서 상대방의 예측을 허물 수 있었다. 고수는 검기를 통해 느낀다. 그 검기가 흩어져 들어오면 어디를 어떻게 막아야 하는지 모르게 된다. 은방울은 그런 용도라 생각했다. 스승 근자부의 배려를 려호기는 무예대전이 본격화되면서 다시 깨닫게 된다. 은방울에 숨겨진 근자부의 원려(遠慮)를 미처 알지는 못했다. 근자부는 려호기에게 다시 다짐을 받는다.

"너는 이제 얻으면 잃을 것이요, 잃어야 얻게 될 것이다."

크고도 큰길을 가야 한다. 할 수 있겠느냐? 얻으면 잃는다 했다. 잃어야 얻게 된다고도 했다. 알쏭달쏭한 스승 근자부의 그 얘기를 듣고 더 깊이 생각하지 않고 려호기는 그저 무예대전에 나갈 기대에 강하게 대답했다.

"반드시 해낼 것입니다. 하겠습니다."

려호기는 당차게 대답했다. 하늘의 뜻이 있음을 깨달은 근자부는 무예대전 참가를 허락한다. 그리고 조용히 려호기를 지켜보며 미소를 짓는다. 호기야, 이제 너는 가야 한다.

이 시대, 피바람이 너를 부르고 있다-

너는 너에게 내린 하늘의 명(命)을 아직 알지 못한다. 스승 근자부는 한없이 어리게만 보이는 제자에게 마음속으로 말하고 있었다. 아느냐? 그 길이 얼마나 힘든 길인지. 다 얻었다고 생각하는 그 순간 다 잃어야 하는 그 아픔, 그 슬픔이 있다. 얻으려면 다 잃어야 한다. 하늘의 소명은 다르다. 일단 그 길에 들어서면… 반드시 이루어야 한다. 반드시.

無 없이

누구인가? 백가제해 천하제일 무술대회를 통해 백제의 신성(新星)으로 떠오를 이는. 이런 생각들로 한성백제가 들썩일 때, 책계왕은 이미 소기의 목적을 달성하고 있었다. 일반부문의 신청자가 첫날 무려 삼천 명을 넘었다. 강호(江湖)에서 난다 긴다 하는 숙련된 무예가들이 백제 무절로 편입하려는 것이다. 군대에서 실전 경험이 풍부한 중간 계급의 등장은 정예군을 편성하는데 두말할 나위 없이 좋은 일이요 전쟁에서의 승리를 예고하는 징조였다.

신진부문에서도 자연스럽게 무절(武節)의 미래 동량들을 확보할 수 있었다. 명문 자제들에게는 가문의 힘이 아닌 자신의 역량으로 출세할 수 있도록 공인을 받는 자리였다. 물론 일반부를 거친 신진들을 편입시켜 평민과 귀족이 다 함께 충성을 경쟁하도록 했다.

백제에서는 오방(五方)에 기초하여 이진법 배수에 의해 관직을 만들고 운용해왔다. 그래서 5부제를 두었다. 중앙 왕궁을 중심으로 4방위를 관장하도록 했다. 16개의 관등(官等)으로 관리를 서열화하였다. 이는 8쾌를 중심으로 음양의 조화를 꾀한 것이다. 대륙백제와 한성백제를 구분해 이원화하기도 했다. 제1위 좌평(佐平)부터 제6위 내솔(柰率)까지의 이른바 솔(率) 계통 관료들은 정치·행정·군사 분야의 지휘관이다. 은(銀) 꽃으로 관(冠)을 장식할 수 있었다. 제7위 장덕(將德)부터 제11위 대덕(對德)까지의 덕(德) 계통 관료들은 각 분야의 실무진이다. 또, 제12위부터 제16위까지의 문독(文督)·무독(武督)·좌군(左軍)·진무(振武)·극우(克虞) 등은 행정 및 군사와 관련된 관리였다.

각 계층은 구분이 명확했다-

복식을 포함한 모든 것이 신분에 따라 달랐다. 솔 계통 관료는 자주색, 덕 계통 관료들은 붉은색, 문독 이하의 관리는 파란색 옷을 입었다. 백제의 일반 백성은 붉은색이나 자주색 계통의 옷을 입지 못하였다. 그만큼 신분적인 차이와 구분은 분명했다. 그래서 백제인들의 신분 상승의 욕구 또한 강했다. 이러한 신분 상승의 욕구에 책계왕의 무예대전은 불에 기름을 부은 격이었다.

특히, 백가제해(百家濟海)라는 말에서 알 수 있듯 백제는 바다를 건너는 해운(海運) 능력이 탁월했다. 조선(造船)에 독특한 재주를 갖고 있었다. 옛 단군조선 시절부터 이어왔던 해상세력이 중심이었다. 각 지역을 바닷길로 잇는 해상 무역을 통해 주산업인 농업생산의 발달은 물론 경제 전반에 생기가 넘쳤다. 수공업, 상업 등이 농업에서 분리, 독자적으로 발달하기 시작했다. 특히, 제철업, 제염업의 발달이 돋보였다. 제철업은 각종 농기구와 무기의 수요 폭증에 따라 눈부신 발전을 보였다.

옛 제(齊)나라의 수도이자 대륙백제 위례성의 임치(臨淄) 인근 백제 야철터는 넓이가 몇십 만 평에 달했다. 곳곳 주조장(主造場)에서는 철제 농기구를 대량 생산하여 대륙 각지와 동서 남해 각 지역으로 향했다. 사람들은 산 위에서 적갈색 흙이 발견되면 그 아래에 철이 있다는 것을 당연히 알고 있었으며, 당시 철이 출토되는 철광은 국가적으로 매우 중요한 관리 재산이었다. 대륙백제의 위례성 인근 산둥반도가 전략적 요충지였던 이유는 대륙으로 진입하는 해상통로의 거점이자 곧 철제 무기생산지였으며, 동시에 군사보충을 위한 매우 중요한 지역이었기 때문이었다. 거대한 산맥으로 둘러싸여 외적 침입이 매우 힘들었다. 해군(海軍). 해군력에서 월등했던 백제가 그 지리적 이점을 누리고 있었다.

각국의 산물이 활발히 교역되자 무역을 통해 재(財)와 부(富)를 축적한 대상인들이 출현했다. 보습, 농기구 모양의 포전, 칼 모양의 도전이 널리 사용되었다. 산업발달의 거대한 흐름은 또 다른 면에서 각국 국경의 철폐를 요구하고 있었다. 각국의 화폐, 도량형 등의 차이는 상업의 발달에 제약이 되었으며, 국경을 넘어 한 줄기로 흐르는 강물에 대한 대규모 수리사업이 요청되고 있었다. 책계왕은 대륙백제의 위례성 축조에 백성의 참여를 이와 같이했다. 자신들이 살 지역을 안전하게 하고 싶은 심리를 이용했다. 위례성 축조에 참여한 자가 곧 위례성에 살 자격이 있었다. 또한 특혜를 주었다. 생활의 필수품인 소금과 곡물을 나눠주었다. 책계왕은 부역과 군역을 재화 가치로 만들었다. 군역이나 부역을 해야만 백제 백성으로 자기 경제 활동을 마음대로 할 수 있었다. 그런 의도는 백성을 움직였다. 그렇게 자발적으로 위례성을 축조하면서 동시에 군사편재를 구상했다.

더 많은 군사가 필요하다-

이제 책계왕은 전쟁의 개념이 바뀌고 있다고 생각했다. 주요 요충지와 변경에 이르기까지 성(城)을 거점으로 끈질긴 공방전이 벌어지곤 했다. 이제 전쟁에서는 전차 수천 대, 많으면 4에서 5만 정도의 병력이 동원되었으며, 그보다 더 많은 대군이 동원되기도 했다. 한편으로는 기병대가 더욱 중요해지고 있었다.

특혜(特惠)를 주어야 한다-

이제 전쟁은 귀족들만의 것이 아니었다. 평민 모두가 의무적으로 참여해야 했다. 전리품의 획득과 상대국의 복속에 목적을 두었던 이전의 전쟁이 아니다. 이제는 토지의 획득과 적국 병력의 말살로 바뀌어야 한다. 이런저런 이유로 순수 무장(武將)이 출현하게 되었다. 전쟁의 이론과 작전을 연구하는 병법이 발전하고 있었다. 책계왕은 누구보다도 병법에 노련했다. 문제는 군사였다. 무예 기본이 잘되어 있는 정예병. 일시에 백성을 모집해서 진두지휘할 일당백의 전사들. 그들이 필요했다. 무예대전은 그래서 책계왕의 대륙전쟁 준비의 핵심이었다. 역시 필요한 것은 특혜였다. 명예(名譽)와 부(富), 권력(權力)을 주어야 했다.

사력을 다한 각국의 경쟁 속-

엄청난 사상자가 속출했다. 백성은 언제 닥칠지 모르는 죽음의 위협 속에서 하루하루를 보내야 했다. 그래서 오히려 백제 무절이 되려는 사람들이 늘고 있었다. 목숨을 위협받는 상황에서 가장 필요한 것은 힘, 그 힘을 얻는 길은 책계왕이 펼쳐놓은 군사가 되는 길이었다. 그 병역에 특혜 중의 특혜를 준다는 것이 이번 백가제해 천하제일 무술대회(百家濟海 天下第一 武術大會)의 핵심이었다.

군민(軍民)이다-

일반부에서 힘을 소비하는 것은 매우 어리석은 일이다. 하지만 뚜렷한 신분이나 무예 경력이 없고서는 신진부로 직행한다는 것은 불가능한 일. 어려웠다. 기초 실력은 물론이고 신분상으로도 검증된 사람이어야 했다. 추천인이 달솔급 이상이니 백제 직제상 가장 믿을 만한 사람들이었다. 게다가 각 추천인의 명예도 함께 걸리게 되는 일이니 추천도 함부로 할 일이 아니었다. 이는 곧, 귀족 명문가의 특혜 또한 인정하면서 양민과 평민, 상인들의 신분상승 욕구에 부응하는 그 창구기능을 하게 한 것이다. 권력구조 자체를 인정하는 동시에 신분변화의 욕구를 해결하는 역할도 하고 있었다. 신분상승의 기회. 그것의 파급 효과는 엄청난 것이었다. 오직 전쟁 욕구, 즉 왕의 필요성에 의해서만이 가능한 일이었다.

드디어 그날-

려호기는 등록하고자 했다. 대천관(大天官) 신녀(神女) 진혜(辰慧)에게 인사를 하고 궁궐 접수대를 향해 출발하려는데 빙그레 신녀(神女) 진혜(辰慧)가 웃는다.

"그래서 일반부로 시작해 언제 고수부에 도달할 것인가?"

출전자가 수천을 헤아리면서 일반부에서 신진부까지 가려면 최소한 백 명은 상대해야 할 것 같았다. 고수부에 들기도 전에 일반부에서 온 힘을 빼야 할 상황이었다. 신녀(神女) 진혜(辰慧)는 조용히 신패(信牌)를 내놓았다. 신궁의 추천 무사로 바로 신진부로 직행하라는 것이었다. 려호기는 고마워했다. 그리고 말없이 신패를 들었다. 신궁(神宮)을 나섰다.

일반부요? 신진부요?

한 시진을 기다린 접수대에서 려호기는 고민했다. 일반부에는 사람들이 많았다. 신진부에는 겨우 이, 삼십 명. 눈빛들이 강했다. 무공이 보통 높은 것이 아닌 것 같았다. 려호기는 택해야 했다. 신패를 들고 신진부로 향할까… 고민했다.

사흘 후 시작이었다.

이미 수두객점에서 스승 근자부는 려호기에게 헤어질 것을 암시했었다. 근자부의 길과 려호기의 길이 다름을 려호기도 본능적으로 느끼고 있었다. 아무리 그래도 무예대전을 직전에 두고 스승이 떠나다니… 려호기는 다소 섭섭하기까지 했다. 근자부는 려호기가 잠든 사이에 길을 떠났다. 백제 대천관 신녀를 찾아가라는 말만 남겨 놓은 채. 신녀는 모든 것을 아는 듯 했다. 이미 아비와의 이별을 예감했었다는 듯 단 한 마디도 묻지 않았다. 참 지독한 부녀(父女) 사이가 아닌가하고 려호기는 생각했다. 스승은 떠나기 전날 잠들기 전에 려호기에게 물었었다.

"백성을 사랑하는 방법을 아느냐?"
"예?"
"백성을 사랑하는 방법은 아느냔 말이다. 무예대전에서 네 무예 정도라면 어느 정도 성과가 있을 터… 지금과는 다른 위치에서 백성을 사랑하는 방법은 알아야 하는 것 아니냐? 아느냐?"

그랬다. 스승 근자부의 말에 일리가 있었다. 이제 자신은 변할 것이다. 반드시 우승하겠다고 마음을 먹었다. 사실 스승의 뒤통수 매질도 자신이 마음만 먹으면 다 피할 수 있었다. 그런데도 스승의 공격에 당해준 이유는 크게 두 가지였다. 먼저는 스승이 실망할까 그런 것이고 또 하나는 그 공격이 곧 자신의 급소들에 대한 방어능력을 강화시키는 것이었기 때문이었다. 그것을 알기에 적당히 피하고 적당히 맞아준 것이다. 그런 교감이 스승 근자부와 제자 려호기에게는 있었다. 그런데 더 깊은 교감을 말하고 있었다. 뭔가 스승의 깊고도 깊은 암시가 있는 것 같았다.

"백성이 아닌 사람들이라도 좋다. 어떻게 사랑을 하고 어떻게 사랑을 받을 것이냐? 그 방법을 아느냐?"
"아직 그것을 생각해본 적이 없습니다."

솔직히 말했다. 려호기의 장점이다. 모르면 모른다고 한다. 더 깊이 생각할 일이라고 다음으로 미루려 했다. 그런데 스승 근자부는 그게 아니었다. 당장 필요한 얘기인 듯 바로 말을 이어갔다.

"귀가 큰 것이다. 커야 한다."
"예? 귀요?"

귀(耳)가 커야 한다. 그리 말씀하셨다. 귀가 크다. 아! 잘 들으라는 얘기다. 잘 들어주라는 말씀이었다. 들어준다? 듣는다. 그러면 사랑을 하는 것이고 곧 그 사랑을 얻는다. 이런 뜻이다. 려호기는 고개를 끄덕인다.

"많이 들어라. 여럿에게 들어라. 다 들어줘라. 그러면 그 사람들의 마음이 열린다. 네 마음을 먼저 열어라. 그 열어 놓은 만큼 그들의 마음이 열릴 것이다."

그 마음을 알아주는 것. 그것이 시작이다. 그러면 백성을 사랑할 수 있고 그 백성의 사랑을 받을 수 있다. 어떤 말도 들어주는 것. 듣는 양(量)만큼 사랑의 크기가 결정된다. 뜻이 전해지자 뭔가 가슴에 뜨거운 것이 올라왔다. 그랬다. 스승 근자부가 그랬었다. 어떤 자신의 말도 들어줬다. 투정도 다 받아줬다. 듣기는 하되 해주는 것은 별개였다. 하지만 그 들어준다는 것 때문에 스승에게 불만이 있을 수 없었다. 그리고 스승에게 뭔가 더 깊은 뜻이 있겠지, 그렇게 생각했다. 그런 믿음이 생겨 있었다. 들어주는 것 때문이다.

훌륭한 사람-

옛 단군조선에서 은밀히 내려오는 성군(聖君)이 되는 방법이 있으니 참고하라고 했다. 훌륭한 사람, 성인(聖人)의 성(聖)을 파자(破字)해서 써보면 먼저 귀(耳)를 쓰고 입(口)을 쓴다. 그리고 밑에 임금(王)을 쓴다. 귀로 먼저 듣고 나중에 말하는 임금이 성(聖)이다. 그래서 성군(聖君)은 먼저 듣고 나중에 말하는 임금의 다스리는 입이다. 듣는 것이 먼저라고 그렇게 스승 근자부가 가르쳐준다. 근자부는 려호기에게 왜 이목구비(耳目口鼻)냐고 또 물었다. 왜 귀(耳)가 먼저인지 아느냐? 그다음이 눈(目)이며, 그 후에야 입(口)이고, 코(鼻)라고 하는 이유를 물었던 것이다. 듣고 보니 려호기가 이상했다. 보이는 것으로 하면 귀, 눈, 코, 입이어야 했다. 아니면 위에서 아래로 눈, 코, 입, 그리고 귀… 그것도 아니면 밑에서부터 입, 코, 눈, 귀… 순서가 이래야 하는데… 왜 이목구비 순서일까? 어떤 의미가 그 순서에 담겨 있을까? 근자부가 이어서 답을 해주었다. 먼저 들으라고 한 것이다. 들은 후에 보고, 그리고 나서 말을 하고, 숨을 내쉬는 행동, 즉 흥분을 맨 나중에 하라는 뜻이라고 했다. 그리고 말해주었다. 그리하면 네가 원하는 것을 이룰 것이다.

그 얘기를 마지막으로 해주고 스승 근자부는 갔다-

신궁(神宮)의 후원에서 려호기는 흑단목검을 휘두르며 무예대전 준비를 하고 있었다. 차근차근 스승 근자부의 가르침을 되새기고 있었다. 그리고 보니 스승 근자부는 참 많은 것을 가르쳐 주었다.

백제무예를-

백제무술 백제신검은 신술(身術), 봉술(棒術), 검술(劍術) 및 비기술(秘技術) 등과 아흔네 가지 진법(陣法)을, 또 속도축지법이라는 독특한 보법을 포함하고 있었다. 게다가 옛 단군조선의 선인(仙人)무술을 가르쳤다. 고구려의 조의무술과 신라의 화랑, 수박술에 이르기까지 언뜻 근자부의 무예 깊이는 알 수가 없었다. 천하를 떠돌며 려호기는 근자부가 아는 무술의 끝이 도대체 어디인지 모른다고 생각하곤 했다.

려호기는 특히 맨몸으로 행하는 무술, 즉 신술에 능했다. 18가지 술기법과 호신술이 있고, 38가지 유형의 신술을 체계적으로 수련했다. 려호기가 익힌 검술은 애초 무지막지했다. 그런데 어느 날부터 스승 근자부는 려호기만의 검법을 하게 했다. 려호기의 검법은 매우 단순해졌다. 일자도, 즉 직도(直刀)를 가지고 스승 근자부가 가르쳐준 백제 제일검법 태을신검술을 익혔다. 그 태을검법을 더 단순화했다. 아니 가문을 몰살시킨 하늘의 뜻을 베어 버리겠다는 일념으로 하늘 천(天)을 베고 또 베었던 그 습성이 하나의 검법이 되었다. 그것이 하나의 묵직한 도법이요 검술로 자리 잡은 것이다. 득의망언(得意妄言). 득의망술(得意妄術). 뜻을 알았으니 기술을 버리고 자신만의 검의(劍意)로 도(道)를 얻는다. 그 경지다.

득도지경(得道之境)-

건장한 청년 려호기가 신궁(神宮)에서 무술 연습에 빠져 있는 동안 두 여인이 이를 훔쳐보고 있었다. 왕비족 수장이며 내신좌평인 진루의 큰 딸 하료와 그녀의 사촌 동생 하미였다.

대단하다-

진하료(辰河僚)는 신궁에서 무예를 닦는 이 신진기예가 궁금했다. 누굴까? 누구인데 백제 신궁에서 무예를 닦나. 아마 무예대전에 출전할 듯싶은데… 호기심 많은 진하료(辰河僚)는 대천관 신녀 진혜에게 이 청년에 대해 묻고 싶어졌다. 그런 하료 때문에 한성백제 제일 미남 우복을 만나러 가는 진하미(辰河美)의 발길이 늦어지게 되었다. 진하미(辰河美)는 사촌 언니에게 툴툴거렸다.

"나는 관심 없어. 역시 우복이 최고지…"

사촌 간인 진하료(辰河僚)와 진하미(辰河美)는 서로 취향이 달랐다. 질투심도 많았다. 묘한 경쟁심도 있었다. 특히, 언니 하료는 백제에서는 둘째가라면 서러워할 미모와 당찬 면이 많았다. 어려서부터 사내애들도 휘어잡았다. 칼싸움에 나서면 웬만한 무사도 당해낼 재간이 없었다.

여자 무사―

백제에서는 여자들의 무예 수련 또한 장려했다. 무사녀(武士女). 특히, 귀족 여인들과 더불어 여자 호위 무사를 선발하고 훈련을 시키는 기관도 있었다. 이는 왕비가(王妃家)와 신궁(神宮)에서 주로 담당했다. 진하료(辰河僚)는 신궁 여자 호위 무사들의 무예를 다 익히고 왕비가의 무예 또한 익혔다. 그리고 나서 전쟁터에 나가겠다고 우겨서 아버지 진루(辰屢)가 극구 말려야 했다. 왕비(王妃)가 될 여인. 진하료(辰河僚)는 태왕손(太王孫) 여설리(餘薛利)와 혼인이 약조되어 있었으나 하료 자신이 이를 극구 반대했다. 설리에게는 대륙백제에서 이미 사씨(沙氏), 목씨(木氏), 협씨(協氏)의 태왕손비(太王孫妃)들이 있었다. 아무리 왕비족이라고 해도 세 명의 부인이 있는 상태에서 정식 왕비가 된 들 제대로 행세하기가 어려울 것으로 생각했다. 더욱이 협씨 또한 왕비족이다. 명문대가의 앞선 부인들 틈에서 비참해질 가능성이 컸다. 대가 센 진하료(辰河僚)는 태왕손(太王孫) 여설리(餘薛利)를 단념했다. 그리고 이번 무예대전에서 우승할 사람이 누구인지 또 새로운 가능성이 있는지가 궁금했다. 백제 대천관 신녀는 그런 진하료(辰河僚)를 예뻐했었다. 그래서 신궁(神宮) 대천관 신녀에게 이를 물으려고 왔다가 신궁에 있었던 새로운 인물, 려호기를 보게 된 것이다.

참 이상하네. 신궁(神宮)의 남자 무사라⋯

무형(無形)의 소리. 기이하고 괴이하다. 자연의 소리가 아닌 듯하다. 아니다. 그 소리. 괴청년이 검은 목검을 휘두를 때마다 하료의 귓속을 파고든다. 마음으로 느껴지는 그 무엇이 혈맥(血脈)을 고동치게 한다. 정신이 혼미해지는 묘한 소리. 그 소리를 청년이 내고 있었다.

진하료(辰河僚)는 무예에 관해서는 웬만한 싸울아비, 무사들보다도 학문과 지식이 뛰어났다. 백제 본국검법에 대해서는 일가견(一家見) 통달할 정도의 식견(識見)이 있었지만, 괴청년의 검법과 검기는 도무지 알 수가 없었다.

백제의 본국검법, 검술에는 기본 검 7자세와 기본 7행검, 도행 12검을 기본으로 38가지 검행을 익히고 나서 고수 검행 72가지를 익히게 된다. 그런데 괴청년의 그것에는 백제의 기본 검법의 흔적이 있는 것 같기도 하고 없는 것 같기도 했다.

단순하다-

찌르고 막고 베기의 과단성, 즉 무적(武的) 동작(動作)은 태을검법과 비슷했다. 무적(武的) 동작(動作)은 검의 공격과 방어에서 기인(起因)하는 데, 청년의 그것에는 단순함이 아름답게 펼쳐졌다. 마치 피가 흐르듯 분수가 솟아오르듯 세로 두 줄과 좌우 사선을 긋는 간명함이 극치를 이루고 있었다. 무슨 검법인가? 아무리 골똘히 생각해봐도 알 수 없는 검법이었다. 그러나 하료가 본 그 어떤 검무예(劍武藝)보다 강해 보였다. 하료는 그 검의 깊이가 느껴졌다. 아름다워 보였다.

태을검법과 비슷한데-

려호기 또한 흑단목검 은방울이 내는 소리에 대해 점점 더 매력을 느끼고 있었다. 방울 알도 없는 작은 방울에서 참으로 묘하게 바람 소리가 증폭되어서 나온다. 소리가 길고도 짧게 흘러나와 예측할 수가 없었다. 이걸 제대로 조절한다면? 그런 생각이 들었다. 려호기는 마치 혼을 빼앗긴 것처럼 흑단목검으로 소리를 내고 소리를 조절하는 데 빠져들고 있었다.

정말 기이하네-

하료의 생각은 더 깊어졌다. 왕비족 출신 대천관 신녀는 보통 신녀가 아니다. 백제 역사상 그 예지력이 가장 출중하다고 왕가에서는 말한다. 사실 위례성 축조나 야철터 확보 등은 물론 이번 무예대전을 실질적으로 제안한 사람. 책계왕에게 일러 준 제안자가 바로 대천관 신녀였다. 하료의 아버지 진루는 거의 모든 일을 신녀와 상의하고 있었다. 무예대전의 무사함을 기도 중인 대천관 신녀에게 괴청년을 알아보기로 했다.

꼭 물어봐야지-

하료는 청년을 훔쳐보는데 정신을 놓고 있었다. 그 옆에서 사촌 동생 하미는 더는 지체할 수가 없었다. 하미는 정신 팔린 하료를 놓아둔 채, 몰래 신궁(神宮)을 나섰다. 날이 어두워지기 전에 만날 사람이 있었다.

마음을 따라간다-

진하미(辰河美)는 미청년 우복에게 마음을 이미 빼앗기고 있었다. 아무도 몰래 흑우가(黑牛家) 상단(商團)에서 물건을 구하러 다니면서 우복을 훔쳐보곤 했다. 그리고 이번 무예대전에서 우승하면, 하미 자신에게 정식으로 청혼(請婚)해줄 것을 원하고 있었다. 이를 미리 서로 약속하기 위해서 오늘은 기어코 우복과 통정이라도 해야 했다. 무예대전이 하루 뒤 이틀이 지나면 시작되는데…

우복은 비록 신진부에서 시작하지만-

마음이 급해진 하미는 신궁(神宮) 뒷마당에서 무예 연습을 하는 괴청년에게 시선을 빼앗긴 하료를 놔둔 채 우복을 만나러 흑우가 상단을 찾아가기로 했던 것이다.

비가 오겠다-

진하미(辰河美)는 나들이 길을 서둘렀다. 금방이라도 비가 올 듯 했다. 백제 신궁에서 흑우가 상단은 한 시진이 넘게 걸리는 먼 길이었다. 상단 근처에 이르자 사람들이 부산을 떨고 있었다. 하늘은 금방이라도 비를 쏟아낼 듯 먹구름으로 가득했다.

길을 비켜라-

다급히 흑우가 상단으로 종종 달려가던 하미는 두드드- 기마병들의 등장에 놀라 시장 길옆으로 급히 몸을 피했다.

태자 마마이시다-

일단의 무사들 무리가 지나가자 곧이어 태자행기(太子行旗)가 보였다. 여휘(餘輝) 태자(太子)의 행차. 훗날 책계왕의 뒤를 이은 분서왕(汾西王)이다. 대륙백제 위례성에 있던 태자 여휘도 무예대전을 보고자 한성백제에 당도한 것이다. 이미 사십 대 중반을 넘은 태자는 책계왕과 더불어 대륙정복에 대한 열망이 컸다. 전쟁터에서 잔뼈가 굵은 장수중의 장수. 그가 한성백제에 온 것이었다. 사람들은 태자 마마 만세! 태자 마마 만세! 태자를 환영했다.

태자 일행이 하미를 막 지나려는 순간-

말 위의 태자와 길옆에 있던 하미의 눈이 마주쳤다. 하미는 하료와 달리 연약해 보이면서도 그 미모가 수국과 같았다. 경국지색. 아직 그 미모가 활짝 꽃피진 않았지만 붉은 입술과 홍조 가득한 도톰한 볼, 턱이 하얗고 긴 목선을 조화롭게 가지고 있었다. 남자들의 주목을 받지 않을 수 없게 생겼다. 더욱이 시장 한복판에 그런 미색이 있었으니… 다른 이들이 고개를 숙이고 길을 비킬 때 한 걸음 더 물러서 있던 하미는 말 위의 태자를 보고 있었다. 그러다가 눈이 마주쳤던 것이다. 하미는 급히 고개를 숙였다.

참 곱구나-

태자의 눈에도 순간 하미의 하얀 목선이 담겼다. 그 미모. 전장에서 너무 오래 있었나? 아내가 죽고 여인을 멀리했다. 특히, 태자는 태손 시절부터 전쟁터를 누벼야 했다. 무려 52년간을 재위한 할아버지 고이왕을 따라서 대륙백제 위상을 정립하는 데 앞장섰다. 한성백제를 당시 태자였던 책계왕이 맡아 있을 동안, 고이왕은 태손을 데리고 대륙 요서 일대를 정복하고 있었다. 할아버지 고이왕은 태손, 즉 여휘(餘輝)를 전쟁터에서 키웠다. 고이왕은 백제의 모태후(母太后)인 소서노(召西弩)의 꿈을 이루고 싶어 했다. 부여족의 일파인 소서노 졸본부여(卒本扶餘)의 세력이 있던 땅. 비류백제(沸流百濟)로 있었던 요서 지방 일대를 다 경략하고 싶어 했다. 옛 지역을 확대하여 백제 영토로 만들려고 했던 것이다. 고이왕은 항상 그 꿈을 태손에게 심어주었다. 그래서 태손 여휘는 태자가 되어서도 여인보다는 전쟁터가 더 익숙했다.

위풍당당함-

태자 여휘의 모습은 모든 것을 다 가진 남자의 자신감이다. 그런 느낌이 하미에게 다가왔다. 그 짧은 마주침으로 새로운 인연이 될 줄은 전혀 생각하지 못한 채 두 사람은 잠시 눈길만 스쳤다.

태자 여휘는 한성백제에 참 오랜만에 돌아왔다. 34년 동안의 태손 시절과 다시 9년간의 태자 생활을 하고 있었다. 대륙백제 위례성을 본거지로 43년의 긴 세월을 보냈다. 한성백제가 낯설고 조금은 쑥스러웠다. 대륙이 편했다.

온조계다-

고이왕은 태생적 한계가 있었다. 대륙백제 비류계의 구수왕이 죽자 20대의 청년 왕족 서자였던 고이왕은 온조계의 지지를 받아 어린 사반왕을 죽이고 왕위에 올랐다. 고이왕의 아들 책계왕과 손자인 태자 여휘는 그런 고이왕의 태생적 한계를 잘 알고 있었다. 온조계의 한계를 극복하기 위해 비류백제, 즉 대륙백제에 공을 들였다. 한성백제를 기반으로 득세한 온조계 귀족들은 왕권이 대륙백제를 향하는 동안 한성백제를 귀족 중심의 후방 지원군으로 체제화했다. 한성의 지원을 바탕으로 대륙 위례성을 강력한 전진 기지화하여 대륙의 요동과 요서 지방을 차례로 정복해나간 것이다.

태자 여휘는 해상제국을 꿈꾸고 있었다. 대방지역, 즉 옛 소서노 왕국, 어라하(於羅瑕). 비류백제 때의 그 영토를 조금씩 되찾고 있었다. 축적해 놓은 대륙의 경제기반 거점을 발판으로 해상 무역활동을 해왔던 백제는 초고왕, 구수왕, 그리고 고이왕에 이르러서는 교역만 하던 단계를 넘어 본격적으로 군대를 동원, 대륙영토를 개척하는 고토수복전쟁을 시작했던 것이다. 백제가 요서 지역에 진평군과 요서군을 설치할 수 있었던 것은 백제의 출발점인 대방의 옛땅이 해상활동의 거점이자 요서에 인접했던 난하 지역에 있었기 때문이었다.

대륙 중서부에서 진(晉)나라가 시작했을 때 고구려가 이미 요동을 차지하고 있었고, 백제 역시 요서에 웅거하면서 요서(遼西)와 진평(晉平) 2군을 차지하고 백제군을 설치하였다.

晉世句驪旣略有遼東, 百濟亦據有遼西晉平二郡地矣 自置百濟郡
(梁書)

고이왕 13년. 246년에는 위(魏)나라의 유주자사(幽州刺史) 관구검이 낙랑태수(樂浪太守) 유무(劉茂), 삭방태수(朔方太守) 왕준(王遵)과 더불어 고구려를 정벌하였는데 고이왕은 낙랑이 비어 있는 틈을 타서 좌장(左將) 진충(眞忠)을 파견하여 낙랑의 변경을 습격하고 그곳 주민을 빼앗았다. 온조계 고이왕은 정치 태생적 한계를 대륙 경략을 통해 만회하려고 했던 것이다.

백제 사람들은 이미 고이왕 이전부터 요서 지역에 진출해 있었다. 그러므로 낙랑군이 비어 있는 틈을 타서 그 서부 현을 칠 수 있었던 것이다. 그런 이유로 고이왕은 대륙백제의 지지를 받았다. 특히, 대륙백제의 비류계(沸流系)는 그 적자가(嫡子家)가 몰살당하면서 구심점을 잃고 고이왕에 이어 책계왕까지 온조계 왕들을 따라서 적극적인 대륙 정복 전쟁에 나서야 했던 것이다.

이제 대륙백제는 물론 한성백제도 본격적으로 전쟁의 소용돌이에 빠지게 될 것이다. 그렇게 전쟁은 준비되고 있었다. 어느 날 갑자기 전쟁이 이루어지기도 하지만 대개는 몇 년간을 준비하고 또 준비했다. 보통은 천재지변(天災地變)이 생긴 후에 일어나는 전쟁이 큰 전쟁이 된다. 그런 일이 고래(古來)로부터 이어져 왔다. 준비한 자가 이긴다. 하늘은 그렇게 준비한 자의 손을 들어주어 왔다. 대부분 그랬다. 그 준비. 바로 총력전이다. 국운을 모두 건 총력전. 위로는 왕으로부터 귀족들과 백성 모두 그렇게 전쟁을 준비한 자들만이 승리자가 되었다. 전쟁은 국력의 대결이다. 무기가 없으면 돌이라도 들고, 죽창이라도 만들어서 싸울 수 있다. 그러나 군량이 떨어지면, 굶은 병사를 가지고는 싸울 수가 없다. 팔다리를 들 힘도 없는 데 무슨 전쟁을 할 것인가. 준비된 재물은 병사를 살 수 있다. 용병도 만들 수 있다. 그렇게 국운(國運)을 다 걸고 준비하는 전쟁이 다가오고 있었다.

그래서 국력이다-

국(國)은 곧 에워싼 것이다. 도읍이며 곧 백성이다. 고향이며 세상이다. 나라는 그런 의미다. 백제는 여러 작은 나라, 도읍들이 모여서 하나의 큰 나라를 이루었다. 이제 대륙과 반도를 넘어 더 큰 나라를 이루고자 한다. 그 염원. 그것을 이루고자 사람들은 목숨을 건다. 울타리. 백성의 울타리가 나라다. 국가(國家)다. 그 국가의 운명을 건 것이 전쟁이다. 따라서 백성의 운명도 이제 전쟁의 소용돌이에 빠지게 된다. 그 모든 것이 걸려 있기에 분열은 가장 큰 적이 된다. 백제가 비류계와 온조계로 나뉘어 싸울 때 항상 위기가 왔다. 그 적자(嫡子). 백제 본가 적자의 씨를 말려 분란의 여지를 없애야 한다. 이런 생각을 고이왕은 했다. 책계왕은 그런 고이왕의 생각을 이었다. 이제 백제 왕가의 적자(嫡子)는 오직 고이왕계 하나뿐이다. 그 적자는 책계왕과 태자 여휘, 그리고 태왕손 여설리로 이어질 것이다. 이것이 책계왕이 현재 가진 생각이었다.

적자(嫡子)는 어머니가 본처일 경우의 아들이다. 서자(庶子)는 어머니가 양민 출신의 첩일 경우이며 얼자(孼子)는 어머니가 천인 출신의 첩일 경우의 아들이다. 공주(公主)는 왕의 적녀(嫡女)요 옹주(翁主)는 왕의 서녀(庶女)이며, 군주(郡主)는 왕세자의 적녀이고, 현주(縣主)는 왕세자의 서녀다.

흑우가는 고이왕계의 방계 친족이다. 하지만 본디 왕가의 적자 혈통계보는 흑우가 우씨에게 더 정통성이 있다고 볼 수도 있었다. 다만 얼자(孼子)였다. 고이왕의 얼자(孼子)가 바로 우복의 할아버지였다. 가장 큰 장자였지만 어미의 신분이 달랐다. 그래서 고이왕은 전혀 다른 것을 맡긴 것이다. 대륙경영과 온조계를 아우르는 경제를 맡겼다. 고이왕 시절 흑우가는 왕가 혈족의 일원으로 대륙전쟁의 지원을 맡은 거대 상단으로 성장하게 되었다. 책계왕도 그런 흑우가가 필요했다.

왕가의 상단들-

백제는 타국과 달리 상단을 왕가의 일족들이 직접 관장하도록 했다. 특히, 소금과 철, 무기류, 농기구 등은 백제 국력의 상징이었으며 이를 왕실출납을 담당하던 여우상(餘羽狀)에 맡겨 상단들을 관리하게 했다. 그 경제 힘의 중심에 우상(羽狀)의 상단, 흑우가가 있었다. 흑우가의 차기 후계자는 우복이었다. 우복은 이번 무예대전을 통해 화려하게 등장하고자 했다.

흑우가의 후원(後園) 마당-

거기에서 우복은 그동안 익힌 검술을 다듬고 있었다. 날은 점점 어두워지고 우복의 결의는 더 깊어 갔다. 우승이다. 우승하는 거야. 끝까지 이긴다.

사흘 후부터다-

드디어 우복의 칼끝이 검기를 일으키자 주위가 냉랭해졌다. 미소만큼이나 차가운 검기다. 미청년. 그러나 우복의 미소는 언제나 차가웠다. 눈빛은 냉철했고 입이 단정해서 아름다우면서도 단단한 청년이었다. 그러나 벗은 몸매는 미소년이 아닌 근육질의 웃통을 내보인다. 땀 때문에 청년 우복의 주위는 마치 신선의 기운이 하늘로 향하는 듯 아지랑이를 만든다. 그런 모습에 흠뻑 취한 하미는 숨조차 쉬질 못한다.

어쩌면 저럴 수가-

하미의 눈빛이 몽환에 빠진다. 우복의 몸짓은 무술이 아니다. 무예 춤이었다. 구릿빛 근육들은 춤을 춘다. 하미는 자신이 더는 우복을 쳐다볼 수 없음을 깨닫는다. 더 보면 어찌할 수 없을 것 같았다. 이미 반은 넋이 나가 머릿속엔 아무 생각도 없지만 그렇다고 마냥 보고 있을 수도 없다. 숨이 막혀서…

고개를 푹 숙이고 숨을 할딱거렸다. 하미는 그렇게라도 해야 살 수가 있을 것 같았다. 잠시 호흡을 가다듬고 두근두근 방망이 질치는 가슴을 진정시켰다. 그리고 다시 고개를 돌려보니, 어?

우복이 사라졌다-

어디로… 갔나? 그런 생각을 하고 두리번거리려 하는데… 바로 그때 하미의 코앞에 무언가 확 덤벼들었다. 아! 순간적으로 하미의 동공이 제 맘대로 커진다. 그 눈동자 가득 들어온 사람.

우복이다-

하미의 가슴을 거칠게 뛰게 하던 우복이 바로 눈앞에서 미소 짓고 있다. 하미는 숨을 확- 들이마시고 눈을 감아 버렸다. 그러자 이번엔 땀내가 콧속으로 쳐들어온다. 그 냄새. 사내 냄새…

하미구나-

그 소리. 환한 웃음에 겨우 눈을 뜨다가 우복의 웃통 근육질에 얼굴이 붉어져 다시 고개를 푹- 숙여야 했다. 하미는 지금 사내 우복을 앞에 두고 온몸으로 감동하고 있었다.

봉선화 꽃물을 들였구나-

우복이 하미의 손을 잡아들었다. 하미의 푹 숙인 하얀 고개 선이 더 깊숙이 꺾였다.

봉선화. 봉숭아-

온조 임금님 시절, 한 여자가 선녀로부터 봉황 한 마리를 받는 꿈을 꾸고 딸을 낳아 봉선이라 이름을 지었다. 봉선이는 곱게 자라 천부적인 거문고 연주 솜씨로 그 명성이 널리 알려졌고, 결국에는 임금님 앞에 나아가 연주하는 영광까지 얻게 되었다. 그러나 궁궐로부터 집으로 돌아온 봉선이는 갑자기 병석에 눕게 되었다. 그러던 어느 날 임금님의 행차가 자기 집 앞을 지나간다는 말을 들은 봉선이는 간신히 자리에서 일어나 있는 힘을 다하여 거문고를 연주하였다. 이 소리를 알아듣고 찾아간 임금님은 봉선이의 손에 붉은 피가 맺혀 떨어지는 것을 보고 매우 애처롭게 여겨 무명천에 백반을 싸서 동여매 주고 길을 떠났다. 그 뒤 봉선이는 결국 죽고 말았는데, 무덤에서 이상스런 빨간 꽃이 피어났다. 사람들은 그 빨간 꽃으로 손톱을 물들이고, 봉선이의 넋이 화한 꽃이라고 봉선화라 하였다고 한다. 그 애절한 이야기. 그 꽃물을 손톱에 들이면 첫 사랑이 찾아온다는데…

우복은 하미의 마음을 읽었다. 그리고 사흘 후 있을 무예대전의 긴장감이 가득해진 지금, 문득 찾아온 하미 때문에 우복의 남성이 꿈틀거리고 있었다. 하미의 손을 잡아끌었다.

始 시작한

하늘. 푸른 하늘은 오늘부터 시작되는 백가제해 천하제일 무술 대회(百家濟海 天下第一 武術大會)의 앞날처럼 화창했다. 무예대전을 위해 마련된 대련장(對鍊場)은 넓었다. 사방 삼백 장은 족히 넘는 공간에 빙 둘러 무기들이 잔뜩 비치된 목책이 마치 울타리를 친 것 같았다. 궁궐 쪽을 향해 높은 삼단 단상이 꾸며져 있다. 제 일단에는 내위무사들과 무절(武節) 군장(軍長)들, 그리고 제 이단에는 귀족들과 문무 대신들이 그리고 제 삼단에는 왕과 왕족 그리고 좌평들과 신녀 등이 자리할 것이었다. 만약의 사태를 대비해 특급 내위무사들은 삼단을 철통같이 방비하고 있었다.

너무 많아―

일반부에 신청한 참가자가 너무 많았다. 갑(甲), 을(乙), 병(

丙)… 순(順)으로 조(組)가 짜졌다. 적어도 몇십 명을 이겨야 결선에 도달할 것처럼 보였다. 사흘 전 려호기는 일반부에 신청했다. 일반부의 대전방식은 간단했다. 기초적인 사전 검증이 먼저 있었다. 출전 가능한 사람인지 아닌지를 먼저 가렸다. 간단한 검술 그러나 무예를 제대로 닦은 자만이 통과할 수 있었다. 말 타기와 자신의 검법을 시연하는 자리는 접수할 때 이미 치러졌다. 기초 준비가 안 된 사람들은 일반부 접수조차 하지 못했던 것이다. 그래서 일반부라 해도 장터의 왈패들과는 이미 달랐다. 그런 무사들이 5천 명을 넘고 있었다.

20명이 한 조에 속해 1명이 남을 때까지 싸워 이겨야 했다. 최후의 한 명이 10명씩 다시 모여 다시 한 명, 그렇게 반복해서 신진부로 넘어갈 결선 승자 40명이 추려질 것이다. 신진부는 다행히 그리 많아 보이지 않았다. 그래도 120여 명이 넘어 보였다. 신진부에서는 추천 기관 신패와 자신의 이름, 즉 명패를 걸고, 1대 1 대결이다. 항복할 때까지 어떤 무기를 가지고 싸우는 것도 허용됐다. 자신이 가지고 온 무기와 더불어 대회장에 비치된 창과 칼, 도끼 등을 모두 사용할 수 있다. 고수부 명패 판은 비어 있었다. 8명의 빈 명패 판. 여기에 이름을 올리는 자들이 바로 백제 무절의 신군장(新軍長)이 될 것이었다. 신진부 기재들은 저마다 8개의 명패 판 위에 자신의 이름을 올리고자 할 것이다. 그 8명의 명패 위에는 다시 4명 그리고 2명, 맨 위에 단 1명의 이름

판이 있었다. 바로 저기 왕가에 편입되는 신분상승. 제일 자(第一者), 즉 우승자의 이름을 적을 자리. 그 자리 역시 지금 비어 있다. 신진부를 통과한 8명이 올라오면 그 주인공이 가려지기 시작할 것이었다.

우와―

고(告)가 울렸다. 바람이 깃발들을 휘날리듯 비단옷을 휘날리며 책계왕과 태자 여휘, 태왕손 여설리 등이 대신들과 함께 입장했다. 상단의 왕과 태자, 왕족들이 순서대로 좌정하자 천지가 진동하듯 다시 함성이 울렸다.

수천 명의 무사―

백가제해 천하제일 무술대회(百家濟海 天下第一 武術大會). 그 무예대전은 장관을 이뤘다. 대회장에 펄럭이는 군기, 즉 절(卩)들이 위세를 떨친다. 그 가운데 백제(百濟) 무절(武節)이 있었다. 책계왕이 태자에게 눈짓하자 태자 여휘가 일어나 깃대들이 있는 곳으로 향했다. 태자가 무절의 군기를 들었다. 그러자 다시 함성이 일었다. 태자가 좌우로 크게 흔들었다. 둥둥 북소리가 울리고 나발이 불리면서 함성이 메아리치고 있었다.

드디어 시작이다-

려호기는 병조(丙組)로 시작할 것이었다. 19대 1. 처음에는 10대 10의 대결로 시작하지만 곧 난장으로 변했다. 실상 19대 1이 되었다. 좌, 우 아무 곳에서나 목검들이 찔러 들어왔다. 때로는 구르고 뛰고 목검들이 어지럽게 휘말리면서 하나둘씩 나가떨어졌다. 려호기는 갑조와 을조 대결을 보면서 자신이 어떻게 싸워야 하는지를 깨달았다.

떼로 싸우는구나-

곧 병조였다. 려호기는 간명한 검법을 구사했다. 다가오면 베고 찔렀다. 일반부 실력은 분명히 아니었다. 그러나 너무도 간명한 검법 때문에 제 실력이 드러나 보이지 않았다. 단지 잘 피하고 운이 좋아 보였다.

저 아이가-

단상 위에 있던 대천관 신녀는 의아했다. 자신의 신패를 주었고, 그 신패를 접수대에 제시만 한다면 려호기는 신진부로 바로 갈 수 있었다. 달솔급 이상의 추천인이 있었기에 신진부에서 편하게 대진할 수 있었던 것이다. 그것도 백제 신궁(神宮)의 신패였는데… 그런데 려호기는 일반부에서 미리 진을 빼고 있었다. 신녀는 그런 려호기의 호기(豪氣)에 더욱 호기심이 갔다. 고개를 끄떡이는 신녀. 뭔가 알 듯 했다.

첫 승자들-

려호기가 병조에서 첫 승자가 됐다. 어떻게 이겼는지 알 수 없었던 일반 백성은 려호기에게 크게 눈길을 주지 않고 있었다. 그러나 고수는 고수를 알아보는 법. 우복 등 신진기예들과 단상 위의 태자 여휘와 태손 설리는 려호기의 뛰어남을 쉽게 알아보았다. 한 호흡도 거칠어지지 않은 여유. 쓰러진 상대방들에 대한 배려. 단 일합이었다. 려호기에게 당한 상대는 단 한방에 쓰러져 일어설 줄 몰랐다. 더욱이 흑단목검의 기괴한 검기(劍氣). 목검이 내는 소리가 아니었다.

기이한 승자다-

병조 승자 려호기가 단상에 인사하고 대천관 신녀와 짧게 눈이 마주쳤다. 려호기는 슬쩍 미소를 보였다. 마치, 일반부를 당당하게 통과해서 우승할 것입니다. 이렇게 얘기하는 듯한 눈빛. 대단한 자신감이었다. 신녀는 더 지켜보기로 했다.

저 사람은-

하료 또한 그런 려호기를 눈여겨보고 있었다. 일반부에서 20명, 10명, 5명씩 한꺼번에 싸우는 모습은 난장(亂場) 그 자체였다. 그 괴청년의 모습을 발견한 하료는 곧 그의 이름을 알 수 있을 것으로 생각했다. 백제의 난다 긴다 하는 무사들을 보아온 하료의 눈에도 려호기는 깊이를 알 수 없는 무예의 소유자였다. 처음 봤을 때의 그 느낌으로 하료는 려호기를 이어 보기로 했다.

무예대전은 뜨겁게 이어졌다. 첫날은 종일 일반부 대전이 열렸다. 태자 여휘는 끝까지 자리를 지켰다. 밤이 늦어서야 대략 윤곽이 드러났다. 뛰어난 사, 오인과 신진 기예 삼십여 명. 려호기는 뒤로 갈수록 단연 모두의 시선을 끌고 있었다. 특히, 무예를 제법 아는 사람들이 더 그랬다. 그 검법의 종류를 알 수 없었기에 더욱 관심이 있었다. 정체를 알 수 없는 기예. 깔끔했다. 그래서 점점 더 눈길이 갔다.

드디어-

무예대전보다 더 뜨거운 무예대전 중계가 객점마다 열리고 있었다. 총 사흘간의 대장정은 한성백제를 뜨겁게 달구고 곧 등장할 영웅들을 먼저 집어내려고 분석에 분석을 하고 있었다.

"봤어?"

"그 사람 말이야. 산적 두목 같은 놈들 상대하는데… 모두 단 일합이던데?"

"에이 어쩌다 운이 좋아서겠지."

"아무리 운이 좋아도…"

"하여간 장관 중의 장관이야. 이런 대회가 언제 있었나? 정말 눈이 호강하고 또 호강하네! 그래. 안 그런가?"

"온 사방 천지에서 모였지 않는가. 백제 영역에서 다 모인 것인데… 하긴 각 가문의 영광이 걸린 일 아닌가?"

"내일은 더 할 거야."

"하긴… 내일부터가 진짜지?"

"야, 누가 될까. 왕의 성씨도 받는데. 이런 대회는 다시없을 거야. 안 그래?"

첫날 일반부에서의 승자 결선은 장관이었다. 한밤중이 되어서야 끝난 일반부에서 40명이 걸러졌다. 신진부에 등록한 120명과 40명이 합해져 160명의 결선이 이루어질 것이었다.

힘들다-

하루 동안 일반부에서 수십 명은 족히 상대한 것 같았다. 신궁

(神宮)으로 돌아온 려호기는 호흡을 가다듬고 진기를 회복해야겠다고 생각했다. 그런데 신궁에 도착하자마자 대천관 신녀의 부름을 받았다.

"한꺼번에 너무 많이 얻으려 하는구나!"

대천관 신녀는 꾸지람에 가까운 말을 했다. 일반부에서 려호기가 오늘 보인 모습은 빼어났다. 그러나 그런 려호기에게서 신녀는 다른 것을 보고 있었다. 대회에 참여한 려호기를 보면서 대천관 신녀는 아버지 근자부가 어떤 인연으로 려호기를 만났는지가 궁금해졌다. 왕의 신탁은 위험한 사람이다. 특히, 백제 왕가는 고이왕 이전까지 온조계와 비류계의 알력으로 말미암아 왕위 찬탈이 잦았다. 그런데 기존 왕계와 다른 계보, 아니 신분조차 알 수 없는 자가 왕의 신탁이라는 것은 곧 역모가 아닌가. 그런 위험도를 잘 아는 신녀로서는 려호기를 알아야 했다. 자신이 역모의 주동자를 키우는 셈이 될 수도 있었다.

싹이 보인다-

려호기가 일반부를 통과하는 모습을 보면서, 그 대전에서 려호기가 자신을 보고 지은 미소에 신녀는 설마 했다. 그러나 한밤중이 되어서 끝난 일반부 승자 중의 승자는 누가 보아도 려호기였다. 사람들은 그를 호기심으로 보았다. 그리고 점점 빠져들고 있었다. 누가, 어느 누가 단 하루 만에 수천 명의 백성과 5천 명의 무사들의 신망을 동시에 얻을 수 있는가. 그것을 려호기는 아는 것 같았다. 대천관 신녀는 그것이 놀랍고 두려웠다. 단시간에 그런 관심을 받아 만약 신진부를 넘어 고수부에 든다면… 려호기는 고수부를 넘는 순간 져도 이기게 된다. 사흘간의 대전 중에 첫날 온종일 오십 명을 상대하고서 바로 그다음 날 다시 수십 명의 신진기예를 넘어, 고수부에 든다면 어느 등위에 서더라도 려호기가 승자다. 그걸 려호기가 노렸다면 참으로 두려운 일이다. 신녀는 나지막이 려호기에게 일렀다.

"내일은 신궁 신패를 걸어라!"

아니면 위험해진다. 한성백제의 정치 상황을 누구보다 잘 아는 대천관 신녀가 아닌가. 적어도 려호기와 자신, 그리고 자신의 아비는 이미 려호기와 운명의 실타래로 묶여 있기에 한성백제 정치 상황이 려호기를 받아들일 수 있게 해줘야 한다고 대천관 신녀는 생각했다. 아버지 근자부가 자신에게 려호기를 데려온 이유였다. 하늘의 신탁을 아는 사람이 마땅히 해야 할 일이다. 그러나 신녀는 려호기 때문에 자신이 겪어야 할 일이 엄청남을 본능적으로 느끼고 있었다. 네 고향이 어디냐? 본가는? 신녀는 그러고 보니 려호기의 출생신분조차 근자부에게 묻지 않았다. 려호기의 관상

(觀相)이 매우 좋은 것과 당대 제일의 선인(仙人)인 아버지 근자부를 믿었다. 그래서 정작 당연히 물었어야 할 것을 묻지 않았다.

"대륙백제 요하변 졸본부여 본가 려씨라고 알고 있습니다. 스승님은 그 이상 얘기해주지 않았습니다. 어린 시절 일가가 몰살당한 기억만 있을 뿐, 그 이후 단 한 번도 고향을 가보거나, 관련해서 사람을 만난 적이 없어서 자세히 알지 못합니다. 다만 제가 꿈에서 어머니 모습을 자주 보기에 백제인이 틀림없으며, 그것도 귀족일 것으로 추측할 뿐입니다."

아, 예상대로였다. 뭔가 불길했다. 대천관 신녀는 려호기의 말에 이상한 기운이 전신을 휘감는 것을 느껴야 했다. 이 말… 려호기의 신분은 위험한 기운이다. 그런 감(感)에 소름이 끼쳤다. 신녀는 잠시 눈을 감고서 깊은 명상(冥想)을 했다. 그리고 조용히 려호기에게 일렀다.

"고향은 어딘지 모른다고 해라"

그리고 내 아비 근자부의 수양아들이라고 해라. 나와는 이제부터 남매가 되는 것이다. 내가 누이다. 그렇게 해라. 아니 그렇게 해야 한다.

반드시 그리해라-

려호기는 잠자리에 들면서 다시 대천관 신녀의 말을 곱씹어 보았다. 단호했다. 자신의 태생에 비밀이 있는 듯 했다. 신녀의 표정에서 그것을 읽었다. 뭘까? 신녀는 알게 된 것일까. 그리고 그것이 무엇이기에 숨기라고 할까. 려호기는 그래도 이번엔 신녀의 말을 따르는 것이 나을 듯싶었다.

신심(信心)으로-

려호기를 보내고 대천관 신녀는 깊은 기도에 들어갔다. 오늘 밤. 밤을 새워서라도 려호기와 자신, 그리고 근자부와의 운명의 실타래를 풀어보리라. 그렇게 생각했다. 하늘에 매달렸다.

알-

알. 붉은 항아리? 그리고 빛. 거기 아비와 려호기가 있다. 그리고 부적인 북두칠성참악신부가 떠올랐다. 사람의 수명과 오복은 칠성님이 주신다고 믿는 것인데… 태고시대부터의 신앙이다. 일월오행의 원리 또한 칠성(七星, 七性)으로 보기 때문이다. 동이족 사람들이 죽음에 있어 칠성판을 깔았다. 라고 말하는 것도 이 때문이다. 북두칠성참악신부는 칠성님께 수명과 오복을 비는 부적이다. 북두칠성부의 기복부, 벽사부, 소원성취부의 3대 기능 중 악신을 참(斬)한다는 벽사 기능을 강조한 것이다. 그 부적의 상(想)이 려호기를 놓고 기도하는 정점에서 그림처럼 보였다. 그 붉은 핏빛이 섬뜩했다. 북두는 해와 달을 합쳐 삼신(三辰)이다. 대파란을 몰고 온다. 그런데 그가 왔다. 려호기. 그래서 신녀는 더욱 매달렸다. 자신의 미래가 점점 두려워졌다.

요하 강변, 스무 채 정도의 마을. 백제 현(縣), 백제 사람들이었다. 그리고 전체가 몰살이다. 거기 알… 항아리 같기도 했다. 어린아이를 보았다. 그리고 빛, 태양빛이었다. 혹시나 싶어서 아니길 빌면서. 그런데 이게 무슨 조화인가. 왜 하필 내게… 그런 생각으로 대천관 신녀는 그때 그 인연 줄이 려호기로 말미암아 다시 닿은 것이 놀라웠다. 신기(神氣)가 너무 넘쳤던 그때가 생각났다.

왕에게 말했었다―

열네 살. 초조(初潮). 첫 월경(月經). 초경(初經)을 시작했을 때였다. 그 나이에 신(神)내림이 너무 강했다. 소서노 모태후가 대천관 신녀에게 거울과 방울을 주셨다. 그리고 평범한 아이에게 칼을 주었고 그 아이에게 모태후는 어린 신녀를 가리켜주었다. 그 아이 큰 칼을 들고 왔다. 그 이야기를 고이왕에게 해주었다.

그리고 그날 뽑은 쾌에서 네 글자를 얻었다. 무(武), 절(絶), 대(對), 왕(王). 그 이야기에 고이왕은 아연 긴장했다. 그리고 말했다. 진혜 대천관 신녀에게 누구인지 찾으라 했다. 어디인지 찾으라 했다.

진혜 대천관 신녀는 다시 기도했다. 그리고 꿈에 한성백제가 보였다. 그래서 한성백제에서 태어난다고 했다. 그런데 하지 말아야 할 말을 더 했다. 고이왕은 꿈이 밝았다. 고이왕이 해괴한 꿈을 꾸었다고 했다.

앞날-

자신에게서 일어날 일은 비록 아니더라도 앞날에 대한 두려움은 인간을 하늘에 매이게 한다. 도무지 알 수 없는 내일이라는 인간사. 개인적으로 고이왕은 그런 면에서 매우 밝았다. 하늘의 운행하는 법과 땅이 그에 반응하는 이치, 그리고 사람들이 어떻게 하늘의 뜻에 따르는지를 잘 알았다.

"권력은 더더욱 그러하니라. 주고받는다. 그런 것이다. 주는 것 없이 따르는 것 또한 없다. 주지 않으면 절대로 따르지를 않는다. 백성이 가장 그러하다."

하늘과 땅, 인간은 그렇게 연결되어 있다. 자신에게 오는 복(福)은 곧 내가 베푼 것이다. 고이왕은 왕위를 빼앗았다. 그래서 두려웠다. 그것이 두려웠다. 빼앗았기에 뺏길 두려움이 있었다. 자신을 백성과 명문 제가들이 나서서 세웠지만, 또 그런 만큼 자신의 왕위를 빼앗길 것을 두려워했다. 그런데 고이왕의 그 꿈. 자신의 후예들에게서 벌어질 일이었다. 대천관 신녀는 그걸 단박에 알았다.

그 치기. 그 재(才)가 승(昇)하여 자박(自縛)한 것이다. 자승자박(自繩自縛). 그렇게 인연의 동아줄에 스스로 묶었다. 자업자득(自業自得)이다.

백제의 건업(建業)과 관계가 있는 것 같다고 했다. 그랬다. 백제 건국의 비밀과 연계가 있었다. 소금과 비단, 계란. 고이왕 꿈속에 선녀가 나타나 큰 놈에게로 바꿔 버린 그 꿈. 선녀는 모태후라고 생각했다. 큰놈에게서 나옵니다. 그리 말했다. 고이왕이 신녀의 그 말을 듣고 긴 백제의 건국(建國) 비사(秘事)를 꺼내 들려주었다.

큰놈과 작은놈-

소서노 모태후의 아버지 연타발(延陀勃)은 졸본 사람이다. 갈사국(葛思國) 남북을 왕래하며 소금 장사로 큰 재물을 모았다. 고구려 동명성왕이 나라를 개국할 때 큰 도움을 주고 그의 딸인 소서노를 후처로 삼게 했다. 그분, 소서노 모태후에게 아들 둘이 있었다. 그런데 고주몽 동명성왕은 항상 말했다고 한다. 큰아들 유리(琉璃)가 돌아오면 당연히 태자로 봉하리라고.

그리고 고주몽이 부여에 있을 때 낳은 친아들 유리가 나타났다. 고주몽은 기뻐했으나 소서노 모태후는 괴로워했다. 소서노는 결심했다. 무리를 이끌고 진번(辰番) 근처인 해변의 벽지(僻地)에서 10년을 안거(安居)했다. 소금과 물고기 수산업으로 그리고 또 농업에 힘썼다. 큰 강과 강 사이에서 흙을 가지고 쌓았다. 농토를 보호하며, 또한 소금을 만들어냈다. 그 소금 만드는 비법과 비단, 즉 양잠기술과 양계기술만큼은 소서노 모태후 상단의 핵심 기술 중의 핵심이었다. 전답(田畓)이 10년 동안 100배는 늘었다. 다시 큰 부호(富豪)가 됐다. 멀리서 자진해서 백성이 되고자 사람들이 찾아왔다. 어머니 소서노가 소유한 땅의 넓이는 북쪽은 대수(帶水)까지 이르고 서쪽은 큰 바다였으며 소유한 토지의 반경(半徑)이 무려 천 리가 되었다. 소서노는 사방 2,000리의 땅을 소유한 큰 부자(富者)요, 천군(天君)이었으며 신녀였다.

소서노 모태후가 죽었다. 그 뒤를 이어 태자 비류가 왕위에 옹립됐다. 비류는 다 아우르지 못했다. 아우 온조를 중심으로 한

주요한 신하들이 같이 나라를 경영하지 못하는 지경이 되었다. 이에 마려(馬黎) 등 신하들이 온조에게 말했다. 위만조선에 의해 환국, 마한 조선이 무너지고 있으니 그곳으로 가서 도읍을 정하고 나라를 세울 수 있는 아주 좋은 시기라고 생각합니다. 라고 했다. 온조가 승낙하고 곧 배를 띄워 바다 건너 마한(馬韓)의 미추홀(彌鄒忽)에 이르니 사방이 평야로 사람들이 오래도록 거주한 흔적이 없기에 한산(漢山)에 등정(登頂)하여 부아악(負兒岳)을 바라보니 거주할만한 지역이었다. 마려(馬黎)와 오간(烏干) 등 열 신하가 말하기를 오직 하남(河南)의 땅은 북쪽은 대수(帶水)와 한수(漢水)가 있고 동쪽은 높은 산악지대이고 남쪽은 훤히 열려 있고, 연못이 있어 농사 짓기에 옥답이 되겠으며 서쪽은 큰 바다로 막혀 있으니 이곳이야말로 참으로 얻기가 어려운 천험지리(天險地利)로서 도읍지로는 다시 찾기 어려운 지세(地勢)의 땅입니다. 다시는 다른 지역을 구하지 마시옵소서! 라고 하였다.

온조는 열 신하의 의견을 따르고 드디어 하남(河南)의 위지성(慰支城), 즉 일명 관미성, 지금의 대륙백제의 위례성에 도읍을 정하고 나라 이름을 십제라 칭하였다. 마한 조선의 유민을 얻고 마한 천자 가문 식솔을 높여 드니 백성이 다 따르기를 주저하지 않았다. 온조의 부인으로 마한 천자의 따님이 세워졌다. 백제는 비류(沸流)가 죽고 그의 지역을 취득하고 난 후에 국호가 되었다. 비류의 신하와 백성은 비류가 통치한 지역을 온조에게 바쳤던 것이다.

　백제 초기의 영토는 소서노가 소유한 대방(帶方)지역의 2,000리와 연나라의 도적 위만에게 패하고 나서 해성(海城)에 들어가 기준(箕準)이 건국한 마한의 땅까지 소유한 대국이 되었다. 그 땅은 광대하였다. 백제 비류의 첫 수도는 대륙 중서부에 있는 섬서(陝西) 지역이었다. 섬서의 중심지 서안(西安)이며, 황하(黃河) 중류 유역에 걸쳐 있었다. 염전원인(藍田原人), 즉 비류천왕이 처음 도읍한 미추홀에는 많은 염전이 펼쳐져 있었다. 소서노 모태후 상단은 염전, 즉 소금을 통해 부(富)를 축적했다. 백제의 특산물 중 하나는 소금이었으며 쌀이고 철제무기였다. 대륙 서북지구의 현관에 그 흔적이 남아 백제의 후대 왕들은 그 영토를 회복하기 위해 애를 쓰고 있었다.

　태령에서 섬서 남단의 대파산지(大巴山地)까지는 태파산지(秦巴山地)로도 불리는데, 두 산지 사이에 한수(漢水)가 흐른다. 이 강에 연하여 비옥한 한중(漢中), 안강(安康)의 양 분지가 있다. 거기 백제의 고토(古土)가 있었다. 그런 전설 같은 얘기를 고이왕은 대천관 신녀에게 들려주었다.

　사반왕을 쫓아내고 왕위를 찬탈한 고이왕의 시기. 초고왕 계열의 일부 비류계는 고이왕을 용납하지 않았다. 비류계 본가는 그래서 다시 졸본이 있던 요서로 옮겼다. 거기서 다시 시작하고자 했다. 요하 강변에서 다시 소금을 거래하는 상단을 꾸렸다. 그 일족은 겨우 배 한 척으로 대륙 요하 강변에 정착하고 있었다. 소서노처럼. 미추홀에서 다시 시작하려 했던 그 비류계 본가. 소서노의 적자, 백제 시조인 비류천왕의 직계 후손들이었다. 온조계 왕이었던 고이왕은 이를 용인했었다. 그리고 뒤를 보살폈다.

그런데 그 본가가 멸문했다-

그 일에 백제 대천관 신녀의 어린 치기가 있었다. 한 산에 왕 호랑이가 두 마리 있을 수는 없는 법. 고이왕의 꿈에 대해 명료하게 해석해주었다. 큰 아이, 큰 바구니. 비류계에서 큰 왕이 나온다. 그것이었다. 그 이야기. 소금 주머니와 큰 바구니의 고이왕 꿈에 대한 해석이었다.

그때 그 일이 다시 생생하게 떠올랐다. 밤새워 대천관 신녀 진혜는 악몽에 시달렸다. 그 악몽. 맨 끝에 자신이 난도질을 당하는 꿈을 꾸었다. 온 세상을 피로 물들이는 꿈. 그 꿈에서 깨어나며 대천관 신녀의 생각이 더 많아졌다.

아침이 되자 신진부 160명의 이름-

드디어 명패들이 걸렸다. 려호기. 하료는 자신이 관심을 둔 괴청년의 이름이 려호기라는 것을 알고 반가웠다. 려(驪)…. 부여계 성씨였다. 대륙백제 출신일 가능성이 컸다. 그리고 그 이름자 위에 신궁(神宮) 신패(信牌)가 걸려 있었다. 이제 자신의 정체를 밝히는구나. 그렇게 생각했다. 다른 이들도 그렇게 이해했다. 역시 신궁에서 숨겨놓은 고수야. 신궁(神宮)이니까. 그렇게 백성은 려호기를 보면서 백제 신궁의 위대한 신통력을 재확인하고 있었다.

신진부 대결은 20명이 한 번에 나서서 2명씩 대결했다. 이름이 호명되자 려호기도 나섰다. 초반엔 대진 운도 따랐다. 그리 어렵지는 않았다. 려호기를 뺀 일반부에서 오른 39명은 제1 대전조차 넘기가 쉽지 않았다.

무술이 뛰어난 사람일수록 여유가 있다-

그래서인가 더욱 여유가 있는 려호기가 눈에 띄었다. 백성의 반응은 뜨거웠다. 저 무사가 어제 오천 명 중에 뽑힌 사람이야. 오늘도 그러네… 그렇게 떠드는 사람들. 려호기의 단순한 검법에 점점 더 감탄하기 시작했다. 가로 두 번 때로는 가로 두 번에 세로 좌 우 두 번… 도대체 무슨 검법이기에 닿으면 병장기를 놓치거나 손목을 부여잡고 기권을 해버린다. 어느새 흑단목검에서 뿜어지는 검기(劍氣)에 상대방들은 미리부터 주눅이 들고 있었다.

우복 또한 매우 간결하게 상대들을 제압해 나갔다. 화려했다. 우복은 그 얼굴만큼이나 우아한 검법과 무예로 신진기예들을 꺾어나갔다. 차가운 미청년 우복. 여자에게는 눈길조차 주지 않을 듯하다. 하미도 하료도 한성의 모든 여심은 물론 단상 위의 태자 여휘조차 그런 우복에게 감탄했다. 태자 여휘는 사내를 좋아했다. 그것도 전쟁터에서 칼부림하는 사내들 사이에서 자란 탓인지 힘 있는 사내를 좋아했다. 여인은 곱상해야 했다. 그러나 여인은 칭얼댔다. 약했다. 그래서 태자 여휘는 사내답지 않은 여린 사내나 강한 여인들에 대해서는 별로 정감이 가지 않았다. 그런 면에서 우복은 알맞았다. 그 인물이 한눈에 들어왔다. 곱고 강한 사내. 태자 여휘는 급격하게 우복이 좋아졌다.

여인보다 예쁜-

사내 우복은 거침이 없었다. 마침내 해가 떨어질 즈음 대강의 윤곽이 드러났다. 역시 명문대가들다웠다. 사명(沙名), 찬수(贊首), 해곤(解昆), 목나(木那) 등 대륙백제에서 태왕손 설리와 전쟁터를 누볐던 설리의 벗들이 가장 먼저 8등위에 선착했다. 그들의 실전 무예는 잔인했다. 상대방을 무자비하게 짓누르고 목숨을 위태롭게 했다.

전쟁터를 누볐던 4인보다도, 또 려호기나 우복보다도 어쩌면 더 뛰어나 보이는 사내가 있었다. 일명 무귀(武鬼)라 불리는 현 백제 무절의 수장가 대표 무사로 나온 설귀(卨龜)였다. 설귀(卨龜)의 무예는 정말 뛰어났다. 무사 중의 무사. 한성백제를 대표하는 진짜 무사였다.

생김새가 너무 차갑다-

오로지 무예밖에 모르는 사내. 돌 같은, 쇠 같은 사내. 이미 나이 열다섯에 무절 수장 설진강(卨鎭强)과 대등하게 대련을 했다고 한다. 일설에는 백제 무절 수장가의 동정공(童貞功)을 익혀 여인을 평생 가까이할 수 없다는 소문이 돌기도 했다.

그래서인가 왕비족 처자들이 가장 눈독을 들이는 사내 중의 사내는 우복이었다. 한성백제의 명문가이면서 거대한 흑우(黑牛) 상단의 후계자. 검은 소는 전쟁과 경제의 힘을 상징했다. 그런 우복을 향한 여심(女心)은 이번 무예대전의 백미였다.

백제 무절의 현재 수장가에서 무사 대표로 나온 설귀(卨龜)는 그런 우복처럼 여심을 얻지는 못했다. 다만 신분이 묘하다고 했다. 무예와 비교하면 설가에게서의 위상도 별로다. 병관좌평 집안이자 백제 무절의 수장인 설진강(卨鎭强)의 성(姓)을 받기는 했는데… 얼자(孼子). 천한 여인의 몸에서 태어난 자식이라는 말이 있었다. 그러나 이미 백제 무절들 사이에서는 우승이 당연시되고 있었다. 신진기예 중에서 그를 이길 자는 없어 보였다. 특히, 설귀(卨龜)는 백제 무절의 무예에 정통했다.

태왕손 설리(薛利)는 함께 전쟁터를 누벼온 사명(沙名), 찬수(贊首), 해곤(解昆), 목나(木那) 등이 그 뛰어난 자질과 함께 등위에 이름을 올리는 것이 반가웠다. 그리고 설귀를 보고 정말 마음에 들어 했다. 내 사람이다. 저놈, 저놈은 내 사람이어야 한다. 설귀를 반드시 얻고 싶었다. 이번 무예대전이 끝나면 설귀를 부르고 자신의 측근으로 삼고자 했다. 병관좌평 설진강(卨鎭强)에게 설리가 미소를 건넸다. 무사에 대한 태왕손의 집착을 잘 아는 병관좌평 설진강(卨鎭强)은 이제 됐다 싶었다. 오랜 설귀에 대한 미안함도 가문의 연속성도 이룰 수 있었다. 태자 여휘와 절친한 자신과 설리의 눈에 든 설귀. 그러면 백제 병권에 대해서는 자신이 있었다. 어느 가문보다도 위세를 떨칠 수 있었다. 그렇게…

여덟이 정해졌다-

설귀를 필두로 사명, 찬수, 해곤, 목나, 우복, 려호기, 진탄 등 8인이 고수부에 들었다. 무예대전을 지켜보던 사람들은 열광했다. 내일이면 드디어 8등위 간에 최고위 순위를 가리기 위한 결전에 들어간다. 이번 대결 이후 한동안 그 이름은 백제 곳곳에 드높이 날릴 것이다. 누가 수장이고 누가 2위이며… 다음 차순위인지. 어쩌면 평생의 명예가 걸린 대전이다. 한 번 선(先)이면 영원히 선(先)이 될 수도 있었다. 긴장감이 대련장을 가득 채웠다.

누가 우승할까-

행인지 불행인지. 신궁 신패를 걸어놓은 려호기에 대해서는 더는 큰 주목을 하지 않았다. 그만큼 고수부로 오른 자들의 무예가 뛰어났다. 려호기는 일반부에서와 달리 신진부에서는 다른 일반부 승자들이 떨어져 나가면서 더 관심을 받지 못했다. 어제 한 번 본 그 단순한 검법이 더는 새로움으로 인정받지 못하게 했다. 계속 같은 검법이니… 오히려 정말 운이 좋은 사람이 되고 있었다. 한편으로는 언제 탈락할까? 근데 아직도 붙어 있네. 곧 떨어질 텐데… 려호기를 걱정하는 눈들이 많았다. 그만큼 다른 신진 기예들의 무예들이 더 뛰어나 보였다. 려호기를 보는 눈들은 이렇게 바뀌어 있었다. 곧 탈락하겠지…

그런 구경꾼들의 마음과 달리 하료는 참 이상했다. 려호기의 검법은 물론 그 담담한 태도며 상대와 겨룰 때 순간적으로 표출하는 격함, 마치 어떤 울분을 토해내는 듯 한풀이 같은 격렬함이 보였다. 그래서인가 검법보다 무예보다 그 한풀이하는 기세가 더 하료의 눈에 들어왔다. 어쩐지 애절한 느낌마저 들고. 강했다. 부드럽게 매우 강했다. 그렇게 하료는 려호기에게 빠져들고 있었다.

너도 관심이 많구나. 하긴 진짜 사내들이니까-

내신좌평 진루(辰屢)는 연이틀 째 큰 딸 진하료(辰河僚)의 모습에서 이전과는 다른 느낌을 받고 있었다. 무예대전을 통해 왕비족 여인을 하사하겠다는 책계왕의 명(命)이 있었다. 누굴 골라야 할지 망설이고 있었는데 가장 나이가 찬 하료가 무예대전에 관심을 두고 관전(觀戰)을 하고 있었다. 다행이라고만 생각할 수가 없었다. 하료의 눈은 계속 신궁의 려호기에게만 향하고 있었다.

누구인가-

진루는 려호기를 살피기 시작했다. 별로 다름이 없는 평범함 그 속에 비범함이 넘쳤다. 역시. 진루는 하료의 눈썰미에 감탄한다. 하료는 그저 귀족 가문의 평범한 여식이 아니었다. 보통 당차고 대가 센 여인이 아니다. 누가 감히 태왕손을 거부할까. 그러나 하료는 달랐다. 태왕손 여설리와의 혼인을 피했다. 그리고 자신이 고른다고 했다. 진루는 그래서 안다. 하료의 자질을. 그러나 그것이 걱정이기도 했다. 진루에게는 대천관 신녀와 자신만이 아는 하료의 비밀이 있다. 그래서 진루는 지금 하료가 유심히 보는 려호기를 살피는 것이다.

다행히 신궁 무사다-

자세한 것은 대천관 신녀에게 물으면 될 터였다. 대천관 신녀는 왕비족 여인이고 하료의 아버지 진루는 왕비족의 수장이다. 진루가 대천관 신녀 쪽을 살피자 대천관 신녀 진혜 또한 진하료와 려호기를 보고 있었다. 진루는 다른 이가 눈치 못 채도록 대천관 신녀에게 눈짓을 보냈다.

대성공이야-

태자 여휘는 대천관 신녀에게 고마워했다. 연방 끄덕였다. 대천관 신녀가 의도한 대로 오천의 정예군과 일백이 넘는 무장들 그리고 8등위에 든 천하기재를 얻고 있었다. 이런 무예대전으로 일시에 백제 전역에 숭무(崇武) 분위기를 조성한 대천관 신녀의 방책(方策)이 놀라웠다. 그리고 신궁(神宮)에서 출전시킨 무사의 뛰어남도 더욱 대천관 신녀의 위상을 높이고 있었다. 이렇게 책계왕과 태자인 자신을 위해 앞길을 미리 닦아주는 이가 누가 있을까. 백제의 장래가 밝게 느껴졌다.

자, 내일이다-

내일이면 승자가 나온다. 천하 기재들의 대결. 역시 고수부에 오른 여덟 명이 특히 돋보였다. 책계왕의 손자인 태왕손 설리는 자신의 벗들 활약에 기쁨을 감추지 못했다. 역시 명문대가들의 자제들이었다. 태왕손 설리와 함께 산천을 누비던 백제의 무절 기예들이었다. 그러나 세 명은 달랐다.

그 하나는 우복이었다. 설리의 먼 친척인 우복은 왕가의 방계다. 상단 흑우가의 후계. 그러나 무술이 매우 뛰어났다. 더욱이 미청년. 미소년 같은 얼굴로 한성백제의 여심을 흔드는 사내. 본능적으로 질투감을 느끼고 있었다. 설리는 그런 우복을 경계했다. 더불어 눈에 띄는 자가 있었으니 려호기였다. 귀족들은 물론 설리의 눈에도 그 호걸 같은 모습에 눈길이 갔다. 도무지 처음 보는 신예 중의 신예였다. 그의 무술은 매우 간결했다. 그러나 설리는 그 둘보다는 설귀가 더 맘에 들었다. 어떤 인연이라도 있는 듯싶었다.

인연은 인연이다-

왜 하필 근자부인가. 진루는 고개를 절레절레 흔들었다. 근자부. 이름만 들어도 온몸이 뻣뻣하게 긴장되는 사람. 왕도 건드릴 수 없다는 백제 신궁 대천관 신녀를 범하고 자식을 품게 한 백제 제일의 무사. 백제 무절(武節) 중의 무절이라고 오죽하면 수무절(首武節)이라는 별칭이 있었을까. 그의 태을신검은 백제 무사들의 전설이었다. 그런 근자부의 제자란다. 려호기가. 그러니 진루의 마음에는 어떤 태풍의 징조가 스며 들어왔다.

근자부-

책계왕은 근자부를 용서했다. 그의 무예를 진정으로 사랑했던 왕은 신녀도, 근자부도 모두 용서하고 일체 함구령을 내렸다. 책계왕이 귀족들에게 이유로 댄 것은 신탁 때문이라고 했다. 신녀와의 사랑에는 소서노의 약속이 있다고 했다. 백제 천년왕국, 백가제해 삼천 년의 대예언이 모태후(母太后) 소서노(召西弩)에게서 내려왔다. 그 시작의 예언.

백제 무예의 전설이 신궁의 문을 열면, 백제 천 년과 백가제해 삼천 년의 절대무왕이 등장하리라.

그랬다. 그런 모태후(母太后) 소서노(召西弩)의 신탁이 전설처럼 이어져 왔었다. 백제 무절(武節) 무예의 전설 근자부는 그래서 왕으로부터 용서를 받았다. 책계왕은 근자부에게 일렀다. 절대무왕의 전설을 열어라. 그 비밀을 풀게 되면 자신에게 돌아오라 했다. 그리고 근자부는 옛 단군조선의 선인을 쫓아 산으로 갔다. 그 뒤 어떤 소식도 들려오지 않았다.

그런데 려호기라니. 그의 제자-

전설 속의 인물인 근자부와 그 제자가 나타난 것이다. 아니 그의 수양아들이라고 했다. 그렇게 등장한 것이다. 진루는 본능적으로 한성백제에 파란이 일어날 것임을 느끼고 있었다.

절대무왕의 전설, 그 비밀이 풀린 것일까?

아니면… 아니다. 그랬다면 근자부가 책계왕을 만났을 것이다. 이런저런 궁금증이 진루의 머리를 복잡하게 했다. 게다가 대천관 신녀의 표정이 자신에게 뭔가 더 말할 것이 있는 얼굴이었다. 단지 지금 때가 아니다. 진루는 그렇게 보았다. 다른 이들과 달리 진루는 이제 점점 더 심란해졌다.

진하료(辰河僚)가-

대천관 신녀는 하료가 려호기에 관심이 많은 것 같다는 진루의 말에 놀랐다. 어떻게. 어찌해서. 참 묘한 것이 하늘의 섭리와 뜻이 아닌가. 더는 누구에게도 얘기해서는 안 될 일이다.

하료가 참 놀랍군요-

긍정이다. 신녀는 진루에게 하료를 칭찬했다. 하료가 바라본 사내, 려호기. 그 무사를 유심히 살피는 하료를 높이 평했다. 신녀는 그렇게 진루에게 신호를 보냈다.

신궁 후원이 횃불 때문에 대낮같이 밝았다. 신궁의 호위 시녀들은 신진부를 거뜬히 통과한 려호기를 보고 있었다. 눈이 부시다. 멋진 사내다. 게다가 간결하기 그지없는 검법은 또 어떤가. 대단한 청년이다. 역시 대천관 신녀였다. 한눈에 저런 기재를 알아보는 것을 보면. 그런 생각으로 무예대전 이후 달라진 려호기를 바라보고 있었다.

약속했다-

진하미(辰河美)는 꿈에 부풀어 있었다. 우복. 약속했다. 이번에 우승하면 하미 너다. 그런 말이 자꾸 귓불에 닿는 듯 했다. 우복과 그날 이후 우복을 스쳐보기만 해도 아니 우복이라는 이름만 들어도… 가슴이 요동을 쳤다. 하미에게 우복은 그런 사내가 됐다. 무작정 같이 있고 싶고, 무조건 안기고 싶은 사내. 그런 사내로 하미의 마음 깊숙이 우복이 자리 잡아 버렸다.

누굴까-

우복은 곰곰이 생각해보았다. 누가 우승할까. 아무래도 설귀(卨龜)가 1위였다. 그의 무예. 당대 백제 최고의 무사가 아닌가. 병관좌평을 겸하는 무절 수장 설진강(卨鎭强)과 대등한 무예. 어쩌면 진즉 설진강을 넘었을지도 모른다. 사람들의 수군거림처럼 백제 무가의 전설인 근자부만이 설귀를 상대할 수 있을지 모른다고 우복은 생각했다.

묘수가 필요하다-

우복은 그런 사내다. 곱상하게 생겼지만, 무력이 넘치고 생각은 깊었다. 영악한 미장부. 한마디로 복잡한 머리 구조를 가진 사내다. 예의가 넘치면서도 세상 이치에 밝은 아이. 흑우가는 선왕 고이왕의 중심 상단으로써 백제의 경제를 쥐었다. 그러나 왕족이면서도 한 등급 아래, 서자보다 더 못한 취급을 받는 얼자 집안인 것에 우복은 괴로워했다. 그래서 자신을 숨기고 미소를 흘리면서 한성백제에서 자기 자신의 위상을 만들어 가고 있었다. 아무도 우복의 그런 심중을 헤아리지 못하고 있었다. 우복의 꿈과 야망을 보지 못하고 있었다.

쥐불놀이다-

잔치였다. 한성백제에서 다시 볼 수 없는 잔치. 무예대전은 백성에게 그렇게 즐거운 행사였다. 밤이 새도록 무예대전 대회장 근처에서 불꽃놀이와 쥐불놀이가 한창이었다. 한성백제 상단 흑우가에서 거금을 풀은 듯 했다. 우복이 8등위 안에 오르자 불꽃과 쥐불놀이를 마음껏 할 수 있도록 폭죽을 댔다. 춘추 전국 시대부터 국가적인 행사 절정에서 벌였던 불꽃놀이가 이번엔 행사 기간 내내 이루어질 듯 했다.

폭죽과 쥐불-

그 즐거움에 숨겨진 비밀이 백가제해 천하제일 무술대회를 혼돈으로 빠뜨릴 줄을 아무도 모르고 있었다. 폭죽과 쥐불놀이로 백성은 즐거웠다. 그저 잔치를 즐길 뿐이었다.

책계왕은 백가제해 천하제일 무술대회 인근에서 유숙하는 백성에게 먹을 것과 술을 하사했다. 백성이 더욱 잔치를 즐기기를 왕은 원했다. 이미 자신이 원했던 바를 이루었기에 왕은 더욱 기뻤다. 전쟁준비. 이번 무예대전 덕분에 반은 갖춘 셈이 됐다. 잔치는 고수부 대전이 있는 다음 날 아침까지 밤새워 이어졌다.

이제 내일이면 된다―

려호기는 결선 전날 스승 근자부를 생각했다. 스승의 깊고도 깊은 생각을 다시 새겼다. 자신을 위해 무엇을 가르쳐 주었는지를 알 수 있었다. 사실 스승 근자부는 려호기를 자신의 후계자로 만들려고 했었다.

망자의 섬으로 가자―

그리했다. 근자부는 딸인 백제 대천관 신녀를 보고 나서도 려호기에게 열도의 끝, 망자의 섬으로 가자고 했다. 무예대전에 참가할 것을 조르는 자신에게 마지막으로 물었다. 망자의 섬. 위만조선 반란 세력에 의해 옛 조선이 처절하게 유린당할 때 일단의 치우대와 선인들은 부여를 건국했다. 그 부여의 단군 천족의 일파에 백제의 소서노 모태후가 있었다. 단군 천군의 핏줄이 아비 연타발과 그의 딸 소서노 모태후에게로 이어져 온 것이다. 그 소서노 모태후가 숨겨둔 세력이 백제의 전설로 전해져 오고 있었던 것이다. 국자랑군(國子浪軍)의 신군(神軍) 훈련원이 바로 망자의 섬에 있다고 했다. 일명 천인(千忍), 천 가지를 참을 줄 알아야 하는 사람들. 엄청난 인내심과 무술. 그 훈련원이 바로 망자의 섬에 있었던 것이다. 거기서 그 천인대의 수장이 되는 사람이 바로 백제 천하제일의 무사라 했다. 지금은 근자부 자신이었다.

모사재천 115

려호기가 그 뒤를 잇기를 원했다.

망자의 섬에는 최고 수련과정이 있다-

전설적인 천군 치우대 훈련 단계를 넘은 단원들이 수백 명이 있었다. 초절정의 고수들. 그들은 일정 단계가 넘으면 후계자를 찾아 세상 유랑을 한다. 합당한 후계자들. 그 후계자들이 다시 고수가 되고 다시 후계자를 찾아 세상을 유랑하고, 섬은 그렇게 해서 후계자를 키우고 또 이어져 왔다. 소서노 모태후 이후 삼백 년이 넘고 있었다. 백제가 위기에 몰리면 그 망자의 섬에서 일단의 무리를 선발하여 밖으로 보낸다. 그 밖으로 나온 무사들이 백제를 지키는 숨은 고수들로 활약한다. 흔히 옛 단군 조선의 선인(仙人)들이라 불리고 있었다.

그 옛날 근자부는 고이왕의 명령을 받아 스스로 망자의 섬을 찾아왔다. 그리고 천인대의 차기 수장을 뽑는 대회에서 우승하면서 최고수 반열에 올랐다. 그리고 이제 후계자를 겨우 찾아 그 훈련을 다 시켰는데 그 려호기가 세상으로 나가고자 했다. 하늘의 뜻이 그랬다. 홍산에서 그리고 한성백제 대천관 신녀가 그렇게 신탁을 보였다. 려호기는 왕재였다.

— 하나다

고수부(高手部)에서의 대결(對決)은 한마디로 긴장 그 자체다. 특히, 신진부부터는 방책 옆으로 세워진 실전 병장기가 그대로 사용될 수 있었다. 다만 무예 실력이 매우 높았기에 절제할 수 있었다. 치명상을 입히지 않는 무예 기술. 그러하기에 아직 사망자가 나오진 않았다. 특히, 살상부족은 좋은 규율이었다. 그러나 가벼운 부상은 다반사였고 때론 중상자도 속출했다.

려호기는 그래서 다른 이들과는 달랐다. 단 한 번 실전 병장기를 든 적이 없었다. 오직 흑단목검 하나였다. 그런 점을 매우 유심히 바라보는 사람들이 있었다. 태왕손 여설리와 설귀 그리고 우복이었다. 특히, 설귀는 직감했다. 려호기가 자신의 최대 경쟁자임을. 그래서 설귀의 눈은 항상 려호기만을 관찰하고 있었다. 긴장의 끈을 놓지 않았다.

이름-

여덟 명의 고수부 이름이 명패 판에 올라와 있었다. 사흘째. 백가제해 천하제일 무술대회의 대회장은 마지막 격돌을 보려고 수많은 사람이 몰려들었다. 일반부와 신진부가 단체전을 치를 정도로 넓었던 대련장이다. 잘 보고 싶은데… 사람들은 좀 더 가까이 가서 보기를 원했다. 하지만 여전히 방책으로 둘러싸여 있다. 고수부의 대전은 그만큼 위험했다. 주변 구경꾼들에게 순식간에 피해가 갈 수도 있었다. 사람들은 8명의 고수부 이름과 면면을 살폈다.

여덟 명의 고수부에 이름을 올린 이는 대륙백제의 명문가 후예들이자 태왕손 여설리와 전쟁터에서 익힌 실전 무예의 사명, 찬수, 해곤, 목나 그리고 현재 백제 무절의 수장가 대표 설귀, 흑우가 상단의 후예 우복(優福), 신궁의 숨겨놓은 무사 려호기, 그리고 왕비가의 진탄(辰坦)이었다.

아무리 무예가 뛰어나도 연이틀 간 전력을 다해 싸운다는 것은 쉬운 일이 아니었다. 그런데 려호기는 이미 사흘째였다. 그래도 그리 피곤해 보이지 않았다. 이제 고수부 격전을 앞두고 있었다. 그러면서도 여유다. 려호기는 솔직히 일반부에서 오십여 명을 상대할 때는 다소 힘이 들었다. 떼거리로 달려들어 힘으로 밀어붙이는 그들을 크게 상처입히고 싶지도 않았다. 그래서 힘이 들었던 것이다. 상대를 위해 중상을 입히지 않으려고 애를 썼기 때문이었다.

그 이유는-

다만 자신의 무예 실력과는 별개로 백제 병사들의 무예가 어느 정도인지를 가늠해보기 위해서 일반부에 신청한 것일 뿐, 그들을 이겨 뽐내고자 한 것은 아니었다. 이미 일반부 정도의 승리는 자신이 있었다. 스승 근자부와 함께 천하를 돌며 배우던 때부터 장터의 어른 왈패 수십 명은 맨손으로 상대했었다. 때때로 험산 도적들의 진검을 상대하고 또 했다. 진검을 든 수십 명을 상대로도 상처 하나 없이 한 두시진 안에 무릎을 꿇게 했다. 그렇게 살아온 려호기였다. 일반부 출전 때에는 상대를 다치지 않게 하면서 승리해야 하니 오히려 전력을 다해야 했다. 상대방을 덜 부상당하게 하고 일거에 제압하는 방법을 써왔다.

그래서 신진부에서는 오히려 덜 힘들었다-

일대일 대결이었고 다행히 스승 근자부로부터 배웠던 무예를 상대방이 써 왔으니 아예 편했다. 근자부. 백제 무절의 전설이 아니었는가. 백제 무예의 전설을 상대로 십여 년을 살아왔다. 상대의 움직임을 빤히 알고 그 결정적인 허점에 목검을 쑤욱 밀면 됐다. 그렇게 이겨왔다. 그러나 고수부는 다를 것 같았다. 눈빛도 그렇고. 하나같이 무예도 만만치 않다. 특히, 저 설귀, 그리고 우복이라는 자가 경계 되었다. 설귀는 마치 성난 호랑이 같았다. 그의 무예는 강하다. 극강(極强). 아주 강했다. 그 끝을 보고 싶었다. 우복은 다르다. 화려하다. 그러나 그 화려함에는 다소 부족한 깊이가 엿보였다. 그것을 려호기가 가르쳐주고 싶었다. 그것만 알면 훨씬 더 강해질 것 같았다. 그래서인가. 우복의 무예에 대해서는 정감이 갔다. 아니 호감이 간다고 해야 했다. 잘 생긴… 또래. 나이도 자신보다는 어려 보였다. 그래서 더욱 우복이 눈에 들어왔다.

잘생긴 미남자인데… 참 무예도 대단하다-

우복의 눈에 그렇게 자신을 바라보고 있던 려호기가 보였다. 미소를 지어 보였다. 우복도 려호기에게 호감이 갔다. 그러나 궁금한 것이 더 컸다. 그래서 우선 미소로 호감을 표시했다. 저 청년은 누굴까? 신궁의 대표인데 왜 아무도 모를까? 궁금했다. 특히, 우복은 호기심이 많다. 궁금한 것을 참지 못한다. 우복은 려호기 곁으로 다가갔다. 왕께서 친히 관람하신다고 했기에 책계왕 일행이 나올 때까지 기다려야 했다. 한 시진 여유가 있었다. 그

때까지 긴장도 풀 겸 려호기 옆으로 다가갔다.

"나는 우복이라 합니다."

단정하게 인사를 하는 우복에게 려호기는 환한 웃음으로 화답했다. 려호기입니다. 그리 대답을 했다. 자신이 먼저 말을 걸고 싶었지만 수줍어 못했는데 그 우복이 와서 먼저 인사를 건네기에 반가웠다. 그래서 환하게 웃어 보였다.

"신궁 대표라고 해서 깜짝 놀랐습니다. 저도 신궁에 자주 왕래했었는데 한 번도 뵙지를 못했습니다."
"아… 예…"

그리고 더 려호기는 말을 할 수 없었다. 다른 여섯 명도 우복과 얘기를 나누는 려호기를 바라보았기 때문이었다. 갑자기 모든 관심이 자신에게 몰리자 부끄러워졌다. 잠시 어색한 기운이 돌자 우복이 헛기침했다. 아차, 자신이 괜히 사람들의 시선을 집중하게 했다고 생각했다. 려호기가 거북해 할 것이었다.

"공에 대해서는 차차 알기로 하고 인사들이나 나눕시다."

설귀와 려호기는 무안한 모습이 역력했다. 명문가 자제들은 다소 거만하게 우복과 통성명을 하며 인사를 나누었다. 그때였다.

부우-

왕의 행차를 알리는 고(告)가 울리고 북소리가 뒤를 이었다. 책계왕과 왕족들이 맨 위 단상에 올라 좌정했다. 책계왕이 단 아래를 내려다보니 여덟 명의 늠름한 기재들이 좌우에 각 4명씩 포진해 있었다.

뿌듯했다-

구경꾼이 수천 명은 될 듯 했다. 단상에만 수백 명이었다. 한성백제의 귀족은 물론 대륙백제와 바다 건너 다른 나라에서 구경 온 상단 사람들까지 한성백제의 위용을 만방에 알릴 입들로 가득했다. 흡족했다. 대회장 곳곳에 어젯밤부터 오늘 아침까지 이어지는 잔치분위기가 흥겨웠다. 백성이 너무도 즐거워하는 모습이 보이자 책계왕의 기쁨은 더해졌다. 이런 분위기. 마치 전쟁에서 승리하고 나서 돌아온 느낌이다. 단상 위의 왕족들과 귀족들은 그런 왕을 보면서 덩달아 기분이 좋아졌다. 그렇게 백가제해 천하제일 무술대회는 흥겨웠다. 다 잘되고 있었다. 이제 우승만 하면 되는 일. 자신의 가문이 우승하면 더할 나위 없이 기쁜 일이다. 귀족들은 그리 생각하고 있었다.

켁켁-

그래도 하료와 하미는 싫었다. 대회장 인근에 퍼져 있는 연무(燃霧). 불꽃놀이와 쥐불놀이 흔적이 아직도 연기를 안개처럼 뿜고 있었다. 때론 향나무를 태웠는지 미향 냄새도 났다. 하료는 후각이 예민했다. 그래서 많이 불편했다. 다만 려호기의 이번 8강전을 안 보면 후회할 것 같아 꾹- 참고 있었다.

부우-

다시 고(告)가 울렸다. 태자 여휘가 8강전 개시를 알렸다. 첫 순서는 려호기와 왕비족 대표인 진탄과의 대결이었다. 려호기가 먼저 등장했다. 여전히 흑단목검을 들고 나왔다. 무수한 대결 속에서도 려호기의 흑단목검은 아직도 부러지지 않았다. 대단한 나무였다. 진탄은 실전 병기를 들고 나왔다. 진탄은 다소 나이가 많았다. 왕비족은 이번에 우승을 노리지 않았다. 다만 왕비가 수장인 진루의 만류에도 병부에 관심이 많았던 동생 진탄이 모험을 감행했다. 백제 무절의 수장이 되고 싶어 했다. 왕비족의 오랜 무예 전통은 진탄을 8강에 오르게 했다. 또한 진탄은 이번 무예대전에서 가장 나이가 많았다. 내신좌평 진루는 진탄이 우승하는 것을 바라지 않았다. 우승할 실력이 아니다. 다만 왕비가의 무예에 대한 체면치레면 되었다. 8강 수준. 이것으로도 만족이었다. 왕비가 수장 진루의 생각과 출전 대표 진탄의 생각은 그리도 달랐다.

또 목검이다-

흑단목검(黑檀木劒). 그제야 태왕손 설리는 알았다. 려호기가 보통 무예가가 아님을. 고수부에도 목검을 들고 나온 것은 대단한 자신감이었다. 살상부족, 즉 상대방에게 치명상을 입히게 되면 고수로서 자격을 상실하는 대전조항이 있기는 있었다. 아무리 그런 조항이 있다고 해도 진검과 목검은 대결이 되지 않는다. 그런데 려호기는 여전히 목검이었다. 이제까지 신진부 대결에서 목검이 정통으로 진검에 맞지 않았다는 뜻이다. 그래야 목검이 무사할 수 있었다. 그렇다면… 그제야 태왕손 설리는 설귀와 버금갈 정도로 려호기가 고수라는 사실을 깨달았다. 더욱 유심히 려호기를 살펴야 했다.

대단하다-

려호기는 목검을 겨누었다. 상대인 진탄은 진검을 들었다. 진탄은 진검을 들고 목검을 겨누자 살상부족 조항이 떠올랐다. 목검을 제대로 내치면 바로 상대방의 목숨을 보장하지 못하게 될 것 같았다.

차라리 목검을 택할 것을-

이러한 생각이 들자 진탄은 진검의 날이 없는 뒷날로 려호기를 겨눴다. 그리고 비릿하게 웃었다. 그때 이미, 려호기는 생각했다. 이겼다-

결사다-

싸움은 죽음을 각오해야 한다. 그런데 다음을 생각하다니… 진탄은 졌다. 려호기는 온몸을 날려 목검을 좌에서 우로, 우에서 좌로 휘둘러 덤벼들었다.

쉐익-

길고도 짧은 검기(劍氣)가 가득 밀려왔다. 분명히 나무로 만든 목검인데… 쇠다. 쇳소리. 진검도 내기 어려운 쇠 검기가 사방에서 몰려왔다. 도무지 알 수 없는 방향에서, 바로 자신의 목을 향해 날이 시퍼런 검이 쳐들어왔을 때의 느낌. 진탄은 느낄 수 있었다. 바로 그것이었다.

그 검기(劍氣)다-

흠칫 피해야 했다. 신진부에서 구경할 때 느꼈던 검기가 아니다. 목숨을 노리는 쇠 검기. 그 싸늘한 기세에 엄청나게 놀랐다. 진탄은 몸을 피했다. 더욱이 이럴 때 자신이 진검이라도 휘두르면 온몸을 던져 덤벼드는 려호기를 벨 것 같았다.

그 순간, 아차 싶었다-

사선을 긋듯 려호기의 목검이 진탄 자신의 어깻죽지를 내리쳤다. 단 일합. 려호기의 목검에 당한 진탄은 다시 칼을 쥘 수 없는 상태가 되어 버렸다. 진탄은 그제야 알게 됐다. 이거구나. 상대방 려호기가 놀라웠다. 대전방식과 나아가 상대방의 심리를 꿰뚫고 대전을 하고 있었다.

지피지기 백전불태.

전국시대 손자병법 모공편(謀攻篇)에 실려 있던 구절이 진탄의 머리에 떠올랐다. 적과 아군의 실정을 잘 비교 검토한 후 승산이 있을 때 싸운다면 백 번을 싸워도 결코 위태롭지 않다[知彼知己 百戰不殆]. 적의 실정을 모른 채 아군의 전력만 알고 싸운다면 승패의 확률은 반반이다[不知彼而知己 一勝一負]. 적의 실정은 물론 아군의 전력까지 모르고 싸운다면 싸울 때마다 반드시 패한다 [不知彼不知己 每戰必敗]. 려호기는 적은 물론이요, 상황에 대한 이해와 그 이해된 상황에 대한 적응도 남다른 것이 분명했다.

목검은 진검보다-

때로는 강하다. 진탄은 려호기에게 졌지만 감동한다. 그리고 다시금 칼을 집을 수 없는 단 일합의 승부를 통해 려호기의 진심도 알게 됐다. 더 살상이나 부상당하지 않도록 깨끗하게 지게 해 준다. 상대방에 대한 배려다. 그것을 진탄은 읽었다. 진심으로 승복했다. 려호기가 다가와 일으켜 준다. 그의 손이 따스하다. 진탄은 부상에도 미소를 지었다. 8대 강자. 그것만으로도 만족이다. 그렇게 진탄의 무예대전은 끝이 났다.

내신좌평 진루는 보았다. 왕비가의 대표 무사 진탄이 깨끗이 졌다. 진탄은 지고서도 려호기에게 반감이 없어 보였다. 려호기… 진루의 눈에 그런 려호기가 어떤 인물인지 더욱 궁금해졌다. 신궁 대천관 신녀를 보았다. 어? 신녀가 없다. 려호기 대결을 보지 않고 신녀가 자리를 떴다.

또 일합이다-

단상 위에 있던 책계왕이 가장 먼저 알아봤다. 왕도 역시 려호기의 단 일합 승부에 놀라고 있었다. 귀족들도 려호기에 대해 감탄하고 있었다. 진루는 깨달았다. 하료의 눈매가 보통이 아니다. 태자 여휘도 태왕손 설리도 려호기의 실력에 놀랐다. 도대체 저 무사는 일합을 넘기지 않는다. 무슨 검법이 저렇게 간명한가. 검법이라고 할 수도 없다. 좌우로 두 번. 길면 사선 역시 좌우 상단에서 하단으로. 참 간결하다. 그런데 상대방은 혼비백산 나가떨어진다. 신진부에도 그러더니 이번 고수부 첫 대결에서도 마찬가지다. 귀족들은 신궁의 신녀를 찾았다. 신녀가 자리에 없자 궁금증은 갈증이 되어 버린다. 점점 려호기는 사람들의 관심거리가 되어 간다. 이제 4강이다. 드디어 한성백제에 려호기라는 이름이 강렬하게 떠오르기 시작한다.

너무 싱거웠나? 대전이 잠시 멈춘 것 같았다. 하미는 다음 순서에 우복(優福)과 대결할 사명(沙名)을 살펴보고 있었다. 대륙백제를 누비던 사명에 대해서는 어제 신진부에서 본 것이 다였다. 신진부에서 사명(沙名)은 놀라운 무술 실력을 내보였다.

둘의 등장-

와- 백성의 함성이 조금 달랐다. 남자들보다 여자들의 탄성이 퍼졌다. 우복이 등장했다. 태자 여휘는 그런 우복에게 매우 강한

호기심을 느꼈다. 참 좋다. 전쟁터를 누비다 보면 사내들끼리 깊은 연정(戀情)을 갖게 된다. 사선(死線)을 함께 넘으면서 서로 구해 주다 보면 여인네와는 다른 사내들만의 느낌이 있다. 그 사내 느낌에 더 해져 여인들도 갖지 않은 묘한 아름다움. 그런 것이 우복에게 있었다. 태자 여휘는 마치 사랑하는 연인이 대결에 오른 것처럼 긴장되었다.

다치지 말아야 하는데-

우복(優福)의 상대인 사명(沙名)은 대륙백제의 8대 성씨 명문대가의 후예이다. 그러면서도 백제 본국검법의 대가인 부친으로부터 사사(師事)하여 어려서부터 이름이 높았다. 사명(沙名)의 발놀림이 빨라지면 위험했다. 순식간에 목을 베는 솜씨는 일품이었다. 태자 여휘는 두세 번 사명(沙名)의 특기를 본 적이 있었다. 적을 베는 솜씨가 보통이 아닌 그 기억. 긴 창을 아주 잘 쓰기도 했다. 그래서 태자 여휘는 사명을 보면 항상 흐뭇했었다. 그러나 지금은 흐뭇하지 않았다. 우복 때문이었다.

꼭 이겨야 하는 데-

진하미는 우복이 등장하자 숨이 막히는 것 같았다. 아비 진탄이 려호기와 검을 겨눌 때보다 더 긴장됐다. 그랬다. 하미의 마음속 깊숙이 품은 사내. 그 사내의 냄새에 취해서 몸을 가누지 못한 그 기억이 새록새록 떠올랐다. 그리고 그 순간 긴장이 온몸에 흘렀다. 엄지발가락에 힘을 주고 우복을 향해 염원을 보낸다. 이겨야 해요. 반드시. 우복은 사명을 향해 차가운 미소를 흘리고 있었다. 미소. 그 차가운 미소는 사명(沙名)에게 전염되었다. 사명은 우복을 향해 빈정거리는 표정으로 창을 겨눴다. 우복은 일도 장검을 빼 들었다. 그리고 검집을 버렸다. 사즉생(死則生) 각오를 내보였다. 팽팽한 긴장감이 대회장을 휘감았다.

백제의 모든 검법과 무예가 망라된 대회장. 우복과 사명의 대결은 그렇게 화려하게 이어졌다. 앞선 려호기와 진탄의 대결과는 달리 아름다웠다. 실력이 눈부셨다. 사람들은 둘의 대결을 보면서 려호기에게 보였던 감탄은 순식간에 잊고 있었다. 그만큼 둘의 대결은 재미있고 긴장감이 넘쳤다.

와—

연이어 감탄사가 터졌다. 희뿌연 연무가 대회장에 휘날리니 더욱 대결이 멋스러웠다. 신선들의 그것 같았다. 학들의 춤. 살기 어린 진검들이 부딪치는 소리마저 청명하게 들렸다. 시간이 흐르자 사명이 밀렸다. 사명은 기(氣)가 흩어지는 것을 느껴야 했다. 이상하다. 우복과 겨룰수록 가슴이 답답해진다.

왜 이럴까-

그랬다. 려호기는 다음 4강전을 위해 휴식을 취하려 심법(心法)을 운행하다가 가슴이 먹먹해진 것을 느꼈다. 뭔가? 이상했다. 진기가 잘 모이지 않는다. 왜 이런지 몰랐다. 이런 적이 없었다. 가슴이 답답해지면서 호흡이 곤란해진다. 려호기는 눈을 떴다. 겨우 몸을 추스르는 데 흑단목검이 눈에 보였다. 흑단목검 검 끈에 매달린 작은 은방울이 눈 안에 들어와 박혔다. 아, 려호기의 동공이 커졌다. 은방울이 검게 변해있다. 독(毒). 독이다. 어디서? 언제 독이… 연무(燃霧)가 떠올랐다. 화약 냄새. 불꽃놀이. 단순한 냄새가 아니었다. 그 연무에 독이 있었다. 독연무. 전쟁을 치를 때 독을 쓰기도 한다. 스승 근자부는 오래전부터 독에 대해 려호기에게 알려주었었다.

가장 조심할 것은 믿음이다-

그랬다. 사람들은 일반적으로 믿는 것에 당한다. 먹는 것, 입는 것, 마시는 것… 등등 일상적으로 하던 일에 대해서는 아무런 의심을 하지 않는다. 그래서 일상적인 것에 독을 쓴다. 의심하지 않고 믿는 것에 독을 쓴다. 전쟁에서도 우물에 독을 타고, 때로는 염초와 독을 섞어 적진에 뿌린다. 독연무에 당하면 전의를 상실하게 된다. 그런 독이 섞인 연무가 지금 대회장에 가득한 것이다.

독이다-

제독(制毒). 방법이 떠올라야 했다. 우선 응급처치를 해야 한다. 그리고 이를 알려야 한다고 생각했다. 스승 근자부가 여러 독… 특히 정체를 알 수 없는 독에 당했을 때 우선 제독하는 방법을 가르쳐준 적이 있었다. 려호기는 그 방법이 통할 것인지 궁금했다. 과연 가능할까. 시간이 없었다. 다음 자신의 대결이 시작되기 전에 제독해야 했다. 려호기는 급히 몸을 움직였다.

대회장은 여전히 긴박하다-

사명이 비틀거렸다. 우복의 우세다. 화려한 우복의 검술에 힘이 실리기 시작했다. 사명이 몰린다. 대단한 우복의 완력이다. 더는 버티지 못할 것 같았다. 우복의 칼에 사명은 창을 놓쳤다. 사명의 목에 우복의 검이 닿았다. 순간이었다.

우와-

함성이 폭발했다. 미청년 우복에게 저런 힘이. 대단하다. 우복은 사명과의 한판 대결로 말미암아 아름다움을 뛰어넘는 무사의 힘을 과시했다. 사내 중의 사내. 우복은 단상을 쳐다보았다. 단상 위의 책계왕은 물론 태자 여휘의 미소는 네가 이겼다. 장하다는 인정이었다. 태왕손 설리마저 그런 우복에게 감탄했다. 그렇게 우복은 승자가 되었다.

"정말 멋있지!"
"그래, 우복이 언제 저렇게 실력이 늘었지?"
"난 진작 알았어!"
"언제?"

언제부터냐고? 아차 싶었다. 하미는 사촌 언니 하료에게 우복을 연모하고 있던 것을 들킨 것 같았다. 하지만 하료는 우복에게 보내는 하미의 연정을 진작 느끼고 있었다. 그러나 단순히 연모인 줄 알았다. 그런데 이번 무예대전을 통해 하미가 우복과 연모 이상의 깊은 관계가 있음을 깨달았다.

"너, 우복을 좋아하는구나!"

들켰다. 하미는 우복을 향한 마음을 드러냈고 그런 하미를 보면서 하료는 려호기를 떠올렸다. 자신도 려호기에 대해서 연정을 싹 틔우지 않았는가. 하미의 마음을 이해했다. 하료와 하미는 그렇게 무예대전에 있었다. 자신의 미래가 어떻게 바뀔지 그리고 인연이 그렇게도 끈질기게 엮일지 모를 사내들을 보고 있었다.

승자 우복-

승자로서 당당하게 인사를 하고 물러나는 우복을 보던 태자 여휘는 다음 순서를 호명했다. 찬수(贊首)와 해곤(解昆). 오랜 시간 전쟁터에서 함께 해왔지만 유독 경쟁의식이 강한 두 사람의 대결은 초반 실전 무예다웠다. 그러나 다소 몸들이 무거운 것 같았다. 실상은 진기를 끌어올리면 올릴수록 가슴이 답답해진 탓이었다. 그러나 그것이 독연무 때문임을 알아챌 수 없었던 두 사람은 무거운 대결을 펼친다.

태왕손 여설리(餘薛利)가 보기에 정말로 두 사람이 이상했다. 두 사람의 실력을 잘 아는 여설리가 본 찬수와 해곤의 대결은 뭔가 김이 빠진 것 같았다. 팽팽한 긴장감이라곤 찾아볼 수 없다. 서로 잘 아는 사이여서 그런가? 그럴 리 없는데…

찬수의 공격이 해곤을 다그쳤다. 해곤은 더 막을 기운이 없었다. 이럴 리 없는데 왜 이럴까. 참 난감했다. 그렇게 찬수와 해곤의 승부도 끝나가고 있었다.

대륙 명문대가 후예들의 몰락-

백제 8대 성씨는 단순히 사람이 많은 것만을 의미하진 않는다. 국가의 대성(大姓)들은 곧 힘이었다. 백제 8대 가문은 곧 백제의 성읍을 다스리는 왕가의 협력자이면서 귀족이고 나아가 각 지방 권력이기도 했다. 그런데 그 대륙의 명문가 후예들이 제대로 두각을 나타내지 못하고 있었다.

우복에게 패한 사명은 가문의 명예를 더럽힌 것 같아 고개를 들 수 없었다. 특히, 승부의 후반부에서 힘에 밀려 연달아 나동그라진 자신이 부끄러웠다. 침통한 심정으로 장막 안에서 분을 삭이고 있었다. 이렇게 독연무인 줄도 모르고 대회장의 결전은 지속되고 있었다.

려호기가 없다-

하료는 깜짝 놀랐다. 려호기 장막 안에 그가 없었다. 살며시 려호기를 훔쳐보러 왔다가 그가 없는 것을 알게 되었다.

어디 갔을까-

그렇게 하료가 려호기를 찾고 있을 때 려호기는 대회장 부근의 연무가 나는 곳을 살피고 있었다. 대회장 쪽으로 바람이 부는 곳으로 갔다. 무슨 단서가 있을 것 같았다. 아니나 다를까. 누군가 있었다. 다른 곳과 달리 아직도 연기가 피어오르는 곳이 있었다. 누군가. 그 옆에 있었다. 누구냐? 려호기가 사내를 발견하고 다가서자 그 사내는 부리나케 사람들 속으로 달아났다. 려호기가 쫓으려 하는 데 그 신법이 보통 아니다. 순식간에 사라졌다. 황망했다. 누굴까. 왜? 이런 일을 벌였을까?

독무-

연기는 독을 품고 있었다. 그 연기를 일으키는 곳에서 려호기는 뭔가를 발견했다. 만병초(萬病草). 말린 만병초다. 그리고 정체 모를 회색 가루. 흔적이었다. 독무를 일으킨 흔적. 그들은 왜 이런 일을 벌였을까. 일명 만병초는 약초로 쓰이기도 하는 독초다. 구토를 일으키고 호흡을 가쁘게 한다. 심신이 허약한 이는 호흡곤란으로 사망할 수도 있다. 이름 모를 가루는 또 무엇일까. 려호기는 다급하게 움직였다. 알려야 했다.

독(毒)이다-

려호기의 말은 대회를 진행하고 있던 병관좌평 설진강에게는 충격이었다. 우선 해독을 위해 의박사를 불렀다. 그리고 내금위에게 한성백제 일원의 수상한 자들을 모두 조사하도록 명했다. 이는 곧 책계왕에게 보고되었다.

사고가 크다-

무예대전 8강전에서 뜻하지 않은 사고가 발생했다. 누군가 대회장에 독무(毒霧)를 넣은 것이다. 치사량은 되지 못한 것 같았다. 그러나 무예대결을 펼치는 자들에게는 대 위기였다. 자신의 무예 실력을 마음대로 펼치지 못하는 상태. 그랬다. 려호기에 의해서 밝혀진 독무의 정체에 대해 한성백제의 의박사들은 호흡곤란과 구토, 그리고 신경을 일순간 마비시키는 염소 성분을 의심했다. 독연무… 누가 왜 그랬을까? 우선 책계왕이 급히 환궁했다. 왕을 노린 암살계획일 수도 있었기 때문이었다. 태자 여휘가 남아 뒷일을 수습하기로 했다.

그랬구나-

암중 독 기운이 신예들을 막은 것이다. 누군가 백가제해 천하제일 무술대회에 영향을 미치고자 했던 것이 분명하다. 누굴까. 아주 치밀하고 거대한 음모 같았다. 한성백제의 수뇌부는 일순 서로를 의심했다. 누군가. 백제 무절의 수장을 노리고 꾸민 일인지도 몰랐다. 누구를 죽이려고 한 일일까? 아닐 것이다. 모두 모여 있는 자리가 아닌가… 백제 무예대전에 영향을 미치기 위한 것이라고 생각했다. 고도의 정치 감각이 그들을 서로 경계하게 했다.

무예대전은 어찌 될 것인가-

독 기운을 맨 먼저 느낀 신예는 바로 려호기였다. 흑단목검에 왜 스승 근자부가 은방울을 달았는지 그 이유를 알게 됐다. 역시 스승이었다. 은방울은 막상 검법을 구사하면 검기를 일으키고 만약의 사태, 즉 무형의 독(毒)에 당하게 되면 려호기에게 가장 먼저 신호를 보낼 것이었다.

이미 늦었다-

사람들에게 독이 퍼졌음을 알렸으나 많은 사람이 이미 독연무를 마신 후였다. 그러나 려호기는 근자부로부터 제독의 비법을 배워 알고 있었다. 제독(制毒). 독에 당했을 때 가장 먼저 해야 할 것은?

사람들을 살려야 했다-

려호기는 무예대결의 상대자는 물론 주변 구경꾼들도 당한 것을 알고 구제에 나섰다. 그 방법에 대해 백제 의박사가 동의했다. 우선 황토를 물에 연하게 타서 마시게 했다. 일반 구경꾼 중에 심한 사람에게 그렇게 해주었다. 그리고 진기를 불어넣어 주면 금세 나아졌다.

문제는-

무예대전 참가자들이었다. 최상의 기운을 다 끌어올려 대결을 하거나 했던 자에게 호흡 곤란과 진기 고갈은 매우 심각한 큰 문제였다. 그러나 달랐다. 백가제해 천하제일 무술대회는 공정했다. 너나없이 모두 당한 것이다. 그래도

계속해라-

아무리 제독을 했어도 바로 무예 대결을 펴기란 쉽지 않다. 그러나 독 또한 무절의 수장이 되려면 반드시 극복해야 할 대상이었다. 책계왕과 태자 여휘, 그리고 태왕손 여설리는 더 강한 강자를 원했다. 예정대로 한다. 그리고 어떤 위기라도 이기고 오른 자만이 진정한 승자다. 그렇게 결정했다. 태자 여휘는 그렇게 하기로 했다.

찬수는 해곤을 겨우 이기고, 4강에 올랐다.

설귀는 목나를 쉽게 이겼다. 둘 다 몸이 무거웠지만 그래서 더 쉽게 끝나버렸다. 설귀의 실력이 훨씬 나았다. 몸이 무거울 때 그 차이가 더 크게 나타났다. 설귀의 무예는 놀라움 그 자체였다.

사천왕좌―

결선에 네 명이 올랐다. 네 명의 이름이 명패 판에 적혔다. 려호기, 우복, 찬수와 설귀였다. 이제 백제 무절의 새로운 후계가 결정되는 순간이다. 사람들은 설귀와 우복을 우승자로 점 찍었다. 화려함과 힘에서 우복은 놀라움의 연속이었다. 그리고 설귀는 다시 볼 수 없는 고수였다. 그런 무예. 백제의 모든 검법이 설귀에게서 쏟아져 나왔다. 그것이 하나로 녹여져 있었다.

4강에서 이변이 일어났다―

려호기는 제독하랴 무예 대결을 준비하랴 바빴다. 의박사를 도와주던 려호기는 4강전을 준비해야 했는데 그 역시 진기를 모으기가 쉽지 않았다. 진기가 고갈된 찬수는 더는 대전이 불가능해졌다. 평소 약하게 천식이 있었던 찬수는 독무 영향을 크게 받았다.

부전승-

어쩔 수 없었다. 려호기는 독무 탓에 고통을 당하긴 했지만 뜻하지 않게 찬수와 대결이 정해져 부전승의 기회가 생겼다. 운이 좋았다. 찬수가 경기를 포기했다. 시간을 벌 수 있었다. 그런 이유로 사람들은 려호기가 운이 좋은 사람이라고 생각했다.

역시-

최고의 무사는 설귀였다. 그는 매우 뛰어났다. 무절 수장 가문의 후예다웠다. 우복과의 대결에서 그는 질 뻔했다. 우복은 독에 덜 당한 듯싶었다. 우복의 화려한 무예는 힘을 바탕으로 하고 있었다. 그러나 설귀와는 달랐다. 설귀의 무예는 한 차원 더 높았다.

역전이었다-

비록 독에 당했다고는 하나 해독 직후 벌어진 대결에서 설귀는 우복의 놀라운 실력에 당하고 또 당하다 막판 백제 무절의 최고 무예를 선보였다. 태을신검. 근자부 이후 누가 태을신검을 그렇게 선보일 수 있었단 말인가. 백제 최고, 옛 단군조선부터 내려온 소서노 졸본의 비기. 그 무예가 등장한 것이다. 태을신검은 태을주, 즉 하늘의 검이다. 인간은 신검을 얻기가 쉽지 않다. 순수 동정. 그리고 뼈를 깎는 노력에 하늘의 은총이 주어져야 한다. 백제 무절의 수장을 넘어 무사를 양성하는 단계, 국사가 되어서야 이룰 수 있다는 경지, 그 경지에 설귀가 이른 것이다. 비록 독에 당했지만 설귀의 태을신검은 강했다. 설귀가 우복을 근소하게 이겼다. 우복은 태을신검의 무한변화에 순간 당했다. 설귀의 검이 어느새 우복의 목에 걸쳐 있었다. 우복은 패배를 인정할 수 밖에 없었다.

析 나누면

　태자 여휘는 이제 결선이라고 생각하니 기뻤다. 독연무 때문에 다소 소란스러웠지만 그 정도 불상사 또한 예상하고 있었다. 낙랑태수가 자객을 보낼 수 있다는 예측도 있었다. 대륙백제를 비워 놓고 한성백제에 백제의 힘이 모인 것 또한 천시(天時)를 보고 시작했기 때문에 가능했다. 그래서 전쟁이 일어날 수 없는 시기인 추수 직전에 무예대전을 선택한 것이다. 사람들의 심리. 백성의 마음 또한 필요했다. 백성이 힘을 모아 전쟁을 지원하지 않으면 그 전쟁은 진다. 백성이 곧 군사요. 병참이 아닌가. 그 백성의 지지를 얻고자 왕께서 대천관 신녀에게 신탁을 청했다. 그 전쟁의 시작이 바로 이 무예대전이었다. 그런 의미에서 이미 성공이다. 백성 사이에서 독 연무는 낙랑의 첩자가 한 짓으로 벌써 파다하게 말이 퍼져가고 있었다. 사실이든 아니든 그것으로 낙랑에 대한 적개심은 더욱 커질 것이다. 이렇듯 일거양득에 한 가지가 더 덧붙여졌다. 설귀를 통해 백제 최고의 무예가 선보였다. 태을신검. 하늘의 뜻이다. 이번 전쟁은 하늘의 뜻이다. 모두 그렇게 생각했다.

결선에 앞서서-

려호기는 해독을 위해 황토를 연하게 탄 물을 대회장에서 호흡곤란을 당한 사람들에게 나눠주고 있었다. 의박사는 황토 응급처치 이후 해독제를 만들기 시작했다. 그 사이 려호기는 다른 이들에게 부족한 자신의 진기를 나누어주면서까지 사람들을 구하는 데 기운을 썼다.

"곧 결선에 나갈 분이신데…"

하료는 그런 려호기를 보면서 안타까웠다. 그리고 하료는 하미와 함께 려호기를 도왔다. 특히, 려호기는 의박사 일행이 단상의 귀족들을 중심으로 해독하는 동안 방치된 일반 백성 사이에 있었다. 무엇보다도 이번 무예대전에서 일반부에 참가했거나 통과했던 무사들의 피해가 컸다. 그들은 진기를 운용할 줄 알았기에 독에 더 심하게 당했던 것이다. 그래도 이틀간이나 칼을 겨눴던 사이여서인지 려호기는 그들이 남 같지 않았다. 그래서 그들을 먼저 도왔다. 황토물만으로 해독을 다할 수는 없었다. 그것은 임시

방편과도 같았다. 그들이 토하면 려호기는 진기 운행을 도왔다.

선녀 같다-

일반인들 사이에 귀족 명문가 여식들인 하료와 하미의 자태는 단연 눈에 띄었다. 단상 맨 위에 태자 여휘는 사람들 사이에서 드러나는 하료와 하미를 또 보았다. 하미. 본 아이였다. 하얀 목선이 아름다운. 태자 여휘는 일반 백성을 거두는 그들이 어여뻤다. 내금위 달솔을 불렀다. 그에게 그녀들에 대해서 알아보라 했다. 내금위 달솔은 바로 그 자리에서 하료와 하미를 알아봤다. 내신좌평 집안의 여식들이었다. 태자 여휘는 더욱 흡족했다. 참으로 고귀한 귀족 신분의 처자로서 아름다운 일이 아닌가. 그 눈길이 하미를 향해 있었다.

어디 계실까-

결선을 앞두고 하미는 언니 하료를 돕고 있으면서도 우복을 찾고 있었다. 우복은 설귀에게 지고 잠시 사라졌다. 하미는 우복을 만나고 싶었지만 다른 이들이 눈치를 챌까 선뜻 나서지 못했다.

역시 첩자였다-

내금위 무사들은 흑우가의 정보를 통해 한 사내를 잡았다. 독연무를 만드는 염소가루를 지닌 사내는 잡히자마자 칼을 꺼내 자신의 심장을 찔렀다. 낙랑의 무기를 소지한 첩자가 죽자 이를 보고했다.

예상대로다―

태자 여휘는 잠시 무예대전의 휴식을 선포했다. 첩자 문제를 해결했으니 왕께서 나서야 했다. 무예대전의 절정은 무엇보다도 책계왕의 전쟁 선포였다.

"시간을 벌었으니… 어서"

려호기는 다그치는 하료 때문에 치료를 더 하지 못하고 선수 대기 장막으로 향했다.

"도대체 어쩌려고"

하료는 매섭게 투정했다. 그러자 려호기는 하료 앞에서 진기를 모아야 했다. 그렇게 가깝게 향기나는 아름다운 여인을 겪은 적이 없는 려호기는 정신을 집중하기가 어려웠다. 너무 부끄러워 제대로 고개조차 들 수가 없었다. 자신에게 고마운 여인이지만 그래서 더 호감이 가는 여인이기에 진기 운행이 제대로 되질 않았다. 그래서 그런 줄 알았다. 하지만…

독이다-

려호기는 아직 제독이 다 되지 않았다. 일반 진기가 아닌 저 깊은 곳의 본 진기를 끌어올리고자 했다. 그 순간, 윽- 검붉은 피를 한 모금 토했다. 해독이 완벽하지 않다.

곧 결선인데-

하료는 매우 놀랐다. 이 사람은 도대체… 답답하기 그지없었다. 당연한 결과다. 자신의 해독은 완벽하게 하지 않고 다른 이들을 돌보았으니 진기의 소모도 많았을 것이다. 하료는 한없이 답답함을 느낀다. 그리고 동시에 우직한 그가 미워진다. 급히 의박사에게 해독제를 요청하러 려호기의 대기 장막을 나가야 했다.

"이대로 결선은 무리입니다."

이런 얘기들이 많았다. 그러나 태자 여휘는 단호했다. 첩자도 없앴으니… 왕께서 오시면 결선이다. 태자의 엄명에 내신좌평 진루도 더는 진언하지 못했다. 병관좌평 설진강은 설귀의 상태가 궁금했다.

설귀 역시 우복과의 대결에서 크게 진기를 상했다. 독에 중독된 상태에서 태을신검을 연달아 펼쳤으니 그 충격이야말로 대단한 것이었다. 장막 안에서 진기를 모으긴 했지만, 상태가 좋을 수 없었다.

"괜찮으냐?"

들어도 들어도 더 듣고 싶은 목소리. 설귀의 귀에 들려온 그 목소리는 설진강 백제 무절의 전임 수장이자 이제는 백제 병권을 쥔 사람의 목소리였다. 아비이면서 아버지라 부를 수 없는 높디높은 사람. 설귀는 반사적으로 자리에서 일어나려 했다. 설진강은 그런 설귀의 어깨를 잡아 앉혔다. 설귀는 뭉클한 감정이 가슴 가득히 엉겼다. 그러나 오랜 수련으로 단련된 설귀의 표정에는 감정이 드러나지 않았다. 괜찮습니다. 그러나 괜찮아 보이지 않았다. 설진강은 품에서 공진단(供辰丹)을 꺼냈다. 응급조치였다. 일시에 진기를 회복하게 하기 위함이었다. 그랬다. 부친의 정(情)만큼 이번 결선의 승리도 중요했다.

"반드시 우승해야 한다. 그래야 나와의 약속도 이루어진다. 알겠느냐?"

"예, 반드시 이기겠습니다. 목숨을 걸고…"

"백제 무절의 수장을 다른 이에게 넘길 수 없다. 근자부 하나로 충분하다."

근자부. 설진강이 넘지 못했던 백제 무사의 전설. 싸울아비들의 그 전설의 후예가 신궁(神宮) 대표로 출전했다. 설진강이 단상 아래로 내려온 이유는 바로 그것이었다. 공진단을 통해서라도 반드시 려호기를 꺾어야 한다. 백제 무절 수장가의 긍지를 위해서 아니 근자부에게 밀린 설가의 명예를 되찾아야 한다. 이번이 기회다. 설귀. 너는 그 끝에 서 있다.

예, 그리하겠습니다-

아니 반드시 그리해야 합니다. 설귀는 본디 설진강의 씨앗이다. 바다 건너 전쟁터에서 적의 수장을 죽이자 그 옆에서 목숨을 걸고 그를 죽이려 했던 여자 무사. 그 무사를 잡아서 가두고 설진강이 취했다. 마침내 1년 후 여인은 아이를 낳았다. 아이를 살려주는 조건으로 여인은 설진강을 허락했다. 아이는 설진강의 얼자, 즉 신분이 천한 무사녀(武士女)의 몸에서 난 아들로 백제 무절의 무예를 배우기 시작했다. 설귀의 어미는 설진강의 사랑을 받았지만, 설진강 부인들의 질투도 받았다. 어미는 설귀를 집에 두고 설진강과 전쟁터를 누볐다. 그러다 큰 부상을 당해 돌아왔다. 그리고 곧 죽고 말았다. 그 뒤로 설귀는 천애 고아처럼 설가에서 자라야 했다. 그래서 설귀는 무예만 연마했다. 설진강은 그런 설귀의 무예 자질을 보고 있었다. 누구보다도 무예에 뛰어났던 어미와 자신의 피가 설귀에게는 흐르고 있었다. 게다가 가문에서 천덕꾸러기로 한(恨)이 쌓이면서 오직 할 일 이라고는 무예뿐이었다. 뛰어난 무예는 또래 집안 식구들에게 설귀가 무시당하지 않는 유일한 이유였다. 그런 설귀에게 자신의 가문에 올리는 조건으로 우승을 걸었다. 실상 가문의 족보에 이름을 올리지 않아도 책계왕의 조건이면 충분했다. 그러나 설귀에게는 책계왕의 조건보다 어쩌면 설진강의 인정이 더 중요할 수도 있었다.

죽어도 이긴다-

설귀는 그러한 태생적 한계를 이기고 싶었다. 그래서 죽기 살기로 무절 수장 가문의 대표 무사로 이번 무예대전에서 우승하려 했다. 가진 모든 무예 비결을 다 쏟아냈는데… 문제는 독이었다. 아무리 해독이 빨랐어도 진기가 다 채워지지 않았다.

죽여서라도 이긴다-

본 진기는 약물로 증진되지 않는다. 자신이 쌓거나 아니면 누군가 쌓은 것을 주어야 한다. 그러나 누가 자신의 공력을 주겠는

가. 아무도 주지 않는다. 그래서 다소 일시적인 효과가 있는 약물을 취하곤 한다. 일정한 시간에 급격히 진기를 끌어올리는 공진단은 그래서 득과 실이 있다. 고수에게 공진단은 그런 약물이다. 백제 무절은 죽음 앞에서 공진단을 취하고 마지막 적의 목을 노린다. 결사의 약물. 그것이 아비로부터 설귀에게 전해진 것이다. 그리고 설진강은 장군검을 주었다. 백제는 철광이 발달했다. 그만큼 철제무기에 대한 연구가 깊었다. 장군검은 패검이다. 힘이 넘친다. 그 검을 준다. 모든 것을 맡긴다는 뜻이다. 설귀는 감읍했다.

공진단을 취하자-

다만 시간이 없었다. 공진단으로 설귀의 상태가 빠르게 호전되고 있었다. 해독제를 먹고서도 탕진되었던 본 진기가 겨우 돌고 있었다. 됐다. 설귀는 다시 태을신검을 쓸 수 있다고 생각했다. 설진강이 준 공진단은 최상급이었다. 그 효과로 설귀는 진기를 모으고 있었다. 하지만 그 효과가 있을 때 빨리 결선이 열려야 했다. 결선이 늦어지자 설귀는 조급해졌다.

해독제가 이제는 없다-

하료는 안타까웠다. 백제 의박사의 말에 하료는 실망했다. 어쩔 수 없는 상태였다. 바보 같은 사람. 자기가 먼저 먹었어야지. 그런 마음으로 아버지인 내신좌평 진루를 통해 최종 결전을 연기하려 했지만, 태자 여휘의 태도가 단호했다. 책계왕의 엄명이 있었다고 했다. 하료는 왜 그렇게 무예대전에 연연하는지 잘 몰랐다. 하지만 뭔가 있다고 생각했다. 다른 이유. 하지만 지금 문제는 려호기였다. 아직 진기조차 제대로 못 모으고 있는데 안타까웠다. 하료는 하미에게 부탁했다. 공진단을 부탁해! 하미를 신궁(神宮)으로 보냈다. 하료는 왜 이렇게 자신이 려호기에게 집착하는지 몰랐다. 하료는 지금 오직 려호기가 안타까웠다.

그렇게 시간은 흐르고 있었다-

도저히 있을 수 없는 일이 생겨버렸다. 얼마나 벼르고 별러온 일인가. 어젯밤부터 암암리에 대회장 일원에 있는 주변에 독을 뿌리게 했다. 불꽃놀이 연무에는 그렇게 독이 섞여 있었다. 우복을 제외하고는 다들 그 독에 당했어야 했다. 독은 치명적이지는 않지만, 고수들의 대결에서는 결정적인 틈이 승패를 가른다. 우복은 미리 해독약을 먹었다. 그런데 독에 당한 설귀에게 졌다. 변화무쌍한 태을신검. 그 놀라운 실력에 우복은 속절없이 당했다. 독을 해독한 상태에서 독에 당한 설귀에 졌으니… 설귀의 무예실력을 가늠할 수 없었다. 그 무서움. 그러나 한편으로 그러고도 진 자신에 대해 우복은 실망하고 또 실망했다. 천하를 다 희롱할 것 같았던 우복이 세상 무서운 줄을 안 것이다. 설귀로부터.

천하는 넓다-

그리고 기재는 많다. 흑우가 상단은 겉으로 내색할 수는 없었지만 실망이 대단했다. 흑우가 상단 행수인 우상(羽狀) 역시 낙담이 컸다. 좌절했다. 우상은 급히 상단 호위 무사로 하여금 독무를 만든 자를 낙랑의 첩자로 만들어 자진케 했다. 그리고 태자에게 보고하게 했다. 의도대로 태자는 낙랑을 그 배후로 여겼다. 곧 있을 전쟁의 상대. 당연했다. 그렇게 백성에게도 알렸다. 백성은 낙랑에 대한 분노를 키웠다.

완벽했었다-

그러나 패했다. 우복은 흑우가가 펼쳐놓은 장막에서 기다리고 있었다. 결선 승자를 축하해주어야 하는 기다림은 참 잔인하다. 그것도 어젯밤 온갖 묘수를 펼쳐놓았지만 그 려호기에 의해 한순간에 들통 나버렸다. 만약 사태를 대비해 미리 손을 써 놓지 않았으면 자신도 위험할 뻔했다. 우복은 설귀의 무술에 경악을 금치 못했다. 그 정도 일 줄은. 듣도 보도 못한 검의 위세(威勢)였다. 설귀… 그리고 려호기… 우복에게는 예상하지 못한 경쟁자들의 등장이었다.

"여기 있군요."

하미가 신궁으로 가는 길에 혹시 해독약을 구할 수 있을까 싶어 흑우가 우복을 찾았다. 그러나 우복은 하미를 반가이 맞이하지 않았다. 모른 체했다. 다른 사람들이 많이 있어서 그런 것이라고 하미는 생각했다. 우복에게는 지금 여인보다도 자신의 야망이 꺾인 실망이 더 컸다. 중요한 미래가 틀어진 것이다. 그런 야망, 어떤 수를 써서라도 자신이 가져야 하는 것은 반드시 얻어내야 하는 사내라는 것을 하미는 모르고 있었다. 하미는 우복에게서 아무것도 얻지 못했다.

공진단도 없었다-

하미에게서 공진단을 구하지 못했다는 말을 전해 들은 하료는 더 안타까웠다. 실망이 가득한 발길을 려호기가 있던 대기자 장막으로 향했다.

그런데 이상하다-

려호기의 장막. 거기가 이상했다. 사람들이 보였다. 일반부에 출전했던 무사들. 그 사람들이 장막을 에워싸고 있었다.

왜들 저러지-

하료는 궁금했다. 염려도 됐다. 급히 장막으로 다가가자 상황이 보였다. 장막 안에서는 정말 이상한 일들이 벌어지고 있었다. 사람들이… 그 일반부 무사들이 려호기 등 뒤에 모여 있었다. 한 사람씩 자신의 진기를 모아주고 있었다. 그리고 려호기는 독 기운이 빠진 듯 평온해 보였다. 심법을 운용 중이었다.

"조금만 힘을 더 내십시오!"

그랬다. 그렇게 려호기는 일반부 무사들의 희망이 되고 있었다. 자신들의 제독을 위해 애쓴 사람. 그 사람 려호기. 귀족들이 의박사가 만든 해독제를 먹고 있을 때, 황토물로 구토하게 하고 진기로 일반부 무사들을 살려준 사람. 려호기에게 일반 무사들은 희망을 걸었다. 자신들의 본 진기를 조금씩 려호기에게 나누고 있었다. 각자 목숨을 걸고 모은 본 진기였다. 어쩌면 무사들이 목숨보다 더 소중히 생각하는, 그 본 진기, 그들의 본심을 모아준다. 려호기는 감동했다. 하료도 그렇게 그 곁에서 마음을 보탰다.

저 사람, 다르다-

수백 명의 일반부에 출전했던 무사들이 려호기의 장막으로 들어갔다 나왔다 하니, 단상 위의 내신좌평 진루는 그런 모습에 의아해한다. 세상 이치에 밝고 눈치가 남보다 훨씬 빠른 진루는 생각했다. 저것은 무예대전과 다른 징조다. 저 청년, 사람들을 끈다. 사람을 이끄는 사람. 진루는 그것이 무엇을 뜻하는지 잘 알고 있다. 그래서 그 징조가 두려웠다. 하료의 관심도 두려운 증표였다. 어찌 될 것인가. 진루는 지금 무예대전보다 려호기가 일으키는 변화의 조짐에 더 긴장하고 있었다. 그 순간, 뒤가 소란스러웠다.

부우-

왕의 행차를 알리는 고(告)가 울리고 북소리가 뒤를 이었다. 왕이 다시 나왔다. 곧 결선이다. 책계왕과 왕족들이 맨 위 단상에 올라 좌정했다. 단상에만 수백 명. 단상 아래에는 독무 소동이 있었음에도 수천 명이 결선을 보려고 운집해 있었다.

태자 여휘가 알렸다-

독무는 낙랑의 첩자가 한 소행이다. 무예대전을 망치게 하고 백제의 사기를 꺾으려는 수작이었다. 낙랑태수 장통(張統)이 범인이다. 그러나 우리는 지지 않는다. 반드시 이긴다. 낙랑을 정복하여 대륙의 강자가 되리라…

태자 여휘의 열변에 백성은 감격했다. 그렇게 백제의 기운은 강대해지고 있었다. 이제 무예대전의 백미인 결선이 곧 시작될 것이다. 왕의 후계자에 이름을 올리고, 백제 무절의 수장이 되며, 왕비가의 여인을 얻는다. 그 사내가 이제 곧 결정될 것이었다.

백제 천하제일 무술대회의 결선-

드디어 두 사람이 등장했다. 역시 대단했다. 두 사람은 벌써 독 기운을 몰아내고 원기를 회복한 듯싶었다. 강하고 매서운 눈빛과 호방한 기질들. 결승에 오른 자들다웠다. 사람들은 기대했다. 태을신검을 다시 한번 보고 싶었다. 하늘의 빛이 가득해지는 그 무궁한 조화 검세. 그것을 보고자 했다.

그런 기대를 가득 안고 있었다-

설귀는 오늘이 바로 자신의 어미와 자신이 간직해온 한(恨)을 풀 기회라고 생각했다. 짧게 상념이 들었다. 전장에서 큰 부상을 당해온 어미의 마지막 말은 최고가 되라는 것이었다. 하늘도 무서워하는 무사가 되라고 했다. 설귀는 반드시 그리할 것이라 했다. 지금 그 어미의 뜻을 이루리라! 그러리라고 이를 악물었다.

눈물이 먼저 났다-

자신을 위해 일반부 무사들은 조금씩 본 진기를 나눠주었다. 그것이 얼마나 도움이 될지는 모를 일이다. 또 자신의 본 진기가 어느 정도나 회복되었는지도 모른다. 다만 그 마음들을 알게 되었을 때 려호기는 힘을 내야 했다. 이미 회복되고 있었다. 그 마음들이 모여 려호기에게 희망을 심어 주었다. 려호기는 이런 사람들을 숱하게 보아왔다. 장터에서, 유민들이 모인 화전(火田)에서, 수두객점에서, 그런 사람들에게 근자부는 무한한 애정을 주었다. 먼저 어려운 사람들을 보려고 했다. 려호기는 자신처럼 근본을 알 수 없는 사람들이 불쌍했다. 가여웠다. 있는 사람이 아닌 없는 사람들. 나눌 것조차 없어서 뭐 하나 생기면 아귀다툼을 하는 그들. 그러나 그들이 감동하면 생명도 나눈다. 콩 한쪽도 쪼갠다. 려호기는 지금 자신에게 생명보다 귀한 것을 나눈 사람들을 위해 온 힘을 기울여야 한다고 생각한다. 질 수 없다. 그렇게 려호기는 자신이 본디 무예대전에 출전할 때 가졌던 마음과 다른 뜻으로 결승에 서서 싸우기로 한다.

백가제해 천하제일 무술대회-

책계왕이 단 아래를 내려다보니 두 명의 늠름한 최고의 기재들이 좌우에 포진해 있었다. 뿌듯한 마음이 벅차게 일었다. 구경꾼은 수천 명, 단상에만 수백 명이다. 한성백제의 귀족은 물론 대륙백제와 바다 건너 다른 나라에서도 구경을 온 상단 사람들… 이들이 전할 것이다. 백제의 기세가 대단하다. 우리는 할 수 있다. 전사들은 사기(士氣)를 먹고 승리를 위해 죽는다. 이것이다.

대만족이다-

대회장 곳곳에 사흘 동안 펼쳐진 결전의 분위기가 가득하다. 잔치였다. 한판의 대잔치. 흥겨운 잔치. 백성은 이처럼 너무도 즐거워하는 모습으로 이번 전쟁을 준비할 것이다. 그런 징조가 보이자 책계왕의 기쁨은 더해졌다.

너무 취하는 것이다-

단상 위의 진루는 그런 왕을 보면서 염려가 일었다. 이번 전쟁은 총력전이다. 흥에 겨워할 상황이 아니다. 대륙백제. 대륙을 경영하려던 선대왕 고이왕에 이어 책계왕도, 태자도 천하의 주인이 되고 싶어 한다. 그 묘수가 바로 백가제해 천하제일 무술대회다. 다 잘되는 지금 진루는 무언가 불안했다. 긴장감이 전신을 휘감아 돈다. 아직 오지 않은 미래. 그 미래를 감지하고 준비하는 왕비족 수장, 진루는 하료를 쳐다보았다.

오로지 려호기다-

하료의 눈은 거기만을 쳐다보고 있었다. 려호기다. 하료는 보았다. 려호기의 홀 벗은 모습을. 근육질의 몸뚱이가 아닌 일반 백성의 희망으로 굳게 자리 잡은 려호기의 본 모습을 본 것이다. 이제 우승만 하면 되었다. 우승만 한다면 더할 나위 없이 기쁜 일이다. 그러나 우승보다는 염려가 더 앞서 있었다. 하료는 그렇게 되어 버렸다. 다치지 말아야 하는데…

부우-

드디어 왕께서 결승을 명하셨다. 왕가의 성(姓)을 내리고 왕비족의 여인을 맞이하리라. 세상을 얻으리라. 백제 최고의 무사가 되는 영예가 기다린다. 그렇게 태자 여휘로부터 시작되었다.

백제 제일의 태을신검-

처음부터다. 결승 처음부터 설귀는 오직 태을신검을 펼칠 자세로 겨눴다. 그러나 그것이 실수였다. 생각을 못하고 있었다. 놓치고 있었다. 태을신검의 검세를 누구보다도 잘 아는 사람이 또 하나 있었다. 그것이 설귀의 불운이었다. 바로 상대 려호기였다. 스승 근자부가 뒤통수를 때리면서 가르치려던 그 검세. 그 검법을 피하고 또 피하면서 려호기는 하늘을 베어왔다. 려호기는 다른 어떤 검법보다 태을신검에 대해 잘 알고 있었다. 다만 목숨을 걸고 펼치는 검세를 겪어보지 않았을 뿐. 이는 승부에 결정적 변수였다. 설귀는 태을검법을 려호기가 쓰는 것을 못 보았다. 설진강도 그랬다. 설마 려호기가 그 태을검법을 알고 있거나 이미 익히고 있었다는 사실을 아는 사람은 아무도 없었다. 이미 승부는 난 상태였다. 상대방 무예의 최고 단계를 아는 려호기와 려호기의 검법이 태을신검을 바탕으로 한 하늘베기검법임을 모르는 설귀의 대결은 이미 끝나 있었다. 사람들이 모르고 설귀도 몰랐을 뿐.

그러나 목숨을 걸었다―

설귀의 검세는 매서웠다. 아니 목숨 그 자체였다. 려호기는 자신이 그동안 알고 있던 태을신검이 아니라고 생각했다. 다르다. 목숨을 건 검기가 장군검을 타고 려호기에게 쏟아진다. 설귀는 공진단의 약효를 폭발시켜야 했다. 삼합을 못 넘길 것이다. 모든 것을 다 쏟아서 체내의 독기가 다시 준동하기 전에 상대를 쓰러뜨려야 한다. 만약 상대가 죽는다 해도. 설혹 죽인다 해도… 그래야 한다. 죽여서라도 이 승부에서 승자가 되어야 한다. 살상부족은 산 자에게는 멍에가 아니라 명예가 될 것이다. 이렇게 설귀는 일순간 모든 생각을 모았다. 진기가 모였다. 공진단. 죽기 직전 모든 힘을 격발시킨다. 아니 그런 각오를 하고 결승에 섰다. 죽인다. 그 살기…

사람들은 려호기의 흑단목검이 태을신검마저 견딜 것인가. 진정으로 궁금했다. 게다가 설귀가 들고 있는 검은 장군검이었다. 보통 검이 아닌 백제의 명검 중의 명검인 장군검. 그 검기가 남다르다. 진검의 위세에 흑단목검의 검기는 오히려 초라해 보였다.

려호기는 이제까지 그래 왔던 것처럼 스승 근자부의 애정이 담긴 흑단목검을 들고 나섰다. 진검 대 목검. 무모해 보이기까지 했다. 하료는 그런 려호기가 도대체 이해가 되지 않았다. 뭘 믿고 저리 무모할까.

합, 하압-

천지 대진동. 사람들은 보았다. 설귀의 검세가 하늘빛으로 가득한 것을… 온통 빛에 싸인 설귀였다. 그 빛 덩어리가 그대로 려호기에게 달려들고 있었다. 그렇게 충돌했다. 그리고 보았다. 목검이 부러졌다.

려호기는 흑단목검으로 급히 막아야 했다. 그런데 아차 싶었다. 목검이기에 상대가 목숨을 노리지는 않으리라고 생각했는데 아니었다. 태을신검의 검세는 바로 려호기의 목을 향했다. 그래서 할 수 없이 목검으로 막았다. 그리고 적어도 목숨은 아니지만, 어깻죽지 하나는 결딴나리라고 순간 려호기는 생각했다. 그렇게 설귀는 돌진해왔다. 그것은 폭발이었다. 공진단 약효의 폭발이었고 설귀 내부 본 진기를 모두 끌어서 일합에 승부를 보려는 대폭발이었다. 그렇게 충돌했다.

깡-

검세가 사라지자 사람들은 검을 겨눈 두 사람을 보았다. 설귀는 분명히 목검을 베고 려호기의 목을 벨 것으로 생각했다. 아니 목이 아니면 어깨라도 베었어야 했다. 그런데… 목검과 부딪친 장군검이 저리어 왔다. 엄청난 공력이 아니면 있을 수 없는 상황이었다. 마치 쇠와 부딪친 느낌. 그렇게 손이 떨려 왔다.

또 다른-

멀리 생각한 근자부의 원려(遠慮)가 돋보인 순간이었다. 목검은 분명히 한가운데로부터 사방이 부서졌다. 깨졌다. 그런데 그 가운데 뭔가가 있었다. 철심. 그 흑단목검 안에 철심이 있었다. 자오철(紫烏鐵)로 만든 철심. 근자부의 흑단목검은 단순히 나무 검만이 아니었다. 나무 깊숙이 세로로 길게 철심이 박혀 있었던 것이다. 려호기도 깜짝 놀랐다. 이 검이 목검만이 아니었다. 그 안에 철심이 박혀 있었다. 그래서 더 무거웠던 것이다. 그것도 모르고…

상황에 변화가 생겼다. 려호기도 몰랐던 흑단목검의 비밀이 려호기를 구했다. 그러나 여전히 위기였다. 설귀에게는 장군검이 있고, 려호기에게는 철심을 드러낸 채 반 토막으로 깨진 흑단목검이 있을 뿐. 게다가 첫 합의 승부에 독이 준동하고 있었다.

독-

승부의 대변수다. 공진단의 약효가 폭발하고 본 진기를 다 일으킨 설귀는 그 순간 독이 오름을 느껴야 했다. 울컥. 검붉은 핏덩어리가 목구멍을 넘었다. 공진단 약물과 섞인 듯 누가 보아도 독물인 핏덩어리가 토해졌다. 설귀는 그렇게 무너졌다. 그러나 무너지지 않으려 했다. 검붉은 핏물을 흘리면서 다시금 태을신검을 펼치려 하고 있었다.

불가하다-

그렇게 려호기는 생각했다. 스승 근자부는 말했다. 태을신검은 본 진기로 일으킨다고. 그 본 진기를 몇 번이나 쓸 수 있겠느냐고 물었었다. 세 번을 넘으면 진기를 다 잃는다. 죽은 목숨이 된다. 그만큼 위험한 검세다. 그 기억이 하필 이때 떠올랐다. 려호기는 설귀의 공세를 받을 수 없었다. 피했다. 마치 도망치듯 피했다. 이상한 일이었다. 려호기는 일반부 무사의 본 진기를 받아서인지 아직 독에 무너지지 않았다. 그래서 피할 수 있었다.

"도대체 뭐 하는 것이냐?"

설귀는 이제는 서 있을 힘도 없었다. 하지만 승부를 보아야 했다. 그런데 상대방이 피하려고만 한다. 태을신검은 상대의 검과 충돌할 때만 일어난다. 검과 검이 어울려야 일어나는 검세다. 그런데 그 태을신검을 쓰지 못하게 한다. 상대가 말했다.

"더 이상의 태을신검은 위험하다."

그리고 려호기는 단상 위를 향해 청했다.

"왕이시여. 경합을 그만두게 하소서. 중독 때문에 더 이상의 경기가 어렵습니다. 목숨이 위태롭습니다."

려호기는 그만 결승을 멈춰달라고 했다. 상대방 설귀의 목숨이 위태로웠다. 독 탓에 무의미한 결승이었다. 려호기 자신도 독 기운이 몰려오고 있었다. 그러나 자신은 아직 본 진기가 살아 있었다. 다만 상대 설귀가 더 이상의 진기를 운행한다는 것은 목숨을 걸어야 할 일이었다. 아니 목숨을 걸었다. 이미 위태해 보였다. 아까운 무사가 그것도 당대 최고의 무사가 죽을 수 있었다. 려호기는 그런 대결이 싫어졌다. 왕에게 단상의 귀족들에게 청했다.

무승부-

책계왕은 잠시 고민했다. 왕도 결승 경합자들의 상태를 보고 알았다. 더는 무리다. 그러나 사람들, 구경하는 백성이 문제였다. 그들은 승부를 원했다. 누가 승자가 되느냐. 그래서 왕가의 성(姓)을 받고, 또 무절의 수장이 되며, 나아가 왕비족 누구와 혼인하느냐… 그런 궁금증을 해결해야 한다는 눈빛들이다. 상태는 려호기가 나아 보였다. 그런데 그가 무승부를 청하고 있었다.

하료는 어이가 없다. 려호기의 무승부 요청. 말도 안 된다. 이러려고 결선까지 그 죽을 고생을 했는가.

그 순간-

쓰러졌다. 설귀가 쓰러졌다. 구경하던 자들이 환호성을 올렸다.

모사재천 167

려호기가 이긴 것이다. 참 애매한 순간이었다. 그런데 그 찰나에 보았다. 그리고 알았다. 설귀의 상태를 알고 승부를 미룬 려호기. 려호기의 진심을 사람들이 보고 있었다. 그렇게 되었다. 그러자 사람들의 마음이 순식간에 려호기에게 쏠렸다. 한성백제 사람들은 환호했다. 그런데 려호기가…

쓰러진다–

려호기도 긴장이 풀렸다. 그러나 승부를 판정하고 승자의 이름을 부르기 전에, 설귀가 쓰러지는 것을 본 려호기도 쓰러졌다. 독의 준동으로 말미암아 울컥 피를 토하고 려호기 자신도 기절해 버렸다.

영웅이다–

영웅의 탄생. 우승보다 상대방을 더 걱정해주었다. 사람을 사랑하는 사람. 그 영웅이 탄생한 것이었다.

백가제해 천하제일 무술대회가 끝났다–

폭죽이 다시 터지고 백성은 환상적인 밤을 보냈다. 설귀와 려호기의 결승은 그렇게 한성백제의 신화가 되고 있었다. 려호기의 화려한 등장이 낙랑과의 전쟁보다 더 큰 변화의 조짐임을 아무도 모른 채 백제 한성의 밤, 잔치는 열기를 더해가고 있었다.

三 세 가지는

　한성백제의 큰잔치는 끝이 났다. 책계왕은 승자를 려호기로 발표했다. 비록 결승전에서 두 사람 모두 쓰러졌지만, 려호기의 승리가 바로 백성의 열망이었다. 책계왕은 백성의 열망을 인정해주었다.

　단, 조건이 붙었다─

　귀족들이 근본을 알 수 없는 려호기의 우승을 달가워하지 않았기 때문이었다. 특히, 병관좌평 설진강의 태도가 단호했다. 책계왕은 이를 역이용하기로 했다. 귀족들의 충성과 백성의 열망을 교묘하게 섞었다. 우승은 우승이되 무승부에서의 일명 인정우승. 백제 무절의 수장은 다음에 결정하기로 했다. 다만 우승자로서 왕비족 여인을 맞이할 수 있게 했다. 백제 무예 제일자의 칭호도 내려졌다.

백제 제일자-

책계왕의 많은 복선이 깔렸었다. 그 칭호에 대해 많은 이들의 반발이 있었지만, 책계왕은 개의치 않았다. 그 이유에 대해서 아는 자가 극히 드물었다. 책계왕은 백가제해 천하제일 무술대회를 시작하면서 대천관 신녀와 함께 신탁을 받았었다. 이번 전쟁. 책계왕과 다른 백제 제일자가 필요하다. 왕이 아닌 다른 백제 제일자를 만들어야 했다. 그래야 이번 전쟁에서 이긴다. 이러한 신탁에 대해 책계왕과 대천관 신녀는 함구하기로 했다. 왜 그런지에 대한 그 이유는 훗날 백제 존망의 기로에서야 대천관 신녀도 알게 된다. 단지 지금은 전쟁에서의 승리를 위해 백제 제일자가 필요하다는 것만이 중요했다. 책계왕의 명(命)대로 따르기로 했다. 책계왕은 전쟁에서 승리한다는 신탁 앞에서는 더 이상의 다른 것은 중요치 않았다. 백제 제일자가 필요하다. 그래야 이긴다면 백제 제일자를 하나 만들면 된다. 그 신탁 때문에 려호기는 백제 제일자가 되었다. 아무것도 모르는 백성은 약속을 지키는 책계왕에 대해 칭송했다. 역시 책계왕이다.

약속은 반드시 지킨다-

그런 선례를 만들어 나간다. 그러자 백성이 더 따르기 시작했다. 태자 여휘는 다 좋았다. 실은 결승을 겪어 보고 기분이 매우 좋아졌었다. 다들 독에 중독됐었다. 그 독 연무에 중독되었어도 백제 최고의 무예를 연거푸 선보인 설귀가 거기 있었다. 그리고 우승자 려호기의 큰 뜻은 태자 여휘를 감동하게 하고 강한 인상을 남겼다.

다만-

려호기라는 자, 그 근본을 알 수가 없었다. 뚜렷하지 않았다. 신궁에서 대천관 신녀의 큰 뜻이 있을 것이란 생각으로 려호기를 받아들이고 있을 뿐, 그가 누구인지 알 수는 없었다. 태자 여휘는 그런 려호기를 백제 귀족들과 중신들이 받아들이도록 책계왕과 대천관 신녀가 나서는 것을 보고 참 다행이다 여겼다. 백제에는 온 힘을 기울이면 신분이 상승한다는 분위기가 고조되고 있었다.

충성을 다하면 알아주는 나라와 왕이 있다-

백성은 사흘이 지나도록 무예대전 얘기를 그칠 줄 몰랐다. 신궁(神宮)에서 내보냈다는데… 정말 놀라운 무사였어. 장군검을 막은 흑단목검은 삽시간에 백제의 유행이 되어 버렸다. 검은 목검.

아이들은 일반 목검을 검게 하고 마치 자기가 려호기가 된 것처럼 으시대고 다녔다.

하료는 가문도 신분도 잊었다. 려호기가 쓰러지자 그를 따라 신궁으로 향했다. 신궁의 후원 별채에서 려호기는 고열에 시달렸다. 진기가 너무 많이 소진되었다. 게다가 서로 다른 본 진기가 몸안을 휘돌면서 독기와 더불어 려호기를 실신시켰던 것이다. 그렇게 사흘. 낮과 밤. 하료는 려호기 옆에 있었다.

놀랐다-

놀란 것은 하료의 아비 진루였다. 하료가 누구인가. 어떤 아이인데 저 청년에게 저렇게 급히 빠져드나. 내신좌평 진루가 당황했다. 태왕손도 거절한 하료가 아닌가.

"누구입니까?"

내신좌평 진루는 백제 대천관 신녀에게 그렇게 물었다. 저기 신궁 후원 별채에 있는 저 청년, 려호기는 누구냐고 묻고 있었다. 진루는 이제 신녀에게서 들어야 했다. 아무도 몰래 신녀를 찾아와서 돌려 묻지 않았다. 내신좌평으로서 우승자를 살피기 위해서라는 평계를 댔다. 하료를 지켜야 했다. 발 없는 말이 천 리를 가는 법. 게다가 왕께서 왕비족 바로 자신의 가문에서 한 여식을 시집보낸다 하지 않았는가. 하료라면 문제가 다르다. 내신좌평 진루 자신의 큰 딸이요 가장 기대가 큰 아이가 아닌가. 그래서 더욱 신궁의 그 청년 려호기에 대해서 알아보아야 했다.

신녀는 추호의 망설임도 없었다. 제 동생이랍니다. 어릴 적 이름은 근초(筋鞘). 아비 근자부가 양아들 삼았다고 하는 데 무예를 보면 진짜 핏줄 같습니다. 그런 신녀의 얘기를 듣고 진루는 믿지 않았다.

정말일까―

왕비족인 대천관 신녀 진혜에게 다시 물었다. 정말 어떤 아이입니까. 문제는 하료입니다. 하료는… 차마 입 밖으로 꺼낼 수 없었다. 하료는 왕비가 될 신탁을 받았다. 그것을 아는 유일한 두 사람이 바로 대천관 신녀와 진루다. 그런데 하료가 그 청년에게 빠져버린 것 같다. 태왕손을 거절한 하료 아닌가. 진루는 하료가 제 고집을 꺾고 태왕손 여설리 또는 얼마 전 부인을 잃은 태자 여휘와 혼인할 줄 알았다. 그런데…

"하료가 옳습니다."

다만 그렇게 밖에 말씀드릴 수가 없습니다. 대천관 신녀는 입을 닫아 버렸다.

진루는 답답했다. 왕이나 태자에게는 얼마든지 둘러댈 수 있다. 그러나 하료의 일은 다르다. 하료는 신탁을 받았다. 그 신탁이 엉뚱하게 해석되면 반역의 씨앗이 된다. 그런데 지금 일이 그렇게 전개되고 있는 것이다. 얼마나 두려운 일인가. 왕비가 될 여인이 왕족 본 계보가 아닌 떠돌이에게 시집을 간다. 게다가 그 떠돌이는 새롭게 한성백제의 영웅으로 떠오르고 있다. 진루는 보았다. 보통이 아니다. 흑단목검. 무예실력. 그리고 일반부를 통해 백성의 신망을 얻고, 독 연무 사건에서 그들의 희망으로 등장하는 모습을. 진루는 소름이 끼치도록 한순간에 눈부시게 변하는 려호기의 성장을 보았다. 일순간. 아무리 우승자라 해도 저렇게 등장할 수는 없다. 그런데 하료까지…

갖고 싶다-

신비롭다. 사내의 몸이 그렇게 아름다울 수가 없었다. 얼굴은 더 그랬다. 오뚝하게 솟은 콧날. 긴 속눈썹. 탐스러운 입술… 하료는 입술에 시선이 머물자 볼 주변이 발갛게 달아올랐다.

허휴-

한숨이 흘러나왔다. 뭐가 그리도 아쉬운지. 아까부터 한숨이 새어나왔다. 이제 겨우 편안하게 잠이 든 려호기. 그 옆에서 병구완하던 하료는 한숨을 쌓고 있었다. 그 한숨의 덩어리가 사내 위에 얹혀졌다. 쌓이고 있었다. 그 마음이…

이번 전쟁은 반드시 백제가 이긴다-

기정사실이 되어버린 얘기들이 한성 안에 파다했다. 태자 여휘는 그것이 최대의 선물이라고 생각했다. 려호기와 설귀가 백성을 움직이고 있었다. 특히, 려호기는 신궁 출신이라는 신비까지 더해져 백성으로 하여금 이번 전쟁의 승패를 벌써 가늠하게 하고 있었다. 징조는 좋았다. 대륙백제. 대륙경영의 뜻이 이루어지는 듯 했다. 할아버지 고이왕이 그토록 열망했던 일. 실은 고이왕 이전에 초고왕, 구수왕 등 대륙 비류계 왕들과 그 이전 소서노 모태후부터의 염원이었다.

고이왕은 온조계로 구수왕의 아들인 사반왕을 축출하고 백제왕이 되었다. 고이왕은 현재의 왕인 책계왕이 태자 시절, 유주 요동군 평곽성에 백제 지방왕으로 거처하며 대방 백제 일원을 다스리게 했다. 정식 직함은 평동장군 호무이교위, 낙랑, 창려, 현도, 대방태수였다. 대륙백제의 기틀을 다지게 한 것이다. 그런 까닭에 책계왕은 대륙에 밝았다. 옛 낙랑은 물론 부여 여러 족속을 귀속시키고 있었다.

대륙백제의 기반은 크게 두 가지였다. 철강, 즉 제철이요, 농사였다. 철제 농기구를 바탕으로 한 수리농법은 백제가 가진 고도의 경제기반이자 경쟁력이었다.

쇠를 뜻하는 철(鐵) 자의 옛 글자는 금(金) + 이(夷)다. 즉 [金夷] 자. 철(鐵)이 원래 동이족의 것이다. 철(鐵)을 처음 쓰기 시작한 사람이 바로 금이(金夷)라는 얘기다. 사마천의 사기(史記)에 철고이자야(金夷古夷字也), 즉 철(金夷)자가 옛날에는 이(夷)자였다. 라고 나온다. 동이(東夷)를 뜻하는 이(夷)자 자체가 옛날에는 쇠를 뜻하는 글자이다. 한서 권28에는 이통차작철(夷通借作金夷), 철고문철자(金夷古文鐵字) 철(金夷) 자는 이(夷) 자에서 나온 것이다. 철(鐵), 쇠 철자는 옛날에는 [金夷]라 썼다. 라고 했다.

옛사람들은 배달민족을 이(夷) 또는 리(黎)족이라 불렀다. 사마천도 리동이국(黎東夷國)이라 하며 동이국(東夷國) 사람들을 리(黎)민족이라 한다고 밝힌다. 그 리동이국을 백제의 왕들은 통합하고자 했다.

리(黎) 자를 풀어보면 사람(人)이 물가(水)에서 벼(禾) 농사를 지으려고 쟁기질을 하는 모습이다. 리(黎)라는 글자 자체가 리(黎)족, 즉 배달민족이 처음 농사를 지었다는 것을 나타낸다. 나중에 리(黎)의 발음이 려로 바뀌는데 해가 처음 떠오르는 것을 려명, 여명(黎明)이라고 한다. 이것은 리(黎)족이 얼마나 오래된 민족인가를 나타내준다. 떠오르는 해와 같은 최초의 문명인이었다. 바로 최초 수리 농업의 지배자였던 것이다. 그 지배자, 그 꿈을 백제왕들은 이루고자 했다. 여전히…

꿈을 꾸는 사람-

다시 또 한밤중이 다되도록 려호기는 깨어나지 않았다. 그렇게 깊이 잠들어 있었다. 하료는 그런 려호기를 품어야 했다. 하료의 결론은 려호기였다. 그렇게 특이한 사람. 그래서 더욱 갖고 싶었다. 어찌 저 같은 사람이 다 있나. 이길 수 있었던 자의 무승부 요청. 하료에게는 참으로 말도 안 되는 일이었다.

그 순간-

얼마나 놀랐던지. 만약 설귀가 쓰러지지 않았다면 지지는 않았겠지만 이기지도 못한다. 하료에게는 충격이었다. 려호기의 무승부 요청에 구경하던 사람들은 마음으로 환호했다. 그것이 려호기를 이기게 했다. 그 순간 하료는 보았다. 백성의 마음을 움직이는 방법. 감동이었다. 설귀의 상태를 알고 승부를 미룬 려호기의 그것이었다. 사람들의 마음을 순식간에 자신에게 향하게 하는 기술. 려호기는 그것을 갖고 있었다.

하료는 보았다. 거기 영웅이 있었다. 그래서 품어야 했다. 다른 사람에게 려호기를 넘길 수 없었다. 핑계는 고열이었다. 하료는 그런 여자다. 갖고 싶은 것은 가져야 하는… 처음으로 남자를 품었다. 남자가 여자를 선택하는 시대였지만 백제의 귀족들에게는 소서노 이후 제대로 된 남자를 고르는 전통이 은연중 내려오고 있었다. 남자를 여자가 거부할 수도 있었다. 남자에 대한 선택권한이 백제 여인들에게는 있었다. 더욱이 하료는 그런 소서노 모태후의 얘기를 귀가 따갑게 들으면서 자랐다. 자신도 더 하면 더 했지 못하지는 않는다고 생각했다. 자긍심이 하늘을 찌르는 진하료다. 그런 이유로 하료는 오늘 자신의 선택에 역사적인 의미를 붙였다.

그를 품었다—

하료는 려호기가 깨기 전에 그를 일으키고 그를 품어 버렸다. 처음인 두 사람. 하료는 자신이 지금 무엇을 범하는지 생각하지 않았다. 단지 그를 안았다. 그리고 담았다. 자신의 가장 깊숙한 곳에 이미 마음속 깊이 담겨 있던 려호기를 그대로 다 담아버렸다.

누군가 옆에 있었다-

려호기는 자신이 어디에 있는지 몰랐다. 결선에서 단상을 쳐다보고 얘기하다가 기절했다. 진기가 고갈되고 긴장이 다 풀려서인지 아니면 독기의 잔재로 정말 죽은 것인지 몰랐다. 그런데 따뜻한 뭔가가 자신의 곁에 있었다. 누군가 자신을 살리려 했다. 그 기억. 여인이다. 그 여인이 자신을 품었다. 그래서 열을 떨어뜨리고 자신의 진기를 끌어올렸다. 생존의 가장 밑바탕에서 그 본능이 깨어나자 본능을 따라 생각도 깨어났다. 자신을 일으킨 사람, 그 사람이 누구인지…

하료. 그녀는 바다였다-

요하는 문명(文明)의 상징이다. 요하 강변은 큰 문명의 어머니다. 태초 이 땅에 짐승과 같은 삶들이 있을 때 사람다운 삶을 가져다준 그 문명의 바다가 바로 요하다. 그 요하 강변에 백제 조상의 터전이 있었다.

진루가 큰 딸 하료를 얻기 직전이었다. 진루는 아비 진충을 따라서 임신한 부인의 배웅을 받고 출정했다. 고이왕의 명(命)을 따라 대륙전쟁에 나섰던 그때 너무도 신비했던 요하 강변에서의 일을 잊지 못한다. 딸을 낳기 직전, 요하 강가에서 진루는 전혀 다른 새로운 경험을 했다. 왜 소서노 모태후가 대륙경영의 큰 뜻을 품었는지 알 수 있었다. 거기 있었다. 빗살무늬부터 엄청난 토기의 무덤들과 적석총, 돌로 만든 성곽들, 청동검 등 옛 단군조선, 밝달 환국의 상징들… 그렇게 많이 있었다. 마치 현실처럼 그곳에 있었다.

우하량(牛河梁) 근처에서 발견된 한 변의 보폭 2백여 장이 넘는 거대한 적석총. 거대한 건축물을 쌓으려면, 얼마나 많은 이들이 동원되었을까. 여신을 숭배하는 제사장을 중심으로 계급과 사회분화가 이루어진 강력한 제정일치사회가 형성되었을 것이다. 어쩌면 소서노 모태후가 들었다던 전설의 시기. 그 태초의 국가, 밝달 환국의 흔적일지도 모를 일이었다. 더군다나 여신상 옆에 있던 곰 형상들. 옛 조선의 단군임금님과 웅족 이야기가 아닌가.

거기 소서노 모태후가 꿈꾸던 그 땅-

거기에 유물들이 가득 있었다. 요하 강변 그 일대에 가득 넘치도록 많이 있었다. 그 옆을 묵묵히 수천 년을 흘러왔던 그 요하가 넘쳐 진루를 덮쳤다. 그것은 꿈이었다. 그렇게 꿈을 꾸고서 한성백제로 돌아와 보니 딸이 하나 태어나 있었다. 그 딸, 요하를 보고, 요하가 넘치는 꿈을 꾸고서 보았던 큰 딸이 바로 하료였다. 요하. 진루는 대천관 신녀를 통해 그 꿈이 장차 왕비가 될 여식의 탄생임을 들었다. 절대 비밀로 했다. 비록 왕비족이지만 큰 비밀이 아닐 수 없었다. 왕가의 적자(嫡子)가 아닌 다른 사람과 혼인을 한다면? 하료의 신탁은 큰 변혁을 예고하는 것이다. 백제의 대천관 신녀 진혜는 그렇게 하료의 신탁을 염려했다. 절대 비밀로 하자고 했다. 자칫 백제의 대 환난을 일으킬 것이다. 그리 생각을 했다. 내신좌평 진루는 지금 그 고민을 하고 있었다.

만약-

그 만약의 상황이 벌어진 것이다. 하료는 려호기를 택했다. 당찬 여인 하료는 태왕손 여설리를 거절하고 왕이 될 수 없는 신분의 청년 무사를 선택했다. 왕비족의 여인을 맞이하고 왕가의 후계에 이름을 올린다고는 하지만 어디까지나 백성을 선동하기 위한 책계왕의 계책일 뿐… 실지로 그런 일은 절대로 있을 수 없는 일이었다. 또 왕의 후계에만 최소 오 육십 명은 있었다. 그중에 가장 피가 안 섞인 사람이다. 누가 감히 후계를 꿈꾸겠는가. 그것은 말도 안 될 일이다. 그저 상징일 뿐이었다.

왕비가 될 신탁을 받은 딸이 려호기에게 빠지자, 진루는 정말 심각해졌다. 왕이 되어서는 안 되는 려호기가 왕비가 될 하료와 혼인한다? 이제 정말로 하료의 신탁은 대천관 신녀와 자신만이 알아야 했다. 알려지면 다 몰살이다.

정말 그렇게 선택해야 하는가-

내신좌평 진루는 하루하루가 가시방석이었다. 대천관 신녀의 태도 또한 걱정을 더 하게 했다. 많은 시간을 내서 얘기라도 하면 했는데… 요즘 들어 자신에게도 뭔가 말 못 하는 것이 있는 듯 거리를 두고 있었다.

오늘은-

더 미룰 수 없었다. 오늘 대전 회의가 끝나면 대천관 신녀를 따로 만나 더 은밀하게 물어야 했다. 책계왕이 소집한 회의의 주제도 려호기에 관한 일 것이었다. 역시 그랬다.

"누구로 할 것이요?"

책계왕이 위례성으로 떠나기 전에 할 일이 있었다. 왕이 백성과 한 약속을 지켜야 했다. 내신좌평 진루를 불러 물었다. 왕비족인 진가(辰家) 여식 중에서 누구를 무예대전의 승자인 려호기에게 내려야 할지를 물어왔다. 진루는 매우 조심스러웠다. 아무리 대신 서열 1위인 내신좌평이지만 병부에 대한 권력 확장은 곤란했다. 그런 의미가 려호기와 하료의 혼인이 더 복잡해지는 이유이기도 했다. 조심스럽게 운을 띄웠다.

"누구로 할까 고민입니다."

백제 제일의 무사. 백성의 신망을 얻은 청년 영웅. 그래서 선뜻 자신의 큰 딸 하료라고 할 수 없었다. 그러면 분명히 의심의 눈총이 쌓일 것이 뻔했다. 그런 이치. 정치를 잘 아는 진루의 말에 태왕손 여설리가 나섰다. 자신에게 시집오기를 꺼렸던 한 망아지 같은 여인이 떠올랐다. 언뜻 그녀를 려호기에게 보내버리고 싶은 심통이 일었다.

"공의 큰 따님이 어떠십니까? 이미 그자와 잘 아는 사이 같던데요…"

태왕손 설리는 진루에게 헤픈 여식 탓하듯 말했다. 대회장에서 보고 있었다. 진하료를. 려호기에게 마음이 가 있는 하료를 보고 태왕손 여설리는 심사가 뒤틀렸다. 진루는 잠시 당황했다. 태왕손 설리가 하료의 일을 마음에 두고 있음을 알아챈 것이다. 감히 나를 거부하다니… 그런 말뜻이 담겨 있었다. 내신좌평 진루가 당황해 하자 태왕손 여설리를 거든 것이 병관좌평 설진강이었다.

"신의 생각도 그러합니다."

내신좌평 당신의 딸을 내주오. 그러면… 반드시 거절하리라. 그러면 이 일은 흐지부지 없던 일로 만들어 가리라. 그런 마음이 설진강에게 있었다. 그런데 진루는 계속 대답이 없었다. 아니 말을 할 수 없었다. 고민하는 듯 했다. 그러자 태자 여휘가 나섰다.

"누구 말입니까?"

태자 여휘는 내신좌평 진루의 딸이 누구인지 궁금했다. 태자 여휘는 오랜 시간 한성백제를 떠나 있었다. 귀족 대신들의 자녀를 누가 누구의 자식인지 확실하게 연결하지 못하고 있었다. 혹시 자신이 아는 여인, 진하미가 아닌가 싶었다. 그러기엔 아까운데… 그때… 진루가 입을 열었다.

"제 과년한 큰 딸입니다. 벌써 혼기가 지났습니다."

과년? 아, 나이가 많다. 아니구나. 혼기가 지난 과년한 딸입니다. 라고 진루가 말하자 그 어린 처자 하미 옆에 있던 성숙해 보이던 하료가 생각났다. 아니구나! 하는 생각이 태자 여휘의 머리를 스쳤다. 그리고 왜 자신이 하미를 떠올렸는지 잠시 머뭇거리다 바로 말을 뱉어버렸다.

"중신들의 의견을 따르라고 하지요."

백제의 최고 무사. 그 혼례는 매우 중요한 일이었다. 진루가 선뜻 대답하지 못하고 있었다. 책계왕은 내신좌평이 그다지 탐탁지 않게 여기는 것이 좀 걸리는지라… 대천관 신녀에게 물어 처결함이 옳다고 생각됐다.

하늘의 뜻-

그 하늘의 뜻으로 시작했으니 하늘의 뜻에 따르는 게 옳을 것이다. 책계왕이 하늘의 뜻을 거론하자 진루 또한 신녀에게 물어서 결정하는 것이 낫다고 아뢰었다. 가문의 처지에서는 그래야 이런저런 모사에 휘말리지 않을 것이다. 심중으로는 신녀의 입장도 궁금했다. 하료의 신탁을 풀어준 신녀가 아닌가. 하료의 왕비가 된다는 신탁을 아는 유일한 또 한 사람이 신녀였다. 그 신녀가 려호기와 하료를 긍정적으로 보고 있다. 그런데 다행히도 책계왕이 신녀에게 처결권을 넘겼다.

"그것이 좋겠다. 게다가 신궁 사람이 아니더냐."

책계왕은 신녀를 부르려고 했다. 그런데 마침 대천관 신녀가 대전으로 들어도 되느냐고 내위태감을 통해 물어 왔다.

들어오시게 해라-

책계왕은 겪으면 겪을수록 신녀의 예지력이 대단하다고 생각했다. 자신이 필요한 그때에 오는 사람. 세상일을 다 아는 것 같은 놀라운 신통력이다.

"부르셨습니까?"
"부르기 전에 온 것 같구려"
"다행입니다. 아직 대천관 자격이 있어 보입니다."
"무슨 소리. 충분하오. 이번 무예대전은 대성공이었소."
"예. 그래서 왔습니다."
"뭐가 필요하오?"
"이번 무예대전의 승자들은…"
"승자들?"
"예…"
"승자들이라니… 승자는 하나요."
"아닙니다. 둘입니다."
"아니, 하나요."
"아닙니다. 넷입니다."

"신녀-"

대천관 신녀는 책계왕에게 이번 우승자와 함께 3명을 같은 무절의 4대 군장으로 명하는 것이 좋겠다고 했다. 진루는 의아했다. 백제 무절의 수장이 하나가 아닌 4대 군장이라니… 그랬다. 신녀의 말은 일사천리였다. 의도는 이번 전쟁에서 승리를 위해 전군 총동원령이 필요했다. 아무리 무예대전 우승자라 해도 당장 백제 무절 전체를 움직일 수는 없었다. 군에는 군령이라는 것이 필요한데…

그 힘이 없다-

더구나 병법과 진세들도 아는지 모르는지 아무도 몰랐다. 그런 위험을 백제가 감당할 수는 없다. 실상은 대천관 신녀의 오랜 고민이었다. 려호기를 사지(死地)로 내몰 수도 없었다. 그래서 한 등위 낮추어야 했다. 그래서 백제 무절 수장인 설진강의 욕구도 채우고, 오만한 태왕손 여설리와 명문세가들의 위상도 살려주어야 했다. 더욱이 흑우가 상단의 지원은 전쟁에서 절대적이지 않은가… 4대 군장이면 다 만족 시킬 수 있었다. 4대 군장에는 려호기와 설귀, 우복과 명문세가 1명도 들어갈 수 있었다. 나머지 4명은 부장(副長)으로 다음 지위를 부여할 것이었다. 려호기에게 집중되는 백성의 신망도 분산시키고 견제도 막는 묘수였다. 다양

한 계책이 숨어져 있었다.

　좋구나, 아주 좋아—

　노련한 책계왕이 가장 먼저 신녀의 뜻을 알아챘다. 그리고 만면에 가득 미소를 머금었다. 그 미소를 보고 그제야 진루 또한 신녀의 의도에 탄복했다. 다다익선(多多益善). 좋은 계책이다. 그리고 신녀의 말이 이어졌다.

　"하료입니다."

　그녀, 하료로 백제 대천관 신녀는 결정하고 왔다. 내신좌평 진루는 역시라고 생각했다. 뭔가 있다. 신녀는 다른 것을 다 버리고 하료를 선택하게 했다. 다른 귀족과 왕의 의구심을 받지 않으면서 동시에 정착시키고 있었다. 그리고 하료를 얻게 한다. 대천관 신녀의 눈은 다른 명문세가들의 수장들이며 백제의 중신들에게 향했다. 그리고 대천관 신녀는 이리 말하는 것 같았다. 이제 왕비족의 큰 딸은 려호기에게 간다. 그러면 다른 가문은 왕비의 자리를 노릴 수 있게 된다. 태자 여휘의 정실이 비어 있지 않은가. 곧 태자도 여인을 골라야 한다. 그런데 하료가 려호기에게 가면 그 기회는 다른 가문에게 생긴다. 명문세가의 수장들은 신녀 진혜의 생각에 전적으로 동의했다. 마다할 아무런 이유가 없었다.

하료다-

진루는 참 난감했다. 하료의 선택도 알고 신녀의 뜻도 알았지만 그래도 눈에 보이는 이문이 상대적으로 작았다. 내신좌평 진루의 계산이 책계왕의 눈에도 읽혔다.

"내신좌평의 고민이 큰가 봅니다."

왕비의 아비 자리를 잃어서 아까우냐? 듣기에 따라서는 그럴 수도 있었다. 그런 뜻도 있었다. 내 말을 거역할 것이냐? 라는 뜻도 함께 내포하고 있었다. 내신좌평 진루는 얼른 표정을 고쳤다. 어차피 대천관 신녀와 상의하려고 했다. 하료는 이미 려호기에게 모든 것을 다 주고 있었다. 내신좌평 진루는 재빠르게 이를 결정하려고 했다. 다들 그러기를 바라고 있었다. 충심을 보이는 것으로 만족했다.

아닙니다. 왕께서 정하신 일…

충심으로 따르겠나이다. 충심으로. 그렇게 됐다. 왕이 결정한 것으로… 신녀의 추천을 왕이 받아들였다. 그렇게 해서 왕비가의 진하료와 려호기의 혼인이 결정된 것이다. 진루의 선택은 없었다. 왕비족은 왕의 명에 순종한 것뿐이었다.

하긴 하늘은 이미 하료와 려호기를 묶어 놓았다. 대천관 신녀는 하늘을 따르기로 했다. 처음에는 아비 근자부에게 려호기에 대해 더 물어보지 않은 것을 후회했지만 이미 자신의 책임이 된 일이다. 최선의 선택을 해야 했다. 그리고 질문을 기다렸다. 아니나 다를까. 책계왕이 물었다.

"그는 누구냐?"

제 아비의 수양아들이라 합니다. 아비? 책계왕이 순간 잘 못 들었나! 귀를 의심했다. 근… 자부다. 자신의 밀명을 수행하는 선인(仙人). 절대무왕. 소서노 모태후의 약속, 그 비밀을 찾아오라 하지 않았는가. 그 근자부가 왔었다니. 더구나 근자부의 수양아들까지? 책계왕의 머릿속이 복잡해졌다. 신녀를 다시금 쳐다보았다. 신녀는 사람들을 물려주기를 원했다. 책계왕은 신녀만 남고 다들 물러가라 일렀다.

신녀의 표정이 그랬다-

무거웠다. 그렇다고 여느 대신과 더불어 태자 여휘까지 물리다니… 책계왕과 신녀가 말한 신녀의 아비는 도대체 누구란 말인가? 뜻 모르는 대신들은 그렇게 물러났고, 신녀의 아비라는 뜻을 아는 중신들은 기겁했다. 그래서였구나. 근자부의 무예. 그래서 그 청년이 그렇게 대단했구나. 백제 무예의 전설. 그 전설이 이십 년 가까이 잊혔다가 이제 다시 깨어난 것이다.

"그래 다른 얘기는 없었느냐?"
"예"
"그 아이가 아들이냐?"
"원래 이름은 근초라 하온데…"
"이름을 숨겼구나?"
"그런 것 같사옵니다."
"백제의 영광이 일어날 징조로다."
"그래도 큰 고난도 있을 것입니다."
"골이 깊어야 산이 높지! 이제 비로소 백제는 대제국을 건설하기 위한 발걸음을 내딛게 된다. 이제 시작을 해도 되느냐?"
"아직, 신탁을 받지 못했습니다."
"그럼 받아 보아라. 하늘의 뜻을…"
"언제…"
"그 아이들이 혼인하자마자 너는 하늘의 뜻을 묻거라. 알겠느냐?"
"예"

"내가 대륙에 직접 가 보아야겠다. 한성백제 일은 태자와 상의하라."

"태자 마마와 그 일을 상의하라는 말씀이십니까?"

"그래, 이제 그럴 나이도 됐다. 벌써 그 아이 나이도 사십 줄이다. 선왕께서 재위하신 것이 무려 53년이다. 내가 태자 생활을 너무 오래 해 봐서 잘 안다. 이제 태자와 상의하도록 해라! 내 나이가 몇이냐. 하루하루가 급하구나. 언제 대륙을 통일할꼬…"

대륙통일. 책계왕은 대륙백제를 통해 거대 제국을 꿈꾸고 있었다. 아니 그 꿈은 선대왕 초고왕과 구수왕 등 대륙 요서 일원을 다 차지하고 있던 백제의 왕이라면 누구나 꾸던 꿈이었다. 문제는 같은 동이족이면서 힘을 합하지 못하는 고구려와 부여 등 옛 단군조선의 갈래 국들이었다. 배달환국 이래, 시황제 이후 누가 천하 통일을 꿈꾸겠는가. 그 꿈을 이루기 위해 고이왕은 동분서주했다. 그렇게 노력했건만 절대강자가 될 수 없었다. 시대가 달랐다. 철기는 이제 각 나라의 군사력을 유사하게 만들었다. 하나의 강자가 등장할 수 없었다. 절대군주가 되기 위해서는 획기적인 그 무엇이 있어야 했다. 그런 것. 소서노 모태후께서 3개국을 창업하신 그 비법을 남겨놓으셨다고 했다. 그 비밀을 풀면 절대무왕이 탄생한다고 했다. 백제 삼천 년의 비밀이 열린다고 했다. 풀어야 했다. 근자부는 그 일을 하고 있었다. 고이왕과 책계왕은 그 비밀을 풀기 전에는 돌아올 생각을 말라고 했다. 그런데 그 근자부가 후계자를 보냈다. 그 깊이를 알 수 없는 청년. 려호기. 순식간에 백제 제일의 무사가 되었다. 영웅이 되었다. 이제 백제에 힘을 보태고 있는 것이다. 책계왕은 근자부가 곧 자신을 찾아올 것으로 믿었다.

태자와 상의하라—

얼마나 다행인가. 노회한 책계왕 앞을 물러난 대천관 신녀는 한시름 놓았다. 려호기와 하료의 일을 태자와 상의하라는 말을 천만다행으로 들었다. 신궁을 향한 신녀의 발걸음이 가벼워졌다.

이날을 기다렸다—

하료는 이미 신녀에게 려호기와 혼인할 자신의 의중을 내보였다. 일부러 려호기와 손을 잡고 신궁을 거닐었다. 신궁 안에서는 일각도 안 되어 대천관 신녀에게 알려졌다. 신녀는 하료의 성정을 누구보다 잘 알았다. 그런 하료가 손을 잡고 신궁을 거닐다니… 대놓고 나를 선택해달라고 시위하고 있었다. 몸과 마음이 이미 하나입니다. 그런 얘기를 서슴없이 해대는 아이. 백제 대천관 신녀는 하료의 그런 성격이 못내 불안했다. 왕비 감은 맞으나 그러나 다소 부족하다. 그걸 깨달아야 하는데… 그렇게 아쉬워하며 곧 깨닫겠지 하면서 책계왕이 부를 것을 예감하고 입궁했던 것이다.

 하료는 신궁으로 돌아온 신녀의 표정을 보았다. 밝았다. 신녀는 려호기를 불렀다. 그리고 하료 자신에게는 아버지 진루를 모셔오라 했다. 신녀가 려호기를 데리고 신궁 은밀한 곳으로 향하자 하료는 뛸 듯이 기뻤다. 됐다. 나다. 려호기는 이제 내 것이다. 그렇게 달뜬 가슴을 안고 집으로 향했다.

"너는 본명이 근초다."
"예? 정말입니까?"

 려호기는 대천관 신녀의 말에 깜짝 놀랐다. 내 본명을 신녀가 안다? 내 이름. 어릴 적 그 이름은 기억이 없다. 초… 거기가 끝이었다. 초 뭐였는데… 기억이 나지 않는다. 어릴 적 기억은 항아리 속 어둠과 어머니, 그것이 하도 큰 충격이 되어서인지 다른 기억은 살아나지 않았다. 거기서 꽉 막혔는데… 신녀가 오늘 자신의 이름을 얘기했다. 그런 것 같았다. 초… 근초… 신녀는 어떻게 알았을까. 스승 근자부가 자기 모르게 얘기한 것 같았다.

 려호기의 과거에는 실제로 그 이름이 있었다. 다만 기억해낼 수 없었을 뿐이었다. 희미하게 있었다. 소고(素古), 즉 초고왕(肖古王)의 이름이 있었다.

十一年 甲午 七月 攻羅腰車城 拔之 斬其城主 羅兵來侵沙峴城 而退 九月 命北部眞菓 攻末曷取石門 十月 末曷來侵述川 擊退之 太王崩於山宮 春秋六十一 太王鴻壯有神力 善射好騎馬 早有威德之 名 晚好神仙土木 沈於聲色 國人惜之 (百濟王紀)

　11년 갑오 7월 신라 요차성(腰車城)을 공격하여 빼앗았다. 그 성주를 참수하였고, 신라의 병사가 사현성(沙峴城)을 침략하여, 후퇴하였다. 9월 북부(北部)의 진과(眞菓)에게 명하여 말갈을 공격하여 석문(石門)을 취하였다. 10월 말갈이 술천(述川)을 침입했으나, 격퇴했다. 태왕(太王), 즉 초고왕(肖古王)이 산궁(山宮)에서 죽었다. 춘추 61세였다. 태왕은 건장하고 신력(神力)이 있었으며, 활쏘기를 잘하고 말타기를 좋아하였다. 일찍이 위엄과 덕으로 명성이 높았다. 뒤늦게 신선(神仙)과 토목(土木)을 좋아하였고 소리와 음색, 즉 성색(聲色)에 빠졌었다. 나라 사람들이 다 애석해 하였다.

　그 이야기를 려호기는 들은 적이 있었다. 초고왕이 죽은 날에 려호기가 태어난 것이다. 그래서 대륙 백제 비류계였던 려호기의 아비는 초고왕의 뜻을 잇고자 했다. 초고왕처럼 되라고 한 말들을 려호기의 어린 기억에 남겨 놓았다. 그 기억이 아주 조금 남아 있었다. 그래서 초… 뭣이 자신의 이름이라 생각하기도 했었다. 그런 기억의 조각이 있었다. 그래서 려호기는 대천관 신녀가 말해준 근초라는 이름이 어린 시절의 이름이었다는 말을 사실로 받아들였다. 대천관 신녀의 의도와는 상관없이 려호기의 어린 기억이 그렇게 받아들이게 했다.

둘의 혼인-

하료와 려호기가 혼인한다는 것은 한성백제에서는 무예대전 이후 또 다른 잔치였다. 승자 려호기. 젊은 영웅 려호기가 왕비족의 큰 딸 하료와 혼인한다. 누구나 부러워할 일이었다. 그래서 왕가의 성(姓)인 여(餘)씨도 하사받았다.

려호기(驪好奇)는 여호기(餘好奇)가 되었다-

태자 여휘(餘輝)는 여호기(餘好奇)의 대부(代父)가 되었다. 태자 여휘는 여호기를 친자식처럼 반겼다. 젊은 그가 좋았다. 특히, 하료와 여호기, 그 옆에 있는 하료의 사촌 동생 하미가 같이 있을 때면 태자 여휘는 자신도 한껏 젊어진 것 같아 더욱 자주 어울렸다. 태자 여휘와 여호기… 기질이 다르지만 통하는 것이 있다. 사람을 좋아하는 영웅들. 그런데 하료는 또 남다른 것을 보았다. 태자 여휘와 함께 있으면 다른 명문세가들의 후예들은 작아 보인다. 태왕손 여설리마저도 태자 여휘 옆에 있으면 작아진다. 그런데 여호기는 다르다. 분명히 다르다. 태자와도 스스럼이 없다. 할 말을 제대로 하는 사람. 태자 여휘와 함께 광명이 나듯 더 빛난다. 누구 앞이든 전혀 주눅이 들지 않는 사람. 그런데 태자 여휘와 크게 다른 점은 다소 마음이 여린 것이었다. 하료는 천민이나 불쌍한 유민을 보면서 크게 마음을 쓰는 여호기가 신경에 거슬렸다. 이제 백제의 명문세가 후계들과 겨루어야 하는데… 출신에 대한 빈정거림의 단서가 될 행동을 계속하고 있는 여호기의 그 점이 마음에 안 들었다.

딱 한 가지인데-

하료는 모르고 있었다. 무예대전을 통해 여호기의 높은 덕망과 인품을 본 하료였지만 그래서 자신이 먼저 여호기를 품어버렸음에도 이제 자신의 남자가 된 여호기에 다른 마음이 생겼다. 아비 진루와 대천관 신녀의 마음도 움직인 하료였다. 그러나 그런 자신의 마음 또한 여호기의 어진 성정으로 움직였다는 것을 하료만 모르고 있었다. 그것이 바로 하료의 욕심이었다. 욕심으로 말미암아 가장 중요한 처음의 마음을 잃고 있었다.

하료의 아비 진루는 백제 대천관 신녀 진혜에게 여호기와 하료의 신탁을 청했다. 진씨가 여인이었던 대천관 신녀는 놀라운 이야기를 해주었다.

"세상은 변합니다."

"백제 제일자 운명이 그에게 있습니다."

"이 이야기 오직 둘만이 알아야 합니다."

"지금 여호기가 백제 제일자의 운명을 진정으로 가진 것을 안다면… 진정 그것이 왕재라는 신탁인 줄 안다면… 이는 곧 전부 다 죽음을 각오해야 할 것입니다. 내신좌평께서는 이것이 어떤 의미인 줄을 너무도 잘 아실 것이라 믿습니다."

단둘이. 진루와 신녀 둘만이 알기로 했다. 더는 알아서도 알려서도 안 된다. 그날부터 진루는 큰 고민을 이고 살아야 했다. 하료의 신탁으로 늘 무거운 마음을 지고 살아왔는데 사위 될 사람마저 진루의 어깨를 무겁게 누르게 되다니… 그러나 진루는 이것이 하늘의 뜻이라면 그대로 따르리라 마음먹는다. 하늘의 뜻은 인간의 예상과 다른 결과들을 만든다. 하늘이 움직이는 방향에 그저 순행하면 다행이다. 하늘의 뜻이 인간 세상의 유불리보다 먼저였다. 그것이 오랜 세월 권력을 누려온 왕비가 수장 진루의 처세술이었다.

하늘에 대한 믿음-

혼례식은 성대하게 치러졌다. 태자 여휘가 백성을 위해 재물을 헐어 곡식을 내었다. 신분상승. 일개 무사에서 백제 제일가는 행운아로… 백제의 승리를 만들어줄 백제 무예의 제일자로 여호기를 띄웠다. 여호기는 마치 세상을 다 얻은 것 같았다.

혼인이다-

영웅의 혼인. 영웅이 혼인한다. 폭죽이 터지고 한성 백성도 덩달아 들뜬 밤을 보냈다. 여호기의 혼인은 그렇게 한성백제의 축복이 되고 있었다. 화려한 혼인이 그 얼마나 많은 피를 뿌릴지 아무도 모른 채 백제 한성의 밤은 지나고 있었다.

아직 여호기는 세상의 모든 것을 다 얻지는 않았다. 그가 얻어야 할 것은 더 많았다.

極 끝이

여호기는 이제 백제의 군사조직 무절의 최고 등위의 4대 군장 중의 하나가 되었다. 그러나 한 번 선(先)이면 영원한 선(先)이라, 엄연히 우승자는 여호기였다. 특히, 백성 사이에서 이는 부정할 수 없는 확실한 등위였다. 우승자. 백제 제일자의 평가가 여호기를 따라다녔다.

백가제해 천하제일 무술대회가 끝나자-

책계왕은 전쟁 준비에 박차를 가했다. 추수가 끝나면 내년에는 대륙백제에 힘을 더 보탤 수 있을 것이다. 그런 마음으로 조금은 조급해하면서 책계왕은 대륙에 대한 꿈을 키웠다. 대륙의 정세가 급변하기 시작했다. 책계왕이 보위에 오른 지 10년이 지나자 요하 주변에서 지진이 잦았다. 북쪽에 큰 가뭄이 들자 말갈 여진이 급격하게 세를 확장하기 시작했다.

　가뭄으로 피폐해진 부여를 공격하던 서천왕의 고구려에 선비족 모용외(慕容廆)가 침입했다. 서천왕이 신성(新城)으로 피했다. 곡림(鵠林)에 이르러 모용외는 군사를 추격하여 고구려왕을 거의 따라잡았다. 신성재(新城宰) 북부(北部) 소형(小兄) 고노자(高奴子)가 기병으로 모용외를 쳤다. 모용외가 물러나야 했다. 고구려왕은 고노자에게 대형(大兄)의 작위를 더하고 곡림(鵠林)을 식읍으로 주었다. 이때, 서천왕이 궁성을 자주 비우고 부여 경략에 나서자 서천왕의 아우 일우와 소발이 배반하였다. 서천왕이 이를 막았다. 서천왕이 그를 자살하게 했다. 고구려는 사도성(沙道城)을 고쳐 쌓고 사벌주(沙伐州)의 백성을 이주시키고 있었다. 이듬해 여름 위병(倭兵)이 고구려의 장봉성(長峯城)을 공격해 왔으나 이기지 못하였다. 이때 백제는 신라와 같이 바다에 배를 띄워 위(倭)를 공격하고자 했다. 신라의 서불한 홍권(弘權)이 신라 사람은 물에서 싸움은 익숙하지가 않다고 반대했다. 신라와의 연합은 백제에 새로운 기회였으나 신라가 반대하여 어려워졌다. 서천왕이 죽자 모용외가 고구려에 다시 침입하여 고국원(故國原)에 이르러 서천왕의 무덤을 파헤쳤다. 무덤을 파던 사람들이 죽고 구덩이에서 음악 소리가 났다고 했다. 모용외 군사들이 깜짝 놀라 물러났다. 고구려 봉상왕이 고노자를 고구려 서쪽 말갈 여진과 경계인 신성(新城)의 태수로 삼았다. 워낙 전쟁의 명장으로 이름 높앉던 고노자였기에 모용외는 더 침범하지 못하고 있었다. 그러나 대륙의 가뭄은 이렇듯 전쟁의 씨앗으로 자라고 있었다.

통정보위장 우복에게 이러 저러한 정보가 쌓이고 있었다. 우복은 어느새 태자 여휘와 여호기의 단짝이 되었다. 한성백제는 이제 태자 여휘를 중심으로 상권과 정보를 쥔 우복, 백제 무절과 백성의 신망을 얻고 있는 여호기의 세상이 되고 있었다.

책계왕은 대륙백제 위례성으로 태왕손 여설리를 데리고 갔다. 위례성이 안정되는 데로 책계왕은 남쪽 바다를 활동하는 위(倭) 세력을 정벌하고자 했다.

바다-

거기에는 백제의 오랜 꿈이 있었다. 군사제도와 행정제도, 통치제도는 바다와 밀접했다. 황해바다를 중심으로 대륙 요서 지방의 대륙백제와 반도의 한성백제 그리고 황하, 대마도, 즉 임나부와 열도 각 섬에 걸쳐 일부 백제 세력이 있었다. 그 세력은 멀리 밝달 환국에서 바다를 만나는 순간부터 생긴 것이었다. 바다를 건너는 해운(海運)의 기법은 백제 특히, 소서노 모태후의 졸본 세력에게 있어서는 비급(秘笈) 중의 핵심이었다. 큰 배를 만들고, 바다를 건너는 기법. 바다에서 전쟁하고, 해상무역을 통해 경제력을 키우는 것은 백제만의 독특한 계승(繼承)이 있었고 큰 성과(成果)였다.

책계왕은 왕이 된 지 10년이 다 되었는데도 불구하고 아직은 대륙백제에서 확실한 우위를 차지하지 못하고 있다는 점에 조급해했다. 나이가 점점 들어가고 있었다. 부여, 숙신, 말갈 선비족과 고구려, 그리고 백제는 진(晉)나라와 함께 대륙 화북지역에서 고이왕 이래 계속 진퇴를 거듭해왔다. 문제는 자연재해였다. 가뭄과 지진이 이 지역 국가에 한 번 돌 때마다 판도가 확연히 달라졌다. 특히, 가뭄은 전쟁의 불씨가 됐다. 책계왕은 이를 이용하려 했다. 그러나 달라진 사람이 있었다.

한성백제의 태자가—

사냥을 나갔다. 셋이 움직이자 종복들이 바빴다. 살생보다는 산천에서 노는 것이 더 좋았다. 그렇게 태자 여휘는 흥이 돌기 시작했다. 태자는 우복이 있어서 더욱 좋았다. 우복은 재주가 좋았다. 음주와 가무, 게다가 말솜씨는 거의 하늘이 내린 재주였다. 각 지역에서 올라오는 정보를 마치 바로 곁에서 보고 들은 것처럼 들려주었다. 태자 여휘와 여호기는 넋을 잃고 그런 우복을 쳐다보았다. 대륙백제 주변의 정세들… 고구려와 백제 책계왕이 계신 위례성 상황들이 움직이는 그림처럼 들려왔다.

"또 사냥을? 같이?"

하료는 종복으로부터 여호기가 태자와 우복과 함께 사냥을 나갔다고 들었다. 급했다. 하미에게 차비를 일렀다. 사냥을 나갔으니 곧 들이닥칠 것이었다. 태자 여휘와 여호기, 그리고 우복은 그렇게 사냥이 끝나면 궁으로 가는 길에 여호기의 집을 거쳤다. 그때마다 하료는 하미를 불렀다. 그들만의 잔치. 하료는 안다. 하미는 우복을 좋아하고, 태자는 분명히 우복과 하미를 둘 다 좋아하고 있다. 단지 우복의 속은 잘 모르겠다. 그것이 의문이었다. 태자가 하미만을 좋아하거나 하미가 우복을 좋아하지 않거나 우복이 차가운 출세지향적인 사람이 아니었다면 벌써 사랑의 불길이 확- 달아올랐을 것인데… 팽팽한 긴장감이 태자와 우복, 하미 사이에 있었다. 사십 중반의 태자는 이제 활짝 꽃피기 시작한 하미를 보면서 미청년 우복을 마음에 두고 있었다.

"충심으로, 우애로!"

둘은 형제처럼 서로의 우의를 다졌다. 우복은 특히 여호기에게는 잘했다. 우복은 호방한 여호기를 좋아했다, 여호기는 형제 없이 자란 탓에 그런 우복이 좋았다. 아내 하료가 첫째를 임신하자 아예 우복과 함께 군영에서 기거했다. 둘의 관계에 질투심이 생길 정도였다. 하료가 몸을 풀고 걸걸이 태어났다. 백제의 전통대로 대부(代父)를 정하고 스승으로 삼아야 했다. 우복이 대부를 자청했다.

"형님, 이제 걸걸은 제 아들입니다."

그래라. 대답한 여호기가 하료는 밉지 않았다. 한성백제의 권력지도는 그렇게 새로운 축을 형성하고 있었다. 하료는 안다. 우복의 야심을. 그리고 흑우가의 힘을. 그러한 우복이었기에 여호기가 형제지간의 정을 나누는 것에 대해 하료는 반겼다. 그러나 우복이 여호기에게 호감을 느끼면 느낄수록 태자 여휘는 더욱 우복에게 매달렸다. 그것이 하료의 고민이었다. 우복은 그런 태자의 마음을 알기라도 하듯 태자에게는 공손하고 여호기에게는 호감을 드러냈다.

역시 우복은-

끌리는 것이 너무 많다. 태자 여휘는 여호기에게 강한 호감을 내보이는 우복이 좋았다. 그런 태자보다 더 우복을 정겹게 바라보고 있는 아름다운 눈이 있었으니 바로 하미였다. 차가운 남자 우복. 그러나 하미는 매우 내성적이었다. 하료와는 달랐다. 하미는 우복을 똑바로 바라보지도 못했고 태자 여휘는 그런 하미가 유난히 부끄럼이 많은 줄로만 알았다. 우복의 청으로 또 여호기의 집으로 향했다.

"자, 가시지요! 이제 여호기 형님 집에서 술 한 상 잘 차립시다."
"또?"
"그럼 여기서 사냥한 것을 먹겠습니까?"
"우복의 말이 맞다. 여기서 먹을 것이 아니라면 그대 집이 최고다!"

사냥감들을 가지고 여호기 집으로 향했다. 하료는 사냥물을 잘 요리할 줄 알았다. 왕비가의 전통 그대로 왕가와 민가 사이의 혀에 감기는 맛을 낼 줄 알았다. 특히, 하료는 왕비가문 중에서도 양잠(養蠶)에 능했다. 비단을 만드는 양잠은 밝달 환국 이래 백제의 핵심 경제물품이었다. 백제는 양잠하기에 좋은 위치를 골라 왕비가의 식읍으로 삼게 했다. 양잠은 두 가지 물품을 만들었다. 잠사(蠶絲)는 물론이었고 최고의 충조(蟲助), 즉 수천 년 이어져 내려오는 신비한 불로초로 알려진 양기보강 식품인 동충하초(冬蟲夏草)를 만들게 한다. 하료는 그 전수자였다. 왕비족만이 가진 비법의 전수자. 하료였다.

동충하초는 삼천 년 만에 한 번씩 꽃이 핀다는 전설의 우담화에 비교되었다. 동충하초는 벌레이면서 벌레가 아니고, 식물이면서 식물이 아닌 선약(仙藥)이다. 백제의 의박사는 하료의 동충하초 약효를 특히 높이 평했다. 크게 6가지 기능으로 그 약효를 설명하곤 했다. 강심작용(强心作用), 심장을 튼튼하게 하는 작용과 강정작용(强精作用), 정력을 강하게 해주는 작용 그리고 항균작용(抗菌作用), 면역작용(免疫作用)으로 전염병에 걸리지 않게 하는 작용, 이뇨작용(利尿作用), 즉 대소변을 잘 나오게 하는 작용, 그리고 마지막으로 보간작용(補肝作用), 간을 보호하는 작용이다. 왕가의 약재에서 가장 귀하게 쓰이는 재료. 그 재료는 약용이면서 식용이었다. 그 비법은 왕비가로 전승 되어 비단을 만드는 동시에 왕가와 그 세력의 힘을 키우는 재료가 되었다.

하료는 영리했다. 동충하초와 누에를 통해서 남자의 양기가 얼마나 증진되는지도 알았다. 하료는 백제 의박사보다 남성의 건강의학에 능했다. 그런 것을 드러내지 않고 활용하는 것은 왕비족 장녀만의 오랜 전통이었다.

그것을 아는지 모르는지 우복은 하료의 음식에 감동하였다. 그리고 하료의 음식을 먹으면 힘이 솟는다고 칭찬을 거듭했다. 그래서 마치 여호기가 백제 제1의 무사가 된 것처럼 하료를 부추겼다. 그것이 여호기에게는 싫지 않았다.

꿩과 동충하초-

신선도 부러워하는 보양식이 태자 일행에게 차려졌다. 그 맛에 그리고 먹는 식재보다도 좋아하는 사람들과의 식사와 여흥에 모두 즐거웠다. 음식은 같이 먹은 사람에 따라 맛이 다르게 느껴지는 법. 아무리 맛있는 음식이라고 해도 도무지 싫은 사람과 함께 먹으면 맛이 없는 반면 아무리 소박한 음식이라고 해도 진수성찬이 부럽지 않은 맛을 나게 하는 좋은 사람이 있다. 그 음식. 좋은 음식에 좋은 사람들. 입이 즐겁고 마음이 즐거우니 맛이 배가 되었다.

태자는 참 묘했다. 전쟁터에서 목숨을 거는 장수들이 좋았다. 그것은 피였다. 할아버지 고이왕 이래, 아버지인 책계왕 그리고 자신, 태왕손 설리에 이르기까지 그들은 형제보다도 전쟁터의 장수를 더 좋아했다. 전쟁에서 승리하면 여러 장수에게 노예를 나눠 주었다. 그러나 그 보다 태자가 더 좋아한 것은 그들과 함께 목욕하고 술과 빼앗은 여자를 나누는 것이었다.

정복하는 기쁨을 나누는 자들-

그것이 형제였고 더욱 긴밀한 동지였다. 오른 자만이 누리는 향유. 거칠 것 없는 가진 자. 권력은 누리게 한다. 누리는 것은 쾌락을 가져다준다. 진 자는 잃지만 이긴 자는 가진다. 그런 사람이 태자였다. 하료는 태자를 보면서 여호기와 우복을 비교했다. 여호기는 태자에 못지않았다. 우복은 그에 다소 못 미친다. 역시 여호기였다. 하료는 남몰래 새로운 꿈을 꾸기 시작했다.

또 늦었다-

진루는 하료의 집에 태자 일행이 사냥 후 여흥을 나눈다는 소식을 받고 달려왔다. 그러나 태자와 우복, 하미는 한 시진이나 앞서 이미 떠났다고 했다. 사위 여호기마저 잠이 들었다.

오늘은 얘기하자-

사위가 잠든 사이, 진루는 하료를 불렀다. 비록 태자가 있었다고는 하지만 하료는 왕가 외에는 금기시하는 동충하초를 꺼내 음식재료로 썼다. 자신의 딸이지만 대단한 호기였다. 태자를 핑계로 왕처럼 자신의 남편을 대하는 것을 과시한 것이다. 명문세가에서 누구도 못할 일이었다.

여호기가 너무 큰다-

여호기는 이제 백제의 군사조직 무절 최고위 4대 군장이 되었다. 명문대가 출신 자제들과 달리 여호기는 백성과 군사들을 따듯하게 보살펴 병사들 사이에서 신망이 매우 높았다. 게다가 여호기는 왕비가의 비호를 받고 있다. 전쟁에 한 번도 나가지 않고 무절의 차기 수장으로 당연시된다. 명문세가의 후예들은 지금 대륙백제의 전쟁터에 있다. 그런데 여호기는 한성백제에서 태자비위나 맞추고 있는 것이다. 진루는 하료에게 그 이야기를 해주어야 했다.

"상관없습니다."

단호하다. 하료는 여호기에 대한 명문세가들의 견제를 한마디로 무시한다. 게다가 한 술 더 떠서 대륙백제 명문세가를 중심으로 책계왕 주변이 옹립되어 있다는 것에 대한 불만도 토로했다.

"왕께서 대방 왕의 따님을 왕비로 앉히셨습니다. 태자께서도 그러하셨습니다. 지금 태왕손도 그러하십니다. 그동안 우리 진가 왕비족에 대한 배려가 없었습니다. 한성백제는 언제까지 대륙백제의 보급창이 되어야 합니까?"
"하료야!"

하료의 목소리가 커졌다. 하료는 매우 정치적인 여인이다. 벌써 오래전부터 한성백제 사람들의 마음을 꿰뚫어 보고 있었다.

지쳤다. 전쟁에… 그 준비를 위해 한성백제의 모든 것을 바쳐야 했다. 그런 일을 수십 년째 해오고 있었던 것이다. 그런데도 한성백제에 기반을 두고 있는 가문들은 다른 소리를 낼 수가 없었다. 고이왕과 책계왕, 태자는 한성백제를 기반으로 한 온조계다. 고이왕 또한 온조계로 비류계를 몰아 세워 왕위를 찬탈했다. 그 반대급부로 고이왕은 대륙에 있던 옛 백제 땅의 회복에 본격적으로 나섰다. 그런 이유로 한성백제는 대륙 경영을 위한 보급기지 노릇을 해야 했다. 60년이 다 되어가고 있었다. 요즘 하료는 자신이 만든 경제력이 대륙백제로 빨려 들어가는 것이 못내 불만이었다. 아니 대륙백제로 가면 그 생색이라도 내야 하는 데 생색은 오히려 대륙백제 8대 가문이 내고 있었다. 기가 찰 노릇이었다.

"우리가 언제까지 그 수발을 다 들어주어야 합니까?"

하료는 태자 여휘만큼은 대륙백제에 저당 잡히지 않기를 바랐다. 하미가 태자를 휘감아 주기를 바랐다.

"왕께서는 생각이 다르다."
"왕께서 생각이 다르면 다른 방도를 찾아야지요!"

하료는 거침이 없다. 다른 방도. 왕명. 왕의 뜻을 거스를 태세다. 역시 위험한 아이다. 기질이 다르다. 진루는 가슴이 답답해진다. 그렇다고 여호기가 이런 백제의 복잡한 정치상황을 잘 알아 처신할 사람인가. 아니다. 차라리 하료는 정치적 감각이라도 탁월하지. 여호기는 그저 백성과 자기 할 일만 안다. 군사들을 조련하고 사기를 진작시키는 데에는 천재적이지만 정치적이지 못하다. 그저 올곧게 자신의 길만 가는 여호기. 그 옆에 마치 송아지 잃은 암소처럼 콧김을 내 품고 있는 딸. 진루는 신녀의 신탁을 생각했다. 왕비가 될 여자, 하료의 남편 여호기는 어떤 신탁인가. 신녀는 묵묵부답이었다. 그러나 하료의 신탁을 대신해서 왕재임을 암시했다. 대천관 신녀 그녀도 괴로워하는 것 같았다. 둘만이 아는 비밀로 했다. 그런데 그 비밀의 기운이 드러나고 있었다. 성질 급한 하료가 역시 먼저였다. 야심이 드러난다는 것은 적이 생긴다는 것이다.

"여장군은 정말 대단합니다."
"무엇이 말이오?"

우복이 여호기를 칭찬하자 태자 여휘가 말을 받았다. 저 진하료가 어떤 여인입니까? 당대 제일의 여걸이 아닙니까? 그 진하료가 여호기 장군에게 꼼짝 못합니다. 아니 여호기 장군을 위해 목숨이라도 바칠 태세입니다. 누가 저런 것을 예상이나 했겠습니까? 저도 전혀 예상치 못했습니다.

"하하 그건 그렇다. 여자를 보면 그 남편을 알 수 있는 법. 네 말대로 역시 여호기는 영웅이다."

하미는 궁으로 가는 태자와 우복의 대화를 잠시 들었다. 궁까지 호위하겠다는 여호기를 끝내 남겨두고 셋이 떠나온 지 한 시진. 태자는 여호기만을 화제로 삼는 우복에게 반문하고 있었다.

하지만 또 그렇다고 그것들이 다 대단하다고 해도 그들 역시 백제 사람이 아니더냐. 그러고 보면 또 무엇이 그리 대단하냐? 말은 그렇게 했어도 인정했다. 여호기… 알면 알수록 정감이 갔다. 믿음직했다. 그저 믿음직한 사람이다. 그렇게 태자는 생각했다. 그렇다고 우복의 입에서 계속 여호기 이야기만 나오는 것은 재미없었다. 차라리. 주제를 바꿨다.

"하미 낭자, 우리는 목욕을 같이하려는데 낭자는 어쩌겠소?"

목욕? 그 말이 무슨 뜻인지 잠시 못 알아들었던 하미는 깜짝 놀랐다. 일순 무예대전 직전에 겪었던 우복의 벗은 몸이 마치 눈앞에 다시 선 것처럼 얼굴이 빨개졌다. 하미는 무예대전 이후 우복과 단둘이 있을 수 없었다. 냉랭했던 그때 우복의 표정. 따로 만날 수 없었다. 이렇게 사촌 언니 진하료가 불러서 태자 여휘와 여호기 등이 함께 있을 때만 만날 수 있었다. 우복이 일부러 피하는 것 같기도 했다. 하긴 일이 워낙 많은 탓도 있었다. 그래도 하미에게는 우복과 함께할 수 있는 유일한 시간이니 이마저도 감지덕지해야 했다. 그래도 온전히 내 차지였던 그때가 그립기는 했다.

아쉬움―

하미의 그런 모습에 두 사내가 웃었다. 놀리는 재미가 있었다. 그래 이런 거지. 태자 여휘는 우복과 하미와 함께 시간을 보내는 것이 즐거웠다. 전쟁터에서의 느낌과는 사뭇 달랐다. 오랜만의 평화요 휴식이었다. 한성백제는 대륙백제와 달랐다. 여긴 잘 짜진 비단 같다.

"소녀 물러갑니다. 두 분께서 많은 시간을 나누소서…"

그러고는 하미가 물러났다. 병사들로 하여금 집까지 모시라고 했다. 태자 여휘는 우복에게 같이 목욕을 권했다. 태자궁에 연락을 넣었다.

목욕―

사내들의 목욕. 거기에는 벗은 몸 위로 넘치는 정감이 흐른다.

편백으로 만든 욕조는 장정 대 여섯이 함께할 크기다. 우복은 벌써 몇 번 태자와 함께 목욕을 했었다. 태자는 우복과 때로는 여호기와 함께 셋이 목욕하는 것을 주저하지 않았다. 대륙에서부터의 습성이라고 생각했다. 사냥을 가서 산천에 그대로 몸을 담그기도 했다. 시동들을 물리고 셋이서만 물속에서 정담을 나눴다.

"들어라."

시녀들이 알맞은 온도의 물을 끼얹고 따스한 술잔이 옆으로 오자 태자는 우복에게 권했다. 같이 목욕하는 사내들은 심중을 털어놓게 된다. 그렇게 서로 알아간다. 태자는 우복을 읽었다. 얼자. 왕가의 방계족. 야망이 큰 사내다. 그래서 태자는 좋았다. 자신을 위해 무엇이든지 할 수 있는 사람. 우복을 그렇게 보았다. 여호기는 다르다. 그는 묵직하다. 그러나 우복은 여호기에 비해 가볍다. 그래도 태자 여휘는 우복에게만은 관대했다. 우복의 벗은 몸은 근육질이다. 여전히 무예를 소홀히 하지 않는 것을 알 수 있었다.

"대륙으로 가고 싶으냐?"
"예-"

대륙. 거기로 가고 싶어 했다. 우복은. 그러나 태자는 말렸다.

자신의 곁에만 두고 싶어 했다. 우복을 데려가는 것에 태자는 반대했었다. 우복의 성정을 알기에 전쟁터에서 공을 세우려 할 것이다. 둘 중 하나를 선택할 것이 자명했다. 목숨을 걸고 공을 탐할 것이었다. 그것은 사고다. 우복은 전쟁터에서 있을 지휘관이 아니다. 참모가 맞다. 그런데 우복은 전쟁터에서의 공을 원했다. 피바람을 원하고 있었다. 갸름한 그 얼굴에. 저 미소에. 태자는 한 번 생각해보기로 했다.

벌써 세 번째다—

대륙으로 가고 싶으냐. 그렇게 물었다. 태자님을 따르고 싶습니다. 전쟁터에서 목숨을 걸고 싶습니다. 그렇게 우복은 말했다. 그러나 태자는 그럴 때마다 말렸다. 겨우 한 달간 대륙백제 위례성에 있는 책계왕에게 한성백제의 업무보고나 하러 다녀오게 했다.

백제는 대륙과 한성, 그리고 백제 여러 세력을 효과적으로 다스리기 위해 각 지방을 태수로 다스리게 하면서 1년에 두 번 주요 업무의 대강을 보고 하게 했다. 왕이 대륙 위례성에 있으면 태자가 반도 한성에 있었다. 가장 믿을 사람은 후계자뿐이다. 그런 이유로 다른 나라에서는 왕과 태자를 혼동하기도 했다. 대륙 위례성과 반도 한성에서 왕과 태자가 번갈아 나타났기 때문이었다. 태자는 왕으로부터 전권을 위임받아 운영했다. 행차 시에는 왕과 똑같이 군령을 들기도 했다. 그래서 때로 왕이 두 군데 다 나타나기도 했다. 그렇게 적을 교란하고 백성을 안심시키는 방안, 왕의 모습으로 태자를 변복시키기도 했다. 왕이 어디 있다는 것은 특급 비밀이기도 했다. 왕은 어디에나 있어야 했다. 그래서 백제의 내치는 항상 다른 이들, 즉 내신좌평 등 6 좌평에 의해 절제된 채 백성에게 이루어졌다. 제도화되지 않으면 황해로 분리된 각 세력, 영지는 물론 국가의 기반이 흔들릴 수 있었다. 어쩌면 밝달 환국 이래 가장 권력분점이 잘된 제도국가가 바로 백제였다. 그런 백제 곳곳을 우복은 경영하고 싶었다.

여호기 장군과 함께 가라—

우복에게 태자의 명이 떨어졌다. 여호기는 우복에게 고마워하고 태자에게 감사했다. 대륙으로 간다. 여호기는 그곳에서의 생활이 추억으로 떠올랐다. 대륙 곳곳을 스승 근자부와 함께 누볐던 기억. 적봉산과 요하의 이곳저곳. 광활한 대지. 벌판에서 말을 타고 달리고 싶었다. 백제의 군마는 철갑기병대가 중심이었다. 경기갑병과 중기갑병. 그중에서 여호기는 경기갑병에 특히 애정을 쏟았다. 속도. 빠르고 간결한 기마병은 승부처였다. 무절의 4군위 대결에서도 늘 여호기의 경기갑병은 의외의 성과를 만들곤 했다. 여호기는 간결한 승부를 원했다. 단호했다. 군사를 움직여서 상대의 급소를 빠르고 무자비하게 노렸다. 그리고 일치된 힘을 쏟아 부어 끝냈다. 그래서 단시간, 단번에 승부가 난 일이 많았다. 백제 무절들은 그래서 여호기를 차기 수장으로 의심치 않았다. 무예대전 이후 자신의 무술뿐 아니라 군사들을 훈련하고 운영하는 데에서도 탁월한 실력을 보이고 있었다. 그런 그가 대륙으로 왔다. 해안 포구에서 위례성으로 달리는 길에 우복과 그 꿈을 나눴다.

"대륙을 누비고 싶지 않은가?"
"당연합니다. 형님."
"왜 그런 기회가… 내게는 주어지지 않는가?"
"대륙의 명문세가들은 형님의 진출을 좋아하지 않습니다."
"자네도 마찬가지 아닌가?"
"언젠가는 주어지겠지요."
"그런 날이 오겠는가?"
"아니면 그렇게 만들어야겠지요!"

단호했다. 우복은 그렇게 만들겠다고 한다. 의중을 내비쳤다. 대륙을 경영하리라. 바다 너머. 그리고 파천황이 되리라. 우복의 마음은 항상 대륙을 향해 열려 있었다. 그런 웅심(雄心)으로 말을 달리고 달렸다. 여호기와 함께.

여호기에게 우복은 매우 친밀한 관계다. 사람 좋은 여호기는 의심할 줄 모른다. 우복은 더없이 가까운 좋은 벗이요, 형제였다. 꾀 많고 재주 많은 우복은 주변을 항상 즐겁게 해주었다. 여호기는 그런 우복이 좋았다.

태자의 명으로-

대륙에 여호기와 우복이 함께 왔다. 그것은 긴장의 시작이었다. 책계왕은 여호기를 특히 좋아했다. 여호기를 보면 군사들의 사기가 높아진다. 그것을 책계왕은 즐겼다. 자신의 의도대로 백제의 전사들은 여호기를 통해 승리를 예감하고 있었다. 그래서 책계왕은 여호기를 옆에 두고 싶어 했다. 그러나 단점이 있었다. 지휘부는 달랐다. 대륙백제에 기반을 두고 있던 핵심 세력들은 여호기를 질시했다. 그것도 책계왕을 흡족하게 했다. 충성의 경쟁. 질투는 경쟁적인 충성을 가능하게 한다. 견제와 균형. 신망을 얻은 여호기는 후방 한성백제에서 군사를 조련해 대륙백제로 보낸다. 그래서 군사들은 항상 백제에 여호기라는 준비된 대장군이 있어 든든함을 가지게 되는 것이다. 그것만으로도 충분했다.

"이제 여호기 장군의 명성이 이 대륙에도 가득하구나!"

책계왕의 여호기에 대한 애정 표현은 위례성의 장수들에게 충격적이었다. 대륙에서? 그가 무얼 했기에… 질시의 마음들이 일순간 공유되었다.

특히, 설귀(卨龜)는 무예대전 이후 미묘한 경쟁자 여호기를 경계했다. 태왕손 여설리와 사씨, 목씨, 협씨 등 대륙의 명문대가 수장들도 여호기를 절대 반기지 않았다. 여설리 또한 여호기에 대한 느낌이 좋지 않았다. 하료를 통해 한 번 체면에 손상을 당했었다. 그런데 그녀의 남편 여호기 때문에 더 초라해지는 느낌을 받곤 했다. 태왕손을 초라하게 하는 남자. 사내의 질투는 여인의 그것보다 더 강하다. 설리는 하료에게서 받은 그 느낌을 잊지 않고 하료를 여호기에게 시집보내 버렸다. 그런데 그것이 전혀 의도한 것과는 정반대의 모양으로 가고 있었다. 대륙백제로 들어온 정보와 병사들의 말에 의하면 여호기에 대한 하료의 맹종은 대단했다. 그런 얘기를 듣게 되자 여설리는 자신이 더 처참하게 되었다고 스스로 분을 삭였다. 보란 듯이 하료는 여호기를 섬기고 챙겼다. 끔찍한 남편 사랑. 여호기는 하료의 사랑을 받고 왕비족의 비호를 받고 있었다. 하료의 사랑만큼 설리의 질시도 깊어 갔다.

"왕비족 진씨가는 여호기의 수족 같습니다."

한성백제는 내신좌평 진루로 대변되는 왕비족 진씨가와 여호기가 장악한 것 같습니다. 우복 또한 여호기 편입니다. 태자님을 믿고 이제 그들이 대륙으로 진출하려 합니다. 그렇게 되면 안 됩니다. 왕비족 진씨가의 지나친 확대를 경계해야 합니다. 더구나 지금은 왕비는 물론 태자비마저도 진씨가가 아닙니다. 그런데 진씨가의 세력이 더욱 확장되고 있습니다. 이러다 태자비마저 왕비족 진씨가의 사람이 된다면 힘이 너무 몰립니다. 병관좌평이자 무절 수장이었던 설진강(卨鎭强)은 여호기가 군사들의 신망을 얻는 것을 극도로 경계했다. 매우 신경이 쓰였다. 곧 있을 수무절 임명에 대한 경계심도 있었다.

무절의 수장-

그래서였다. 여호기를 군권에서 멀리 있게 해야 했다. 설진강은 우복의 아버지인 우상(羽狀)과 친했다. 우상과 협의하여 여호기를 견제하기로 했다. 우상은 여호기를 경계했다. 우상은 우복도 모르게 설진강에게 여호기의 비밀 하나를 전한다. 우복을 따라온 종복 하나가 흑우가 수장인 우상(羽狀)의 얘기를 병관좌평 설진강에게 전했다.

"알아본 바로는…"

여호기는 대륙백제에서 근자부와 함께했다고 합니다. 대륙백제 졸본 부여계 출신이라는 것이 확실합니다. 진하료는 거의 사실로 믿고 있습니다. 소서노 모태후의 동향 출신. 어쩌면 백제 부여씨족의 본가 사람일 수도 있다는 것입니다.

'부여씨족? 대륙백제의 본가 사람? 누구…'

어느… 누구인가. 근자부의 아들이라고 하지 않았던가. 아니면…? 어찌 되었든 간에 비류계 일족이다. 여호기가 비류계? 이것이 알려지면 대륙백제에서 여호기는 더욱 신망이 커질 것이다. 어서 대륙백제의 명문 세도가들에게 이를 알려야 한다.

설진강은 특히 태왕손 설리가 적임이라 생각했다. 설리와 부친인 태자 여휘 그리고 책계왕, 즉 고이왕계열은 바로 온조계다. 설리는 대륙경영의 근본 이유를 알고 있다. 설리가 대륙백제 명문 가문들의 후계자들을 주변에 두는 이유가 있다. 직접 그 후계자들을 최측근으로 관장하는 이유 또한 대륙백제의 기반이 작은 고이왕계의 한계 때문이었다. 이를 잘 아는 설진강은 설귀를 불렀다.

기반이 커지는 것을 막아야 한다-

여호기. 그는 대륙백제 비류계일지도 모른다. 아니 비류계이어야 한다. 그가 어느 씨족이든 대륙백제 비류계라는 이유 하나만으로도 새로운 권력이 대륙백제에 형성된다. 고이왕으로 말미암아 백제 권력을 빼앗긴 대륙백제의 중심이 새롭게 형성되는 것이다. 이를 알려라.

대륙 백제계-

그것은 여호기에게는 크나큰 위기이자 새로운 기회로 작용했다. 대륙백제 명문 세도가들의 태도가 우선 달라졌다. 긴장했다. 누구인가? 혹시… 그러나 그래서 더욱더 태왕손 설리의 집요한 의심을 받아야 했다. 설리는 태자 여휘와 달랐다. 여호기가 미처 사귈 시간이 없었다. 설리의 여호기에 대한 생각은 하료를 보낸 직후와 하료와 금실 좋게 잘 사는 여호기. 아들 하나를 두고 하료와 왕비족의 지극 정성 지원을 받는 여호기에 멈춰 있었다. 설리는 여호기에 대한 감정이 안 좋다. 그런 설리의 감정에 설귀가 기름을 끼얹은 것이다.

고구려 정세가 심상치 않게 돌아가고 있었다. 성정이 포악하고 사치를 일삼는 봉상왕이 즉위한 이후 고구려는 난국을 맞이했다. 선비족 모용씨족이 부여를 공격해서 1만 명 이상의 백성과 영토를 빼앗았다. 고구려 봉상왕은 서천왕의 동생이자 왕가 후계 1순위자인 숙부 안국군 달가를 살해했다. 안국군은 숙신 선우부족과 사이가 좋았다. 탁월한 정치력과 덕망이 높은 안국군 달가를 부친상 중에 암살한 것이다. 왕위에 오르자마자 시기와 질투의 대상이었던 숙부를 죽인 것이다.

폭정을 일삼는 왕-

봉상왕에 대한 민심은 돌아서기 시작했다. 선비부족의 모용외는 고구려의 이러한 정치적 불안을 틈타 다시 평양성으로 밀려들었다. 봉상왕이 신성(新城)으로 피해 산성(山城)에서 수성전(守成戰)을 벌이려 했다. 명장 고노자가 아주 우수한 예맥 각궁과 기마병으로 모용외를 물리쳤다. 환궁한 봉상왕이 백성의 불안함을 막기 위해 친동생 돌고(咄固)가 배반할 마음이 있었다고 꾸며 자결명령을 내린다. 이때 돌고(咄固)의 아들 을불(乙弗, 훗날 고구려 美川王)은 왕의 칼을 피해 달아난다. 고구려는 모용외와의 오랜 전쟁에 이어 하늘에서 우박까지 떨어져 한 해 농사를 또 망쳤다. 고구려 백성은 지진과 가뭄, 연이은 하늘의 재해에 봉상왕의 폭정까지… 고난이 그칠 줄 몰랐다.

대륙은 이제 폭풍전야로 향하고 있었다.

無 없는

근자부는 여호기가 대륙 위례성에 가 있을 때 잠시 한성백제에 들렀다. 백제 대천관 신녀 진혜는 근자부에게 여호기에 대해 물었다. 근자부는 그의 태생에 관해 더 알려줄 것이 없었다. 아니 알려주지 않았다. 신녀가 무엇을 보았기에 그렇게 여호기에 대해 집요하게 묻는지도 이미 알고 있었다. 근자부는 안다. 신녀의 예지력이면 근자부가 읽었던 천제단의 그 의미와 같은 뜻을 감지했을 터, 그것을 알려고 하면 더 많은 것을 얘기해야 했다. 대천관 신녀는 여호기와 하료를 겪어 보고 많은 혼란에 빠진 것 같았다. 단지 근자부는 이렇게 말했다.

그것이 업보다-

신녀는 그 한마디. 그것을 들었다. 근자부는 태자 여휘도 만나

지 않고 책계왕에 대한 어떤 전할 말도 남기지 않고 그것이 업보
라는 말 한마디 남기고 갔다. 이제 저 남쪽 열도에 갈 것이라 했
다. 처음에 신녀는 그것이 업보라는 근자부의 말이 근자부가 책
계왕에게 전할 말인가? 하고 생각에 잠겼었다. 근자부는 그런 신
녀에게 책계왕에게 그럴 시간이 없을 것이라 했다. 신녀는 무슨
뜻인가 했다. 근자부는 대륙의 조짐이 심상치 않다고 했다. 책계
왕은 과유불급(過猶不及), 자신감이 너무 크다고 했다. 근자부가
떠나고 생각에 잠겨 있던 대천관 신녀가 자리에서 벌떡 일어섰
다. 근자부의 말뜻을 알게 되었다.

진루를 만나야 한다-

대천관 신녀 진혜가 급히 진루를 불렀다. 내신좌평 진루는 요
즘 고민이 많았다. 천방지축 하료의 권력욕도 그렇고 안하무인격
인 태왕손 여설리에 대한 생각도 그랬다. 태자 여휘까지는 득이
어도 태왕손 여설리는 실이다. 여설리가 집권하게 되면 왕비족으
로 명맥을 이어온 진씨가는 대위기를 맞이하게 된다. 하료의 행
동은 설리를 자극하기에 충분한 것이다. 한성백제에 얼마나 많은
설리의 첩자들이 있는가. 게다가 대륙의 상황이 매우 급하게 돌
아간다. 태자 여휘에게 우복과 여호기를 같이 보낸 이유 또한 정
보통인 우복으로 하여금 대륙백제의 전쟁 조짐을 확실하게 알아
오라는 뜻이 내포되어 있었다. 전쟁의 불씨가 북부대륙 거센 바

람에 밀려 대방 일원에 파란의 불길을 만들 수 있었다.

전쟁입니까―

그렇게 진루는 대천관 신녀에게 묻고 있었다. 전쟁. 예고된 일이었다. 이미 삼 년 전부터 준비해 오지 않았는가. 백가제해 천하제일 무예대전 또한 그러한 의미에서 치러졌다. 이제 군세도 이만하면 준비가 잘 되어 있었다. 다만 남쪽이 조금 문제였다. 신라는 아직 백제의 뒤통수를 칠 만큼 세력이 크지는 않지만… 그래도 혹시 모를 일이었다. 이런저런 생각으로 복잡한데 신녀는 뜻밖의 말을 한다.

"여호기 장군을 돌리세요!"

어떻게 어디로 돌린다는 말인가? 여호기는 계속 대륙백제에 남기를 원할 것이다. 그런데 어떻게… 전쟁 중에… 백제 군사의 절대 신망을 얻고 있는 여호기를 다른 곳에 있게 한다는 것이 될법한 일인가. 게다가 여호기는 이번 전쟁을 위해, 그 선봉에 서기 위해 무예대전을 치르고 우승한 사람이 아닌가. 아무리 자기 사위라 해도 전쟁의 위험이 그를 죽음으로 내몬다 해도 나는 이 나라의 내신좌평이 아닌가. 대신 중의 대신이요 최상위 대신이 그럴 수는 없다. 그런 복잡한 심정으로 신녀를 쳐다보았다. 백제 대천관 신녀는 그런 진루의 생각을 읽은 듯 덤덤하게 말을 이었다.

"뒤가 터지면, 앞으로 무작정 달려가던 군사는 다 몰락하고 말지요."

뒤가 터진다? 뒤라면? 신라 말고… 아! 위(倭)… 위(倭)가 있었다. 신라와 위, 가야와 부여 유민들. 한성백제나 대륙 위례성을 위협할 세력. 위는 지금 부여계의 지배를 받고 있었다. 부여는 지금 모용외와 고구려의 공격을 받아 위 세력의 지원을 받아 연명하고 있었다. 그들을 다독여야 한다. 앞으로 달려간다는 의미는 이번 전쟁이 공격 전쟁이라는 것, 즉 대륙의 위례성도 비게 된다. 주력군이 낙랑으로 향하면 대륙백제 위례성이 텅 비고, 그 빈 곳을 채우기 위해 한성백제 위수군이 출동하면 한성백제가 빈다. 이곳을 위나 신라가 아무리 여력이 부족하다고 해도 부여 유민이나 고구려 지원군이 쳐들어와 장악한다면 앞뒤가 어지럽게 된다. 하면? 끝장이다. 다시 역순으로 대륙 백제 위례성도, 낙랑을 공격하는 주력군도 모두 위험해지는 것이다. 이를 어떻게 막느냐의 문제다.

"효율이 중요합니다."

하나로 열을 막는 방안. 천하에 여호기의 이름이 알려졌습니다. 그 이름을 이용해야 합니다. 여호기면 십만 병사가 막을 수 있는 것을 일만으로도 충분히 막을 수 있다. 이런 말이 필요합니다.

"여호기면 됩니다."

진루는 해법을 얻었다. 여호기. 대륙백제 위례성에 있는 여호기를 빼내 올 방안. 그리고 그것으로 충분했다. 진루는 신녀가 나라의 안위와 여호기, 자신의 집안 문제를 다 같이 해결할 묘수를 찾아 줬다고 생각했다. 그런데 신녀의 표정은 여전히 밝지 않았다.

"무슨 걱정이라도 있습니까?"
"아닙니다. 제 아비 일 때문입니다."
"연통이… 오셨었나요?"

진루는 안다. 근자부가 여호기를 데려온 것처럼, 때때로 대천관 신녀에게 오거나 아니면 연락을 해오고 있다는 것을. 그런 근자부 일이라니… 책계왕의 밀명을 아직 다 수행하지 않았는데… 아니면 수행했다는 뜻인가. 일이 틀어진 것 같은데…

"이번 전쟁 대위기입니다."

"삼 년 전에도 그리 말씀하셨습니다.

위기. 전쟁의 신탁에 불길한 그림자가 드리워졌다. 새로운 강자가 필요했었다. 책계왕의 기운이 극성하여 스스로 해할 수 있었다. 백제의 위기에 대한 대비가 필요했다. 백제 제일자에게 드리워지는 불길한 그림자. 그래서 무예대전이 필요했는데… 하필 아비 근자부가 여호기를 데리고 왔다. 대천관 신녀 진혜에게 백제 제일자는 책계왕을 위험에 빠뜨리지 않는 묘수였다. 그런데…

"하는 수 없지요. 하늘의 뜻이 그러 하다면…"
"그러면…"
"파란입니다. 대변화의 바람이 불 것입니다."
"우리는 어떻게 해야 합니까?"
"글쎄요. 제 앞길 한 치도 못 내다볼 상황입니다."

백제 대천관 신녀는 긴장하고 있었다. 대위기가 백제에 몰려오고 있었다. 그것은 어쩌면 여호기와 책계왕이 깊숙이 관련된 것 같았다. 사람을 급히 보내야 했다. 위례성으로. 여호기를 데리고 와야 했다.

"안됩니다."

안 된다? 그렇게 말하는 하료는 당차다. 당당하게 백제 제일 무사로서 전공을 세워야 한다. 이런 심정으로 진루에게 항의하고 있었다. 얼마나 좋은 기회인가. 무시하는 저 명문세가 후예들이나 태왕손 여설리에게도 여호기는 늠름하게 승자의 모습을 다시 보여주어야 한다. 그때 무예대전에서 보고서도 믿지 않는 놈들… 하료는 오기가 돋았다. 군사를 조련하고 기마병들을 효과적으로 운용하며 그렇게 해서 얼마나 빠르고 강하게 적을 제압하는지. 그런 여호기의 능력을 곁에서 보고 더욱 확실하게 믿고 있었다. 전쟁에 나서면 승리자가 된다. 그 운세다. 하료는 아버지 진루가 사람을 보내 여호기를 빼 오려는 것에 불만이 가득해진다.

"이번 전쟁은 다르다."

그래도 당신은 이 나라의 최고위 대신이 아니십니까? 그렇게 비틀었다. 하료는 아비 진루에게도 대들며 여호기는 이번 전쟁에서 전공을 세워야 함을 강조했다.

"아이를 생각해라!"

이번뿐이다. 이번만 아비 뜻을 따라라. 백제 대천관 신녀의 당부도 있었다. 다 너와 네 집안식구를 위한 일이다.

아들-

하료는 그 말에 기운이 빠졌다. 아들- 낳아보니 천하의 요물이다. 이래도 안 되고 저래도 안 되는 그저 모든 것을 다 주어야 하는 오로지 베풀고도 모자란 존재다. 걸걸이 이제 두 살이다. 아비가 전쟁터에 나가서 만약에… 설마. 그것이 진루가 노린 하료의 약점이었다. 그러나 하료는 진루가 생각한 것보다 더 대차다.

"그 정도 남자였다면… 차라리"

죽는 게 낫다. 그렇게 생각하고는 그래도 안 된다고 진루를 막았다. 이번 전쟁의 중요성이 너무 큽니다. 더욱이 이제 여호기 주변에서 백제 무절 수장으로 선정해야 한다고 하는 판에 전쟁에서 빠지다니… 있을 수 없습니다. 그런 여자다. 하료는 권력에 민감했다. 갖고 싶은 것을 쟁취해야 할 때 그것에 돌진했다.

작은 노력으로 큰 공을 세우게 된다-

신탁이었다. 진루와 하료는 결국 백제 대천관 신녀에게 갔다. 하료가 아비의 말조차 다 믿지 못하게 되자 진루는 신녀에게 직접 들으라고 했다. 신녀는 진루에게 한 말처럼 하료를 달랬다. 작은 노력으로 큰 공을 세울 운세. 그런데 전쟁터가 아니라고 한다. 피를 보면 그 피는 반드시 여호기 것이란다. 참 곤란한 상황이다. 백제의 대천관 신녀가 아닌가. 여호기를 친누이처럼 보살피고 있다. 이를 고맙게 아는 하료는 더는 버틸 수가 없었다.

'그래도 다행이지 않은가… 공을 세운다니…'

그렇게 위로했다. 자신을 스스로 위로한 하료는 안타까웠다. 하료의 엄청난 반대를 설득하자 일은 일사천리로 진행되었다. 진루의 정세보고서와 더불어 신녀의 밀지가 책계왕에게 향했다.

"정말 대륙백제 비류계인가?"

들불처럼 번졌다. 여호기가 대륙백제 비류계 출신이라고 소문이 나면서 대륙 백제 군사들의 사기가 치솟았다. 위례성 백성은 감격했다. 역시. 여호기가 그래서 잘나 보였다. 그런 연유로 이번 전쟁에 여호기가 선봉장을 맡는 것은 당연시되었다. 백제 무절 수장이 될 사람. 이번 전쟁을 승리로 이끌 영웅. 그런 얘기들이 성안을 달궜다. 문제는 대신들이었다.

"우리가 얼마나 기다려왔는데…"

하루아침에 여호기에게 선봉을 빼앗기게 생겼다. 명문세가의 후예들은 물론 병관좌평 설진강의 후계자 설귀도 좌절감에 빠졌다. 그것을 누구보다도 잘 아는 이가 태왕손 설리였다. 설리는 책계왕의 의중을 떠보기로 했다.

"여호기가 어떠냐?"

왕의 말은 간단했다. 여호기다. 역시 책계왕은 여호기를 믿는다. 설리는 한걸음 물러났다. 여기서 나서면 공 다툼으로 보인다. 책계왕은 노련했다. 늙은 여우처럼 사람의 속마음을 꿰뚫어본다. 손자인 설리는 그 모습을 자주 보았다. 대신들과 대화할 때는 마치 그 대신의 말을 다 받아주는 것 같지만 뒤돌아서서 자신에게는 저놈이 속마음은 이래 그러니까 이렇게 얘기한 것이지. 하면서 겉 얘기와 속마음이 다른 사례를 하나하나 들며 설리에게 가르쳐주었다. 그렇게 책계왕의 훈육을 받아온 설리가 아닌가. 대뜸 눈치를 채고 만다. 공 다툼하려느냐? 이런 얘기를 들을 것이 뻔했다. 잠시 물러나 묘책을 마련해야 했다.

여호기가 선봉을 맡으면 더욱 안 된다-

설리가 움직였다. 8대 명문세가들을 모았다. 뾰족한 방도가 나오지 않았다. 설리는 우복을 불렀다. 우복. 여호기 사람이다. 그러나 태왕손인 자신을 무시할 정도는 아니다. 그런 생각으로 우복을 따로 불러 물었다. 설리는 여호기에게 선봉을 맡겨 책임을 지고 이번 전쟁을 승리로 이끌게 하면 어떠냐고 떠보았다.

"감읍할 일입니다. 잘할 것입니다."

역시 여호기는 출전할 의지가 충만했다. 우복을 통해 설리는 여호기의 마음을 건네 읽었다. 설리는 한성백제의 상황에 대해서도 물었다. 아버지 태자 여휘는 물론 내신좌평 진루에 대해서 그리고 하료에 대해서도 물었다. 우복은 하료에 대한 대답에 이르러 설리가 여호기에게 뭔가 좋지 않은 감정이 있음을 알았다. 일부러라도 더 하료의 지극정성에 대해 말을 보태 얘기했다. 설리의 낯빛이 점점 어두워졌다. 여호기에 대한 질투. 그것이 엿보였다. 영악한 우복은 이번 기회에 여설리와 여호기를 완전히 이간질하기로 마음먹는다. 여호기에 대한 칭찬을 쉼 없이 늘어놓았다. 하료와 여호기 사이의 아들에 대해서도 그 아들에 대한 끔찍한 하료의 사랑과 기대감도. 그렇게 설리의 질투심은 극에 달하고 있었다.

이번 전쟁은 어렵습니다―

흑우가 상단은 한편으로는 정보망이다. 우복은 분명히 부친인 우상과 더불어 그렇게 상단의 보고를 들었다. 하지만…

"이번 전쟁은 반드시 백제가 쉽게 승리할 것입니다."

그렇게 보고 했다. 설리에게 그렇게 말하며 우복은 설리의 표정을 읽었다. 설리는 그렇다. 자신했다. 그리고 모든 공을 여호기에게 줄 수 없다고 생각했다. 그런 설리의 의중이 우복에게 읽혔다.

"그래서 더욱 여호기 장군은 출전하고 싶어 합니다."

그렇지. 그래서 더 출전하고 싶어 할 거야. 설리는 더욱 결심을 굳혔다. 이번 대전 회의에서 혹시라도 여호기 선봉론이 나오면 자신이 나서서라도 막아야 하겠다고 생각했다. 이번엔 최소한 내가 선봉에 서서라도 여호기를 막아야 한다. 설리는 우복을 돌려보내자마자 바로 명문세가 후계자들을 불렀다.

설귀와 사명, 찬수, 해곤, 목나 등 여호기와 무예를 겨루었던 후예들이 설리 앞에 모였다. 이번 전쟁의 선봉은 설리 자신이 맡겠다고 했다. 그러자 설귀도 사명 등도 다 자신이 맡겠다고 말한다. 설리는 아니다. 너희가 선봉을 맡겠다고 나서면 결국 여호기에게 선봉이 넘어갈 것이다. 그렇게 다독였다.

뜻밖이었다. 신녀가 도왔다―

설리는 그렇게 생각했다. 신녀의 밀지에 책계왕이 고개를 끄덕였다. 이어서 진루의 한성백제 보고가 이어졌다. 대전에 있던 중신들은 신녀의 밀지를 받고 깊은 생각에 빠진 책계왕의 표정을 살피는 데 바빴다. 여호기와 우복 또한 그랬다.

책계왕은 신녀의 밀지에 공감했다. 열로 백의 효과를 볼 사람. 여호기였다. 이번 전쟁에서 크게 쓸 생각이었는데… 아쉽지만, 더 큰 쓰임이 있으리라고 보았다. 맞다. 뒤가 터지면 앞은 고꾸라진다. 전쟁이란 그렇다. 책계왕의 마음에 결심이 굳어졌다.

병인년 246년. 백제 고이왕 13년이요 위나라 제왕 7년, 신라 조분왕 17년, 고구려 동천왕 20년 때 일이다.

위(魏)나라가 낙랑군과 대방군을 수복하려고 예맥의 남은 무리를 공격했다. 위나라가 유주자사 관구검과 7장군 및 5만의 기병을 이끌고 고구려를 공격했다. 처음에는 위나라 군사 수만 명만이 고구려를 공격했다. 비류수 근처에서 고구려 동천태왕이 철기병 5천과 경무장기병 및 보병을 합쳐 2만이 넘는 군사로 맞섰다.

동천태왕이 대승하여 3천 명의 목을 베고 다시 서쪽으로 진격하여 산서성 태곡 양맥의 골짜기에서 또 3천 명의 목을 베었다. 그러나 위의 관구검이 장창보병을 앞세워 방어진을 치고 고구려군의 기병 공격을 막고 오환의 기병이 마침 고구려를 공격하여 고구려가 크게 패했다. 이에 고구려 태왕은 압록원 영정하 하류로 달아났다. 동천태왕이 더 동쪽으로 달아나다가 유유와 밀우의 도움으로 남은 기병 수천을 수습하여 반격에 성공하여 수천 리 땅을 수복하였다.

그때 전세를 뒤집은 것은 사실 알고 보면 백제였다. 고이왕은 기회를 놓치지 않았다. 그때 선봉에 섰던 이가 누구인가. 바로 책계왕 자신이었다. 부왕을 도와 왕자 청계, 즉 책계왕은 그렇게 백제군을 일으켜 위(魏)나라의 뒤를 쳤다. 위나라가 고구려 정벌에 대규모 동원되었다는 소식을 들은 백제가 대방군 일원을 점거했다. 위나라 땅을 많이 빼앗았다. 그러자 뒤가 터진 위나라 군사들이 힘을 쓸 수 없었던 것이다. 대륙백제의 여러 세력을 모아 앞장섰다. 그 일로 왕자 청계는 왕이 될 수 있었다. 책계왕은 계책에 밝은 왕이었다.

'그래, 지금도 그렇다. 지금은–'

가뜩이나 고구려나 부여 유민이 일본 열도에서 준동하는 이때.

바다를 누비는 위(倭)를 대표하는 세력인 대해부가와 더불어 부여의 의라왕 계열이 점점 더 커지고 있다. 대해부가는 오랜 세월 백제와 호의적이었다. 그러나 요즘 분위기라면 곧 부여의 의라왕계로 넘어갈 것이다. 열도에서의 백제 세력은 위축되고 있었다. 이런 상황에서 신라와 위, 일본 열도의 고구려 세력들이 연합한다면? 그것은 대 위기가 된다. 누군가 이런 상황에서 그들을 제어하고 뒤를 지켜야 한다. 그렇다면 효율성 문제다. 누가 가장 효과적일까.

"여호기와 우복은 곧 한성백제로 돌아가거라."

책계왕은 뜻밖의 명령을 내렸다. 여호기는 태사자 겸 좌장으로 위와 신라, 가야 등을 아우르고 화친에 힘쓰도록 하라. 우복은 한성백제에 침투하여 백성을 동요시키려 하는 낙랑세력을 일망타진하라. 특히, 여호기는 위 세력에 대한 관계개선과 더불어 반드시 그 세력을 등에 업고 열도의 백제 유민을 규합할 방책을 세워서 돌아와야 할 것이다. 알겠느냐?

"…"

뜻밖이다. 전쟁에 나가는 줄 알았는데 화친 태사자라니 여호기는 대답할 수 없었다. 그때 우복이 옆구리를 찔러왔다. 아차, 싶었다. 모든 중신이 왕의 물음에… 아무 대답이 없는 여호기를 황망히 쳐다보고 있었다. 설리의 눈매와 입꼬리가 비릿한 웃음으로 채워졌다.

"예. 명을 받들겠나이다."

그렇게 대답해야 했다. 왕의 명을 거부할 수는 없는 일. 여호기도 우복도 대전을 나왔다.

"이게 무슨 일인가?"

여호기는 기가 막혔다. 어떻게 온 위례성인데… 우복은 여호기를 위로했다. 여호기는 울적했다. 내일이면 다시 한성백제로 떠나야 한다. 여기가 바로 자신의 고향 대륙백제 아닌가. 술 한잔 해야 했다. 동무는 우복이었다.

대륙백제다-

그 대륙백제에서 전쟁을 기다려온 장수가 전쟁터를 뒤로하고 떠나야 한다. 아무리 뒤가 터지면 안 된다고 하지만 왜 하필 자신인가. 몰랐다. 진정 이것은 아니었다. 대륙백제 그 한을 풀고자 했다. 자신의 한(恨)도.

술 한 잔에 서글픔이 몰려온다-

어찌 된 일인가. 그토록 기다려왔건만. 이토록 허망하게. 여호기는 우복과 술을 퍼마셨다. 호걸처럼 생긴 여호기는 대주가는 못되었다. 오히려 미남자인 우복이 훨씬 술이 셌다. 여호기는 오랜만에 대취했다. 특히, 친한 우복과 단둘이라서 더 많이 취했다.

말을 많이 했다-

우복은 이 기회에 잘 모르던 여호기를 알아야겠다고 생각했다. 잠재적 경쟁자. 언젠가는 자신을 따르지 않으면 죽여야 할 정적이었다. 그렇게 생각한 우복은 여호기와 많은 말을 나눴다. 핵심은 늘 취한 후에 망각할 기억 속에 있었다.

"나는 스승님을 모시고 대륙백제를 떠돌았다. 가문이 몰살을 당했다. 나 혼자. 항아리 속에서 살았다. 어머니가 나를 살리고 돌아가셨다. 어머니는 가끔 꿈에 보이지… 하얀 비단옷에 그 선명한… 핏자국- 어머니…"

여호기는 그렇게 울었다. 처음으로 우복은 그런 여호기가 자신이 생각한 것보다 더 많은 사연을 가지고 있다고 여겼다. 여호기는 우복에게 마음을 열고 있었다. 우복의 속마음은 전혀 모른 채. 사람의 마음을 열게 하는 재주가 우복에게는 있었다. 사람 마음을 풀어헤치는 능력으로 사람 사이에 끼어들어 어느새 자리 잡고 있는 사람. 그런 자가 우복이었다. 우복은 여호기의 기억 저편에 있는 멸문 참사의 장면을 본 것 같았다. 여호기의 심중을 읽은 것이다. 여호기는 호적이 없었다.

무적자(無籍者)-

그런 사람이 대륙백제에는 많았다. 이를 유민이라고도 했다. 대륙백제에서 여호기는 언제든지 폭발적으로 신망을 얻을 수 있는 사람이다. 같은 사람. 떠돌이들. 그들은 자신들의 처지와 같은 사람에 대해 같은 심정을 가지고 있다. 그것은 곧 세력이 된다. 우복도 그것을 느꼈다.

대륙백제 사람-

여호기에 대한 최근 소문에서 그리고 사람들의 시선에서 그것을 느끼고 있었다. 달라졌다. 백성이 여호기를 보는 눈이 달라져 있었다. 뭐하던 사람인지 크게 관심 없던 대륙의 백성이 여호기를 다르게 보고 있었던 것이다. 한성백제에서 천하제일 무술대회 우승자. 그 사람이 대륙 백제인이다. 그 사람이 바로 저 사람. 저

장군이시다. 우복에게 여호기는 본능적인 경계의 대상이 되고 있었다.

위험하다—

한편으로 백제 왕가의 입장에서 여호기는 전혀 다른 변수가 된다. 대륙 백제인으로 신망을 얻는다는 것은 지금 책계왕이나 태자 여휘에게는 정적이 될 수도 있다는 뜻이다. 책계왕이 오랜 세월 안정적인 대륙과 반도 이중 체제를 유지할 수 있었던 이유는 바로 고이왕이 온조계였기 때문이다. 한성백제를 기반으로 했기에 한성백제의 귀족들은 어쩔 수 없이 책계왕을 지원해야 했다. 대륙백제의 비류계들은 전쟁터에서 책계왕과 생사를 같이하고 바로 최측근으로 있었기에 반발은커녕 더 깊이 책계왕을 따라야 했다. 노련한 책계왕이 아닌가.

태왕손 여설리의 진언을 받아들인 셈도 되었다. 일견 일리가 있었다. 이 전쟁을 얼마나 준비해 왔는가. 그런데 대륙백제인 또 그가 누구인지도 아직 확실치 않은데 전쟁의 공을 다 줄 수는 없었다. 사실 이는 책계왕의 근본 성정이 그러했다. 책계왕은 본디 자신이 나서기를 좋아했다. 아니 어떤 절대 패주가 자신보다 큰 공명심을 가진 신하를 좋아하겠는가. 이는 고금의 진리다.

대륙에서는 안 됩니다-

설리는 만족했다. 설진강도 설귀도 8대 명문세가들도 모두 다 만족했다. 그런 의미가 있었다. 여호기의 한성백제 행은. 다만 여호기만 모르고 있었다. 여호기는 자신이 얼마나 질시의 대상이 되고 있는지 몰랐다. 그것이 더욱이 친한 의형제 우복과 아내 하료의 무서운 권력 집착에서 시작하고 있었다는 것도 여호기는 알지 못했다.

낙랑태수 장통이 책계왕의 장인인 대방왕을 향해 군사를 움직이려고 했다. 책계왕은 장인인 대방왕 통진을 구하기 위해 낙랑태수 장통과 전쟁을 선포할 준비를 했다. 대륙백제의 근거지가 되고 있던 대방군 일원에도 장기적인 전쟁의 불길이 타오르기 직전이었다.

한성백제를 지키고 있는 태자 여휘도 나서야 했다. 태자는 출정 준비를 해야 했다. 한성백제는 내신좌평 진루에게 맡기고 대륙백제의 위례성을 향해 떠날 채비를 서두른다. 여호기와 우복이 돌아오면 여호기는 남부 주변국과 여러 세력을 위해 떠나고 자신은 대륙 위례성을 향해 떠나야 했다.

여호기는 태사자 겸 좌장으로 위(倭) 세력의 안정을 돈독히 하고 신라 등 인근 각 세력과 화친해야 했다. 낙랑과의 싸움이 만만치 않을 것임을 알고 주변을 다져 놓는 역할을 준 것이다. 먼저 가야를 거쳐 신라로 향했다. 배를 이용해야 했다.

盡 지극한

대천관 신녀는 하료를 불렀다. 그리고 한숨을 쉬며 길고 긴 얘기를 들려주었다. 사기 천관서(天官書)의 글을 꺼내 들었다.

夫天運 三十世一小變 百年中變 五百載大變 三大變一紀 三紀而大備 此其大數也 爲國者必貴三五 上下各千歲 然後天人之際續備.
(史記)

천운이란 30세는 1 소변이고 백 년은 중변, 5백 년은 대변, 3대변은 1기, 3기는 대비가 되며 이것이 대수다. 나랏일을 하는 자는 반드시 3, 5와 1천 년을 중시해야 한다. 그런 연후에야 하늘과 사람의 관계와 계승을 완비할 수 있다.

"다 하늘의 뜻이다."

하늘을 살피는 것이 내가 운영하는 세상을 이치에 맞도록 하는 것이다. 하늘의 뜻… 그것을 살피는 일… 그것을 선인들은 기후변화, 즉 가뭄과 대홍수, 지진 등의 변화를 통해 땅 위의 사람들이 어떻게 변하는지를 살피는 것이었다.

세상의 환경이 변하면서 정치, 사회, 문화, 예술은 물론 특히 군사적 측면에서조차도 이러한 역사의 변환주기에 따라서 사라지고 주어지며 관리될 수 있는 것으로 여겨진 것이다. 이를 보면 모사재인(謀事在人) 성사재천(成事在天)은 이루어지지 않는다. 수명(壽命)의 한계 때문에 인간은 아예 모사 자체를 하지 못한다. 그저 하늘의 뜻을 따라야 할 뿐. 그런 의미에서 여호기의 이번 일은 크게 길게 보면 득이다. 아주 큰 득이다. 그래서 하료에게 신녀는 말한다. 너도 여호기도 다 흉복이 넘친다. 다만 너의 강한 성질이 부딪쳐 충(沖)하니… 그리고 말을 끊었다.

하늘의 뜻이 너희에게 있다-

더는 얘기할 수가 없었다. 저 성질에… 하료의 불같은 성정을 잘 아는 대천관 신녀는 하료가 그 신탁의 비밀을 알면 일으킬 수 있는 파란에 대해서 염려하여 더는 얘기하지 못했다. 훗날 이 때문에 꼬인 운명의 변수를 대천관 신녀도 알지 못했다.

위(倭)로 가라―

여호기는 그 굽은 길을 가기로 했다. 위(倭)는 오랜 나라 이름으로는 와(倭)다. 사람(人)이다. 여자(女)에게 곡식(穀食, 禾) 창고를 맡긴다는 맡길 위(委)와 사람을 나타내는 말이 합해지면 곧 구불구불한 위(倭)와 나라 이름 와(倭)다. 아주 오랜 옛날부터 있던 그 위(倭) 세력은 열도의 구불구불한 곳에 있다. 여왕이 다스리는 작은 나라들이 많았다. 위(委)는 남녀 관계를 뜻하고, 남자가 맡긴 곡식 창고를 의미하기에 위(倭)라 했다. 자기 나라를 또는 자기들을 왜소하다고 하겠는가? 아무리 신체적으로 왜소하다 해도 자신을 스스로 왜소하다고 하지는 않는다. 다른 이들이 그들을 업신여길 때 왜소하다고 하칭(下稱)을 한 것이다.

여호기는 먼저 가야의 여러 나라와 신라에 들러 화친을 청하기로 했다. 그리고 대륙에서의 전쟁이 아닌 한성백제 남방과 동방에 대한 중심 화제를 가지고 가야 했다. 혼란을 주어야 한다. 그래야 백제의 전쟁에 가야계와 신라가 관심을 둘 수 없다. 여호기는 좋은 방안이 생겼다. 양동기적(洋動欺敵). 거짓 움직임으로 적을 속인다. 병법에서 용병(用兵)은 적을 속이는 궤도(詭道)다. 적을 유혹하기 위해서는 온갖 방법을 쓴다. 양을 움직여 군사를 움직이게 하는 것처럼 적이 예측할 수 없는 속임수로 승리를 이끌어내는 병법이다.

"그들을 같이 엄벌하자 하옵니다."

백제가 가야와 더불어 열도의 위(倭) 세력을 같이 치자고 한 것이다. 가야는 그럴 수 없었다.

가야와 신라는 본디 위 세력과 그 관계가 매우 깊다. 주로 대륙의 북부를 거점으로 하여 동이족들이 중심이 되어 나라를 세웠을 때의 이름 중의 하나가 바로 높다는 의미에서 위다. 새롭고 높은 농경기술을 가진 사람들이었다. 여자가 벼를 받들고 있는 모습, 즉 유목에서 농경사회로 정착하고 변화한 것이 그 나라 이름에 그려져 있다. 화(禾)는 볏 대에서 이삭이 패어 드리워진 모양을 본떠 '벼'의 뜻을 나타낸 글자다. 곡식(穀食)과 수확(收穫), 조세(租稅)와 관련된 뜻을 나타낸다. 여(女)는 계집이고 여자며 딸이고 처녀고 상대방인 너다. 작고 연약한 것의 비유이며 별 이름이고 시집보내다 또는 짝짓다, 짝지어 주다, 섬기다. 라는 뜻을 담고 있다. 그래서 위(委)는 여자에게 곡식 창고를 맡게 하는 것이며 곡식을 쌓는 것이다. 굽이진 것이고 창고, 곳집이기도 하다. 마음이 평화로우며 즐겁고 조용하며 의젓한 것이 되기도 한다.

전국(戰國) 칠웅(七雄)의 하나. 위사(魏斯)가 세웠다는 나라 이름이 위(魏)다. 북쪽의 중원(中原)을 차지하여 국세를 떨쳤다고 하나 진(秦)에게 망했다고 한다. 삼국지에서 조조가 화북을 통일하고 그 아들 조비가 세운 나라도 위(魏)다. 낙양에 도읍(都邑)해서, 하북(河北)을 차지하여 촉을 멸하여 하남(河南)의 오(吳)와 같이 천하(天下)를 양분(兩分)하였으나, 사마염(司馬炎)이 세운 진(晉)나라에 망했다고 한다. 선비족(鮮卑族)의 척발규(拓拔珪, 道武帝)가 386년에 세운 나라 이름도 위(魏)다.

나라 이름 위(魏)에서 귀신(鬼)이 빠지고 사람(人)이 붙으면 위(倭)가 된다. 나라 이름 와요 왜소할 왜이며 굽을 위다.

위나라는 소리에 그 비밀이 있다. 자신들이 위다. 상(上)의 개념이 위이며 이는 곧 해요 하늘을 뜻한다. 동이족에게, 하늘나라 사람들 곧 집권층을 높인 뜻이다. 농경기술을 가진 사람들의 나라라는 뜻이 된다. 벼(禾)는 곧 먹는 입(口)이 붙어 화(和)를 뜻한다. 농경사회에 들어서면서 풍요를 상징하는 동시에 그것이 곧 집권층을 나타내는 말이요 백성에게 평화(平和)를 가져다주는 의미가 되기도 한다. 위(魏)는 그래서 농경에 귀신같은 사람들이다. 탄 볍씨들이 고인돌 등 옛 단군조선의 유적지에서 발견되는 것이 그 반증이 된다. 수리농사를 할 줄 알았던 사람들이다. 이것이 벼농사에 귀신같다는 놀람이 진정되면서 사람(人)이 붙어 위(倭)가 되었다.

농경기술을 가지고 있던 동이족의 일파는 위(魏)나라를 연이어 세웠고 그 위(魏)의 뒤를 이어 오(吳)나라를 멸망시키고 진(晉)나라가 중원이 통일하면서 그 농경을 주도한 동이족은 농경 이모작이 가능했던 대륙의 장강(長江) 지역 이남에 자리를 잡았을지도 모른다. 아니 어쩌면 그 이전. 옛 단군조선 시대에 이미 구야 환국의 사람들이 철기와 농경을 가지고 곧 구야 환국의 거점을 형성하고 있었을 것이다. 구야가 곧 가야요, 신라였으며 바로 위(倭)가 되었다. 열도 위(倭) 세력의 근거지 중의 하나였던 구주(九州)가 바로 구야의 이두식 표현이다. 이 때문에 구주에는 옛 단군조선 시대의 유물들이 많다. 옛 단군조선의 예맥 각궁의 비밀이 그래서 풀린다. 각궁(角弓). 그 핵심 원재료인 물소 뿔은 대륙 최남단에서만 구할 수 있다. 고대 군사 무기 중의 최고 신무기인 각궁에 쓰일 그 물소 뿔을 대량으로 얻기 위해서는 교역이 필수가 된다. 그 고대 교역의 비밀은 곧 황해의 해류에 있었다. 황해 중심부는 발해만으로 올라가는 해류로 되어 있고 발해만에서는 양쪽으로 갈라져 대륙 동쪽과 반도 서쪽을 따라 해류가 대륙 남단과 반도 끝으로 내려오게 된다. 이는 곧 해류를 제대로 읽고 알기만 하면 해류 따라 황해바다를 오르고 내리며 쉽게 이동할 수 있었다는 뜻이다.

동이족의 일파인 백제와 그 동이족이 지배했던 위(倭) 세력은 그 해류를 잘 이용할 줄 알았다. 그래서 대륙과 반도의 남단, 열도에 퍼져 있었다.

자칭 태백의 후예. 문신하고 바다를 넘나드는 열도의 작은 나라들. 무려 백여 소국이 열도 전역에 퍼져 있었다. 그중에는 가야계도 부여, 백제계도 있었다. 물론 신라 왕족들이 차지한 소국들도 있었다. 대륙백제에서 출발하면 만 이천리가 되는 회계(會稽)의 동쪽. 그곳에 동이족 세력이 더 있었다.

倭者自云太伯之後　俗階文身　去帶方萬二千里　大抵在會稽之東 (梁書)

대해(大海). 큰 바다 가운데 섬… 거기도 동이족 옛 단군조선의 사람들이 세력을 형성하고 있었다.

그곳을 친다?

이런 변수는 가야 여러 나라는 물론 신라 조정을 긴장하게 했다. 바다를 건너는 정벌은 많은 군대 그것도 해상 이동을 위한 군선과 보급, 훈련된 수군 등이 충분히 준비되어야 한다. 여호기의 말에 여러 나라의 전략가들이 긴장했다. 특히, 여호기가 누구인가. 그의 당당한 품성과 기질은 이미 주변국에 대단한 인물로 알려져 있었다. 수행자들은 감히 말했다. 백제 제일자. 제일가는 무사요. 왕족 계보며 왕비족 장녀의 남편이며 장차 싸울아비들의 대형, 즉 백제 무절의 차기 수장이라고 했다. 허튼소리일 리가 없다. 그렇다면 이미? 준비된 것이다. 백제는 열도를 정벌할 준비가 되어 있었다.

그런데 우리는-

가야는 아직 그럴만한 국력이 아니다. 연합은 곧 국력의 소진이고 준비된 백제는 열도가 아닌 바로 옆 가야와 신라를 차지하려고 할 것이다. 성동격서(聲東擊西)다. 동쪽에서 소리 지르고 서쪽을 공격한다. 상대로 하여금 엉뚱한 곳을 방비하게 함으로써 허를 찔리게 한다. 이는 자주 사용하는 병법으로 적의 주력을 피해 약한 곳을 치는 것이다. 가야의 주력군을 열도로 보내고 나면 백제는 바로 가야를 공격할 것이다. 이런 생각이 들자 모골이 송연해진 전략가들은 제각각 대안을 내놓아야 했다.

여호기의 말에 신라조정도 발칵 뒤집혔다. 타협안이 나왔다. 기회를 주자고 했다. 노략질하는 일부 위(倭) 세력을 자체 징계할 수 있도록 해야 한다고 했다. 전체 정벌은 불가능하다는 전략적인 조언도 나왔다. 천묵수적(踐墨隨敵). 적을 따라 먹줄을 퉁긴다. 목공에서는 반드시 먹줄을 퉁겨 선을 그은 후에 비로소 재료를 자르거나 다듬는다. 이는 작전이다. 천묵축본(踐墨逐本)은 완벽한 계획에 따라 작전을 시행하는 것을 뜻한다. 천묵수적은 적의 태도에 따라 작전을 변경하는 것이다. 즉 적이 변하면 나도 변한다. 적변아변(敵變我變)이다. 여호기의 전략은 상대방이 방안을 내놓게 하는 것이다. 방안을 내라! 그러면 따를 것이었다. 그래서 신라의 타협안을 받았다.

아쉽지만-

여호기는 가야도 신라도 백제와 공감대를 형성한 것으로 만족해했다. 그리고 국왕의 친서, 즉 국가 간 화친의 맹세도 나눴다. 가야 각각의 국과 신라는 백제의 화친 제의를 오히려 반겼다. 대만족했다. 그리고 노략질로 해상무역을 어지럽게 하는 위(倭) 세력에는 계속 공동 대응하자는 약조까지 했다. 또한 백제가 각 나라의 대표로 위(倭)의 해상무역의 질서 준수를 촉구하기로 했다. 여호기는 가야 각국과 신라의 위임까지 받을 수 있었다.

이제 되었다-

일명 위(倭) 세력은 약 백여 국의 소국들이 흥망성쇠를 반복하면서 백제와 가야 각국 그리고 신라와 고구려까지 서로 연결되어 있었다. 그래도 대륙과 교류하기 위해서는 가장 빈번한 통로인

대방 지역을 무시할 수는 없었다. 대방지역 요하 인근 등은 대륙 백제의 본거지였다. 또 소서노 모태후 이후로 백제는 대방을 거점으로 바다에 접하여 대륙을 교류하는 열도의 여러 나라와 교류를 중요시했다. 그래서 그 세력의 분포와 강성 여부를 훤히 꿰고 있었다. 이런 때에 가야와 신라를 준동하면… 전쟁 준비를 하지 못한 나라들은 일단 발을 빼게 되어 있었다. 여호기의 판단은 적절했다.

위(倭) 세력의 열도에는 여인국이 많았다. 여왕이 대륙 각국에 사신을 보내려면 반드시 대방군에서 내리고 이때 대방태수가 대방 관리를 붙여 각 나라의 수도로 보냈다. 또 위(倭)로 가는 사신들도 대방에서 출발하여 해로로 가야 했다. 대방은 바다를 낀 지형적 이점을 충분히 활용하고 있었다. 대방은 위(倭) 세력의 처지에서는 곧 대륙 교류의 관문이었던 것이다. 대방에서 위(倭)로 가는 방법은 해안을 따라가는 물길 외에는 없었다.

위(倭)의 본거지, 구주(九州), 그 원래 기록은 이랬다.

6천 년 전. 하늘에서 먼저 변화를 시작했다. 환국의 대이동이 시작되었다. 동방에서 원시생활을 하던 인간을 구제하고 싶은 꿈을 평소 간직해오던 환웅(桓雄) 천황(天皇)께서는 환인(桓因)의 명을 받고 그 무리, 3천 명을 거느리고 태백산, 즉 지금의 백두산 일명 삼신산으로 오셨다. 배달 환웅이 동방 백두산 일대에 새로운 문명을 개척할 당시 그 지역에는 토착민이었던 웅족(熊族)과 호족(虎族)이 살고 있었다. 배달국은 환웅께서 이 웅족과 호족의 협력으로 부족연맹체 형태로 결합하여 건국한 것이다. 이 두 족속은 환웅께 하늘의 계율에 따르는 밝은 백성, 환족(桓族)의 일원이 되기를 간절히 구하고, 삼(三)에 칠(七)을 곱한 약 21일간의 수도생활에 들어간다. 그런데 이때 웅족은 마침내 순종하여 광명의 백성, 환민(桓民)으로 교화되었고, 사납고 약탈에 능한 호족은 교화에 실패하여 사방으로 떠났다.

도읍은 태백산 꼭대기의 신단수(神檀樹) 밑의 신시(神市)에 정하시고, 나라 이름은 배달(倍達)이라 하셨다. 배달건국의 창세이념은 환인으로부터 내려받은 홍익인간(弘益人間), 재세이화(在世理化), 광명개천(光明開天)의 3대 정신으로 정하시고, 토착인 웅족과 남은 호족을 융합하여 교화하였다. 환웅천황께서는 상기 3대 이념을 토대로 민중들에게 신교(神敎)로 천부경(天符經)을 설파하고 하늘의 진리로 교화하였다. 배달국 시대는 교화(敎化)의 시대였다. 초대 배달 환웅은 환인천제국(桓因天帝國)의 화백제도(和白制度)를 기반으로 선정을 베풀면서 역법인 달력을 만들어 1년을 365일로 정했다. 신지(神誌), 즉 사관인 혁덕(赫德)은 가림토 문자를 바탕으로 녹도(鹿圖)문자를 기원전 3,898년에 사슴 발자국의 흔적을 보고 만들었다. 또한 음양, 오행, 팔괘, 십간 십이지 및 청동기와 불을 새로이 발견하여 새로운 문명의 시대를 열고 있었다.

이 배달국은 제1대 배달 거발한환웅으로부터 제18대 거불단환웅까지 약 1,565년간, 기원전 3,898~2,333년간 지속하였다. 배달국은 인류 시원 문명국가인 환국의 환인천제(桓因天帝)의 정통 정신을 계승한다. 천부(天符)와 인(印) 3개를 받았고, 명(明) 사상을 그대로 계승 받는다. 한(韓, 桓) 민족을 반만년 배달민족 또는 배달의 후예라고 하는 것은 바로 이와 같은 환웅천왕의 신시 배달 건국의 역사적인 사실에서 유래된 것이다.

그 환웅(桓雄, 桓熊) 시대. 구야국이 구주(九州)에 있었다. 가야(伽倻)는, 즉 구야다. 구야 환국이 열도 구주에도 있었던 것이다. 제14대 자오지환웅, 일명 무신(武神)으로 불리던 치우천왕은 대륙과 반도, 열도를 통일한 대왕이었다. 그 일파를 보내 열도에 구야 환국을 이루셨다. 왕께서 거하던 성의 이름이 바로 웅본성(熊本城)이다. 웅본성(熊本城)은 환웅(桓雄, 桓熊)의 천황이 거주하는 본성(本城)이라는 뜻이다. 구야 환국의 항구가 바로 박다항(博多港)이다. 밝달항. 구야 환국으로 들어오는 길목이었다. 구야 환국이기에 왜소할 왜(倭)가 아니다. 위(倭)다. 대륙의 위(魏) 나라 이름과 같이 높다, 굽이 올라가야 한다는 뜻을 내포하고 있었다. 그래서 부여계도 가야도 신라도 그 구야 환국에 가까웠다.

환국에서의 아홉(九)은 완성된 세계다. 하나의 완성된 세상의 의미가 있다. 그런 의미로 구주(九州)는 곧 하나의 환국이라는 의미가 있었다. 그래서 그 흔적, 고인돌을 바탕으로 청동기 거울과 방울, 환두대도, 민무늬토기와 붉은 간 그릇 등은 물론 가림토 문자, 녹도문자를 바탕으로 한 여러 문자까지 비슷하게, 백두산을 중심으로 대륙과 반도, 그리고 열도에서 서로 같은 환국의 유물들이 나오고 있는 것이다. 그들이 내해를 끼고 서로 교류하며 이미 오래전부터 같은 형제 나라로 어울려 살고 있었기 때문이다.

세상의 대수는 하늘의 십간(十干)을 기준으로 한다. 최초의 단위. 영에서 아홉까지. 그 영(0)은 시작하지 않은 것에서 시작하게 하는 것이며, 끝나지 않은 것에서의 끝이다. 완전한 아홉(9)의 다음은 새로 시작함을 담은 큰 하나 곧 십(10)이다. 그래서 다시 시작하는 기준이 된다. 이것이 십진법(十進法)이다. 이로써 물(物)도 상(商)도 열렸다. 옛 단군조선의 치세(治世)가 여기서 보인다. 이는 곧 수량의 단위였다. 수(數)였으니 곧 치수(治水)의 근본이고 호적(戶籍)이었으며 경전(耕田)의 단위를 만든 것이다. 하나(一)에서 쌓여 열(十)로 나아가니 이것이 바로 수의 원리요 법리(法理)다. 세상을 구분하게 한다. 나누게 한다. 분리하여 조화를 살필 수 있게 했다. 십(十)은 곧 열이요. 그 끝과 시작이 같으니 바로 영을 담고 있다. 없음과 있음이 섞인 것이 십(10)이다. 이것이다. 이 원리로 세상이 만들어졌다고 보았다. 그것이 천지조화이고 곧 음양의 운행하는 법칙이다. 그래서 아홉은 완전한 우리의 세계다. 하늘과 땅과 나, 즉 한 인간이 다른 인간들을 포함하고 일하고 열매를 맺기 위하여 울타리를 친 세계다. 구주는 그래서 우리 세상에 대한 환국의 수리적 의미를 담고 있다. 우리가 사는 곳, 즉 다른 이민족을 동화시켜 새로운 우리가 만들어진 밝은 세상, 곧 광명이세(光明理世)를 열었던 하느님의 의지다. 밝달 환국 환웅천왕의 건국이념이요. 치세법의 근본이다. 구주는 그래서 밝달 환국(桓國) 환웅님의 재림(再臨)을 기다리는 땅이다. 거기 왕검이, 임금이 계셨었다. 그 임금. 밝달 천왕과 구야 환국의 천황이 거하는 곳이 바로 웅본성이었다.

치우(蚩尤)는 환국의 14대 임금이었다. 이때 내해(內海) 일원을 통일하여 하나의 환(桓), 한(桓, 韓)족이 세상을 지배했다. 그 치우(蚩尤)가 훗날 바로 최(崔) 씨족의 선조니, 열도 최초 국가, 구야 환국 천황(天皇)의 성(姓)은 바로 최씨가 된다. 그렇게 열도의 황실 은밀한 곳에 기록되어 이어오고 있다.

치우천왕이 등극하여 구야를 세우고 동과 철을 캐고 제련하여 도극대노(刀戟大弩)를 만들고 이로써 수렵과 정복전쟁에 예맥 각궁을 사용해 대궁(大弓), 즉 동쪽 이(夷) 족의 위력이 널리 떨치게 된 것이다.

至治尤天王登極造九冶以採銅鐵鍊鐵以作刀戟大弓而狩獵征戰.
(桓檀古記)

환국, 즉 옛 단군조선에서는 천왕(天王) 아래 천자(天子)나 제후(諸侯), 황(皇)을 두었다. 그래서 백제에서도 모태후 소서노 대단군이 살아계실 때 비류(沸流) 태자는 자신이 친정하면서도 천황(天皇)이라 칭하였다. 천왕(天王)과 천황(天皇). 본디 글자인 왕(王)은 천지인 하늘과 땅과 인간의 통한 것이니… 연결을 상징한다. 단군왕검(檀君王儉)이니, 곧 천왕(天王)이다. 환웅(桓雄)의 계승자다. 환인(桓因), 즉 단인(檀因)으로 불리는 환인천제(桓因天帝)의 아들인 환웅(桓雄)이 바로 환국의 천황으로 한 지역을 다스리시다가 비로소 대화백회의의 추인을 받아 왕위를 계승하여 환웅천왕이 된다. 그래서 천왕(天王)이 되기 전 태자(太子)나 왕자들이 바로 천자(天子)요. 지역을 다스릴 때 천황(天皇)이 된다. 그렇듯 환국의 제후(諸侯)가 바로 천황(天皇)이다. 천제(天帝), 천왕(天王), 천황(天皇)의 순이다. 황(皇)은 밝달. 밝다. 희다. 해(日)가 빛나니(丿), 밝고 희다. 밝을 백은 곧 깨끗하다는 뜻이다. 백(白)은 곧 백(百)이다. 그 백(白)을 왕이 받치고 있다. 밝음을 모시는 왕. 밝달(白)을 모신 지방(地方) 왕(王)이라는 뜻이 본뜻으로 시작된 훗날 만들어진 글자이다. 하느님, 하늘 임금과 하늘나라인 조(朝)를 섬기는 제후의 명칭이 황(皇)이다.

지금 위(倭) 세력에는 비미호란 인물이 천관 신녀 성격을 띠고 강력한 지도력을 발휘하고 있었다. 그 위(倭) 세력의 중심 나라 이름은 야마다(邪馬臺)였다. 야마다는 가야 수로왕의 아들과 딸이 200여 년 전에 세운 가야의 분국이었고 이후 신라에서 도래한 연오랑과 세오녀 집단에 의해 정복당한 뒤 계승된 구주(九州), 즉 규슈의 중심 국가라고 전해지기도 했다. 세오녀, 즉 비미호는 곧 그들 신녀의 통칭이었다. 지금 열도는 신녀 선화와 그의 아버지이자 위 세력의 수장인 대해부가 가장 큰 세력을 형성하고 있었다. 그리고 수십의 나라들은 각자의 호불호에 의해 각기 백제, 가야, 신라, 고구려와 선을 대고 있었다. 여호기의 이번 목적은 그 야마다, 즉 대해부였다. 시작은 정확히 모른다. 하지만 가야와 신라와도 관계가 깊을 수밖에 없었다. 이 지역은 한성백제로 쳐들어올 수 있는 통로이자 가야와 신라의 또 다른 해상세력이 언제든지 될 수 있는 위험한 곳이다. 부여계로 알려진 현재의 지배자인 대해부가를 설득해야 했다. 다행히 대해부가에서는 백제와도 은밀하게 교류를 했다. 고구려 등 예맥 동이족 세력은 낙랑과 더불어 대륙백제와 전쟁을 하려고 할 것이다. 열도에서 그 후방 지원세력으로 한성백제를 협공한다면… 그 세력은 아직 미비하지만 계산되지 않는 변수는 전쟁에서 치명적이다. 가야나 신라, 그리고 현재 열도의 최대 세력인 대해부가 연합해 백제를 공격한다면 상황은 전혀 달라진다. 더더욱 위기다. 이를 반전시켜야 했다. 가야와 신라와는 이미 화친했다. 남은 것은 대해부가였다.

대해부는 벌써 알고 있었다-

여호기가 의도한 대로. 대해부와 연통하고 있는 신라 조정에서 급한 전갈이 왔다. 전갈의 내용은 이랬다.

백제가 위(倭) 세력의 노략질을 구실로 가야, 신라와 함께 연합군을 형성해 위(倭) 세력을 정복하려 한다. 가야와 신라는 이번만은 참자고 의견을 합의했다. 다시 또 노략질하여 해상무역 질서를 무너뜨리면 그때 가서 함께 치자고 일단 모면했다. 정보에 의하면 여호기라는 자는 백제의 군장 중의 군장으로 전쟁 준비를 이미 다 마치고 염탐하러 갔으니 알고 대처하라. 가야와 신라도 백제와 화친하였다.

그런 밀서를 이미 받고 대해부는 여호기를 맞이하고 있었다. 대해부의 태도가 공손한 이유였다. 또한 대해부는 신궁(新宮)으로 여호기가 오는 동안 시중을 들었던 부하들로부터 여호기에 대해 수시로 듣고 있었다. 역시 군장 중의 군장. 그리고 눈에 띄게 특이한 것은 백성에 대한 태도였다. 여호기는 일반 백성에 대해 관심이 많았다. 그래서 평민들의 삶에 대해, 특히 먹고 사는 일상에 대해 유독 관심이 많았다.

"먹고 살만 하느냐?"

"뭘 먹느냐?"

"가장 부족한 것이 무엇이냐?"

장수는 본능적으로 무기나 군대, 병사 등에 관심이 많다. 그러나 여호기는 먹을 것에 관심이 많다. 그것도 일반 백성의 먹고살거리에…

대해부 가문이 야마다 수장으로 오랜 세월 지배력을 유지할 수 있는 비밀이 있었다. 그것은 하늘의 뜻을 찾는 것이다. 그 뜻을 찾아 순응하는 것이 비결이라면 비결이었다. 그래서 대륙과 반도에 끊임없이 민감했다. 대해부는 여호기를 보면서 한 사람이 떠올랐다. 그가 말했었다.

지나친 안정은 혼돈의 시작이고, 혼돈은 이미 새로운 질서의 시작입니다. 이미 대륙은 새로운 혼돈기입니다. 새로운 질서가 필요합니다. 하늘은 어떤 조화를 찾아서 누구를 내세울까? 이것이 숙제입니다.

수천 년. 대륙과 반도에서 나라를 일으키고 때론 나라를 멸망시켜온 사람들. 천하의 재사들이 있었다. 북두칠성의 별자리에서 하늘의 뜻을 읽고 하늘의 길을 따르는 사람들. 그들 중의 한 부류와 대해부 가문은 매우 가까웠다. 열도 대해부 가문의 비밀을 가진 사람들. 얼마 전 대해부의 아주 오랜 스승이자 벗이라 할 수 있는 그들 중의 대선사가 찾아왔었다. 선사(先師)는 대해부에게 새로운 질서에 대해서 말씀하셨다. 스무하루 동안 일곱 판의 바둑을 두고 떠났다.

너는 짧고도 긴 꿈을 꾸게 될 것이다. 얻으면 짧아서 아쉬울 것이고, 또 얻은 것은 길게 너를 움직이리라. 모두가 일장춘몽인데 아쉬울 것도 안타까울 것도 없으나… 아느냐.

너로 말미암아 새 길이 열릴 것이다-

대해부의 큰 딸인 신녀 선화는 대선사로부터 꿈을 받았었다. 신녀 선화도 새로운 운명에 처해 있음을 알고 있었다. 선사는 그런 신녀에게 큰 애정을 보였다. 뭔가 변화의 조짐이었다. 지나친 안정. 이것이 혼란의 시작이었다.

이 사람은-

다르다. 위협하러 왔다고 신라 왕실에서 보낸 밀지에 그렇게 적혀 있었다. 그러나 대해부와 큰 딸인 신녀 선화는 여호기를 만나면서 밀지의 내용을 잠시 잊었다. 자신을 낮추는 자세와 여유, 겸손함이 먼저 느껴졌다.

참 어여쁘다-

여호기는 오히려 신녀의 신비함에 놀라고 있었다. 눈이 큰… 소녀 같은 여인. 그 여인이 다스리는 나라에 대해 여호기는 호기심이 일었다. 백성은 신녀를 칭찬한다. 두려움이 아닌 존경심이었다. 매우 안정된 사회, 깨끗한 질서가 엿보였다. 신녀의 성격이 느껴졌다. 그렇게 여호기는 새로 지은 신궁(新宮)에 들어오기 전까지 대해부가를 살피고 있었다.

그 신녀를 만나고 다시 놀랐다-

이렇게 나이가 어리다니… 절대 권력과 백성의 신뢰도 그냥 공으로 얻어지는 것이 아니다. 그것은 연륜이 뒷받침되어야 한다. 그런데 이 신녀는 어렸다. 불과 십칠…, 팔 세 정도. 그런데 이리 열도를 잘 다스리다니…

듣던 것, 그 이상이다-

열도로 오기 전 여러 경로의 정보와 옛 자료를 뒤져 이곳에 대해 어느 정도 알고 있었다. 여인국에 대한 정세가 주로 많았다. 여러 작은 나라의 정보들이 뒤엉켜 섞여 있었다. 다만 남자가 아닌 여왕. 거기 이유가 있을 것으로 생각했다.

乃共立女子爲王 名曰卑彌呼… 更立男王 國中不服 復立卑彌呼宗女壹與 (魏志 倭人傳)

비미호(卑彌呼) 여왕으로 이어지다가 남자가 왕으로 승계하려고 하자 온 나라 안이 불복하여 신녀 지위를 물려받은 일여(壹與)를 다시 세우자 난이 수습되었다고 했다.

대해부의 첫 자식, 선화는 그렇게 열도의 큰 세력을 이끌어가는 신비함이 있었다. 여호기에게 발칙한 생각이 떠올랐다. 그 생각이 떠오르자마자 여호기는 스스로 부끄러워져 볼에 홍조를 띠고 고개를 돌렸다.

저 멀리 바다가 보인다—

회피였다. 부끄러운 생각을 했던 여호기로서는 신녀가 자신을 보고 있었는데… 하면서 속을 보인 것 같아 민망했다. 부끄러운 빛을 감추지 못하는 여호기 때문에 대해부도 신녀도 기분이 좋아졌다.

"좋은 분이십니다."

신녀는 여호기를 읽고 있었다. 미소가 신녀 선화의 얼굴에 처음 번졌다. 무표정했던 신녀의 얼굴에 웃음이 번지자 여호기는 얼른 이곳에 온 목적을 생각하고 얼굴빛을 바로 고쳤다. 한성백제의 안전을 위하여… 이 신녀를 데리고 가면 되겠다. 그러나 바로 직후 그 생각은 인질을 잡겠다는 것이냐 라는 생각 때문에 턱없이 부끄러워졌던 것이다. 그 생각이 신녀 선화에도 대해부에게도 읽혔다.

선화의 커다란 눈은 여호기를 살피고 또 살폈다. 그런 선화의 변화를 대해부도 느끼고 있었다. 두 선남선녀를 번갈아 보던 대해부는 큰 결심을 해야 했다.

신녀는 다르다-

대해부는 그 이유에 대해 설명해 줬다. 신녀의 어머니에 대해 여호기에게 자상하게 이야기한다. 젊었을 때, 대해부는 저 남만(南蠻) 너머 서역에서 서역 대상가의 딸과 사랑을 했다. 그래서 선화와 인화 딸 둘을 낳았다. 둘은 쌍둥이처럼 닮았다. 다만 큰 딸 선화는 어미를 약간 더 닮고 작은딸은 자신을 약간 더 닮았다고 했다. 딸은 아비를 닮아야 잘 산다는 데… 하면서 농담도 건 넸다. 셋은 사소한 얘기. 신변과 출생에 대한 이야기로 서먹하던 분위기를 극복했다. 잔잔한 웃음이 흘렀다. 전쟁을 논하는 자리가 아닌 마치 신랑 각시 선이라도 보는 자리 같았다.

"장군께서 백제 제일자라는 말이 있습니다."
"아닙니다. 감히 왕께서 계시는데 제일자라니요."
"소문이 그렇습니다."
"백가제해 천하제일 무예대전 때문에 조금 그렇게 되었지요. 무예만입니다."

백가제해 천하제일 무예대전으로 출세하게 된 배경을 이야기해 주어야 했다. 이는 한성백제에서 올 때부터 일부러 각국의 상단을 통해 널리 퍼뜨린 것이다. 전쟁을 피하기 위한 허장성세(虛張聲勢)였다. 가야 각 나라에서도 신라 조정에서도 이는 매우 효과적이었다. 그때는 다소 과장되게 얘기했었다. 하지만…

"다 운이 좋았습니다."

그렇게 여호기는 자신의 재주를 운이 좋은 탓으로 돌렸다. 여호기는 신녀 선화가 앞에 있자 허세를 부릴 수 없었다. 그래서 무예에 대해서도, 군중이 자신을 왜 그렇게 도왔는지도, 다 운이 좋아서였지 자신이 잘나서 그런 것이 아니라고 했다. 게다가 설귀나 우복, 백제의 명문세가 후계자들이 모두 뛰어나 자신이 일 위에 오른 것이 자기 자신도 이해가 가지 않는다고 했다. 여호기는 오랜만에 스승 근자부와 함께 있을 때처럼 솔직해지고 있었다. 아니 이렇게 편하게 자신의 얘기를 한 것이 언제였던가. 개천에서 용이 된 사람. 급격한 신분상승은 불편한 의복 같았다. 특히, 여호기처럼 자유분방하게 살던 사람이 갑자기 규격과 틀, 왕실의 법도 등을 다 알고 지키는 것이 얼마나 힘든 일인지. 그 것을 참아내기 위해 무던히 애를 썼다. 하료는 그런 의미에서 독했다. 여호기를 다듬는데 그녀의 정열을 다했다. 여호기는 그것이 고맙기도 했지만, 한편으로는 부담이었다. 다만 힘들어도 힘들다고 하지 못했을 뿐. 그런데 대해부와 신녀 선화 앞에서는 마른 논에 물 대듯 자신을 쏟아내고 있었다.

"운도 실력입니다. 어쩌면 운칠기삼(運七技三)일 것입니다."

운이 일곱이고 기술이 삼이다. 그럴지도 모른다. 앞에 있는 저 여호기, 참 호방하다. 솔직하고 담백하다. 젊은 군장이 겸양하기도 하다. 저 나이에 군장의 위치라면 짐짓 거만하고 그 위세가 안하무인격일 터인데… 그것이 보통인데… 아주 특별하다. 대해부는 점점 더 여호기라는 백제의 사내가 탐나기 시작했다. 그리고 더욱 중요한 것은 여호기가 말을 하면 폭- 빠져든다는 것이다. 무예대전은 마치 가서 보고 있는 듯 실감이 났다. 말솜씨가 매우 뛰어난 사람. 여호기는 그랬다. 스승 근자부에게도 장터 사람들에게도 재미있게 말을 끊고 이어가는 재주가 있었다. 다만 정치권력이 팽배한 한성백제에서는 그 재주를 못 피우고 있었다. 하료는 백성이 우습게 볼까 봐 여호기의 말을 자주 막았다. 명문 세가의 그들처럼 위엄과 체통을 중요시했다. 지금 여호기는 오랜만에 본성을 되찾고 있었다. 더 어려운 자리, 전쟁을 논해야 하는 자리에서 오히려 편안하게 자신의 과거를 얘깃거리로 삼아 시간 가는 줄 모르고 있었다.

더 재미있다-

신녀 선화는 백제 상단과 여러 정보를 통해 여호기 얘기를 많이 들어 이미 알고 있었다. 그런데도 웃음이 끊이지 않았다. 다소 설명이 안 될까 봐 염려됐는지 어설픈 몸짓과 부연 설명이 길게 이어졌다. 여호기의 그런 소소한 배려에 신녀 선화는 무척 호감이 갔다. 차(茶) 잔이 비었는데 채워주는 것도 잊었다.

여호기는 긴 이야기로 목이 말랐다. 차를 마시려는 데 잔이 비었다. 그제야 신녀 선화가 미안해하며 고개를 계속 숙였다. 여호기는 괜찮다고 했다. 그리고 보았다. 신녀의 검은 듯 단정한 어깨선을. 커다란 눈망울을. 그리고 아주 작고 조그마한 몸체를. 마치 흑단목검을 처음 봤을 때에 그 차갑고 단단한 경이감 같은 것이 신녀 선화로부터 느껴져 왔다.

그 느낌을—

신녀 선화도 받고 있었다. 마치 차(茶) 한 잔 안 따라준 것이 다른 이에게 천만금 빚을 진 것 마냥 더 미안했다. 그런 마음으로 차를 따르고 목을 축이는 여호기를 그윽한 미소로 바라본다. 또 차를 따르고… 마시고… 또 따르고… 목이 말랐는지 여호기는 연거푸 차를 마신다.

아주 좋습니다—

너무도 좋은 기분. 향기와 맛이. 참으로 오랜만에… 여호기는 편해졌다. 그 편함을 깨는 소리가 들렸다. 대해부였다.

"대방에 변화의 바람이 불고 있습니다."
"…?!"

그 순간 여호기는 아차 싶었다. 감상에 빠지다니… 대방 옛 단군조선의 도읍지였던 그 땅을 차지하기 위한 백제의 의도를 알고 있던 대해부가 여호기의 방심을 틈타 본론을 꺼냈다. 다 알고 있

모사재천 275

다. 대방, 낙랑 지역, 즉 옛 조선의 근거지를 차지하기 위해 대륙 백제가 낙랑과 고구려 등 예맥족 일부와 승부를 하려고 한다는 것을 알고 있다. 그래서 한성백제를 위해 가야, 신라 등과 화친하고 이제 우리에게도 온 것이 아니냐. 정보를 통해서 분석한 대해부의 냉철한 판단이었다. 말로는 하지 않았지만, 눈빛으로는 이미 하고 있었다.

다 알고 있다—

여호기는 이럴 때는 눈치가 빠르다. 도통 알 수 없는 스승 근자부를 상대하고 시장 장꾼들을 상대한 여호기다. 대해부의 뜻을 얼른 알아차렸다. 솔직하자. 진실이 가장 큰 무기다.

"그 바람이 백제도 좋고 대가께도 좋은 일이기를 바랍니다."
"우리에게도 좋은 일입니까?"
"대륙이 안정되어야 유민이 적습니다."
"유민?"
"유민이 많으면 도래인이 늘고… 열도에도 혼돈이 시작되지요."
"많은 문물과 문명이 들어옵니다."
"주도권 싸움도 생기지요."

평화다. 여호기는 자신이 전쟁이 아닌 평화를 위해서 왔다는 것을 말해야 했다. 가야 각국과 신라와는 달랐다. 그래야 한다고 생각했다. 이 사람들. 마음을 얻어야 한다. 그 마음을 얻는 것은 진심뿐이다. 그래서 여호기는 백제의 사정을 훤히 알고 있는 듯한 대해부에게 열도의 안정과 평화를 얘기하고 있었다. 그것이 상호 이익이다. 이런 호혜의 원칙을 대해부에게 들이대면서 화친을 얻고자 했다. 여호기의 뜻이 전해질지 아니면 외교적으로 큰 손해를 감수해야 할지는 몰랐다. 이미 여호기는 대해부에게 속을 읽혔다. 외교에서 내심을 읽히면 손해를 본다. 여호기는 한성백제에서 적정한 타협안을 미리 받아서 왔다.

줄 것은 주고, 받을 것은 받자―

한성백제의 내신좌평 진루는 그런 면에서 철저했다. 세력을 얻어야 한다. 이번 기회에 차라리 그 세력을 얻어서 백제의 지원군화 하자는 것이 진루의 생각이었다. 백제 대천관 신녀 또한 그럴 기회라고 했다. 수십 개국의 열도를 지원세력화하기 위해서는 가장 강력한 중심 국가를 얻어야 한다. 그 중심 세력은 대해부였다. 대륙과 멀리 남만, 서역과 신라, 고구려와도 거래하는 대상. 해상무역의 중심세력이었다. 그들과 같이하자. 해상무역의 상대자로 거래하자. 한성백제에서 출발하기 직전에 진루의 입에서 나온 말이었다. 무슨 수를 써서라도 그 세력을 얻어라! 이것이 가야, 신라와 다른 백제의 국가전략이었다. 그리고 훗날 여호기를 위해서도 그 세력이 필요했다. 왕비가 만으로는 부족하다. 더욱이 흑우가 상단이 반드시 여호기 편이라는 보장도 없다. 대신들을 경계한 책계왕의 오랜 복심이 아닌가. 왕가의 방계. 다시 말해 왕의 세력이다. 딸 하료의 신탁을 아는 진루는 이미 여호기를 그저 사위 여호기로만 보지 않고 있었다.

그런 의미에서 이번 남행은 단순하지가 않았다. 여호기만 몰랐다. 여호기는 오직 백제를 위해서 자신이 이 일을 해야 한다고 생각했기에 온 힘을 기울이고 있는 것이었다. 그것이 한성백제의 권력구도에 어떤 영향을 미칠지 그것까지는 생각하지 않고 있었다. 다만 남행은 여행을 겸하고 있어서 좋았다. 전쟁터에 나가지 못하는 것이 아쉬웠어도 그것은 군장으로서 언제든지 다시 기회가 오리라고 좋게 생각했다. 여호기는 솔직하게 대해부를 설득하는 것이 나을 것으로 생각했다.

"사랑은 혼자 하는 것이 아니지요."

대해부가 말을 던졌다. 의미심장한 말이었다. 대해부는 여호기와 백제의 뜻을 알았다. 그래서 백제와 더 깊어지자는 뜻의 말을 했다. 반응이 여호기로부터 나왔다.

"물론입니다. 그래서 오늘은 좀 취해 보고자 합니다."

이 말. 여호기가 취해 보려 한다는 말이 씨가 되었다. 그 씨가 자라서 장차 열도에 어떤 전설을 만들게 될지는 아무도 몰랐다.

여인국-

묘했다. 왜 열도에는 여인국이 많을까. 여호기는 그것이 궁금했었다. 대해부는 알려 줄 수 있을 것 같았다. 술 한잔하면 꼭 물어보리라. 술을 마시기 위해 자리를 옮겼다. 술 또한 신녀 선화와 대해부 셋이 마시기로 했다. 그렇게 하는 것이 좋을 것으로 생각했다. 주변에 있던 양쪽의 따르는 자들을 다 물렸다. 정원이 내다보이는 멋들어진 내실로 여호기가 안내되었다. 내실은 그 향기부터 달랐다.

술 향기도 그윽하다-

가야와 신라까지 긴 시간 여호기는 팽팽한 긴장감을 가지고 있었다. 그러나 대해부가는 달랐다. 긴장이 풀렸다. 특히, 눈앞의 신녀 선화는 여호기의 이성(理性)을 무장해제시키고 있었다.

"어째서 열도에는 여인국이 많습니까?"

대해부가 입가에 미소를 지으며 열도에 여인국이 많은 사연을 얘기하기 시작했다. 의외였다. 열도의 각 나라가 가진 생존의 방법이었다. 여인. 그것도 젊은 여자만이 할 수 있는 것이 있었다. 그것이 권력이 된 것이다. 문명과 문물을 받아들여야 하는 열도에서는 외부 침입이 빈번한데 강성으로는 맞설 수가 없다. 강성으로 싸우다가는 문물에 뒤지고 곧 그 나라는 쇄국으로 말미암아 몰락의 위기에 빠진다. 문을 열어야 하는 데 대륙이나 반도에서 고도 문명을 가지고 오는 세력은 힘을 가지고 있었다. 그 문명의 힘을 얻어야 하는 열도에서는 대륙과 반도의 세력을 받기 위해 여인을 택한 것이다. 힘 있는 자. 사내를 품어 사내의 문명을 받고, 여인은 대지가 되어 정복당하고 그 지배를 받는 것을 용인한다. 그래야 거래가 됐다. 고도 문명을 가진 선진국 남성 수장을 맞이하여 자신의 나라를 지키려 한 것이다. 그 거래에 대해 여호기가 물어온 것이다. 그 이야기를 해야 했다. 오늘은 야마다에 매우 중요한 날이다. 잠시 신녀 선화가 자리를 떴다. 대해부가 말을 시작했다.

여인국이 많은 이유-

듣고 보니 열악한 열도의 한계요. 자국으로 문명과 문물을 들어오게 하기 위한 생존의 방법이었다. 그것이 안타까웠다. 그럴 수 있다. 이해가 간다. 사실 대륙이나 반도에 그 많은 철광이 열도에서는 발견할 수가 없었다. 단철. 쇠붙이 덩어리를 열도에서 받아야 국가의 기본이라 할 수 있는 철제 무기를 생산할 수 있었다. 그랬다. 그런 무기는 대륙과 반도에서는 하루가 다르게 고도화되고 있었다. 전쟁과 전쟁 사이에는 더욱 강한 철제 무기가 필요하고 그런 무기를 만들기 위해 각국은 더 강한 무기 생산에 혈안이 되어 있었다. 생산력을 증대시키기는 농기구도 마찬가지였다.

문물의 창구-

거기에 위(倭) 세력의 여인국. 위(倭)라는 글자 속에 이미 그 비밀이 다 있었던 것이다. 사람(人) 옆 곡식(禾)을 받드는 여인(女). 그 창구이자 곳간을 가질 사람과 열도의 여인국 여왕은 거래자였다.

"그래서 말입니다."

대해부는 여호기를 그윽하게 쳐다보았다. 술이 몇 순배 오고 가자 여호기는 다소 풀어졌다. 편하게 느껴서인가. 여호기는 대해부와 진심으로 대작하고 있었다. 대해부는 여호기를 보면서 그와 거래를 하고 싶었다. 신녀 선화는 술자리를 내실에 마련하자는 아비의 말에 그 의도를 알아챘다. 거부하지 않았다. 이미 신녀 선화는 자신의 운명을 여호기에게 걸고 있었다. 그것은 호감으로부터 작게 시작되었지만, 훗날 천 년 열도의 미래가 비롯되고 있음을 아무도 몰랐다.

"낙랑과 말갈, 숙신이 어떻습니까?"

거래는 뜻밖에 멀리서부터 시작되었다. 비류백제. 돌궐과 말갈. 그 인접지에 비류백제 옛 땅이 있다. 그 인연으로 지금 대륙백제가 요서로 진출하려고 한다. 대륙의 북부를 장악하려고 하는 대파란의 한복판으로 들어간 것이다.

"뜻은 있는데 지금은 아닌 것 같습니다!"

온조왕 시절부터 백제의 동쪽에 낙랑이 있고 북에 말갈이 있었다. 그 세력이 이어져 왔다. 그 단군왕검의 도읍지. 비류백제 얘기는 옛 조선의 도읍지부터 시작되었다. 여호기에게 꿈이 있느냐고 대해부는 묻고 여호기는 대륙에 뜻이 있다고 대답했다. 실제로 여호기는 아쉬움이 많았다. 다음에 꼭 전공(戰功)을 세우리라. 그리 생각하고 있었다.

야망-

대해부가 물은 것은 야망(野望)이었다. 사내의 야망이 있느냐고. 그렇게 물었는데 여호기는 단지 전공(戰功)에 대한 아쉬움을 담백하게 얘기했다. 그리고 근자부가 자신에게 물었던 얘기를 말했다. 귀가 큰 사람. 들어라! 보아라! 그러고 나서 말하라! 백성의 말을 들어라. 병사들의 말을 듣고 보아라! 그리하여 훌륭한 장군이 되어라. 그런 얘기. 옛 단군조선 선인(仙人)들이 그러했듯이 그런 꿈을 가지고 있다고 했다. 하늘의 뜻. 그러나 거기서 여호기의 말은 끊어졌다. 그 하늘… 밉다. 일족의 몰살. 어머니. 그 아득한 기억. 싫은 기억이다. 그래서 여호기는 거기서 멈췄다.

그리 세지 않은 술기운이 갑자기 온몸에 휘돌았다-

몸이 둥실 공중에 뜨는 것 같았다. 그래서 자신의 행동거지를 조심하려고 눈에 힘을 주었다. 여호기는 이야기가 아직 마무리되지 않았는데… 하면서 몸과 정신을 추스르기 위해 깊게 숨을 들이쉬었다. 심법(心法)을 운용한다. 조용히.

잠시 여호기가 명상에 잠겼다-

대해부는 그런 여호기의 본뜻은 모르고, 속이 깊다고 생각했다. 자신의 야망을 드러내지 않으려 애쓰는 것으로 보았다. 그릇이 크다. 그리 생각했다.

本 본질이다

대해부는 큰 딸이자 야마다의 신녀인 선화에 대한 애정과 기대가 컸다. 그 선화에 대한 백성의 믿음 또한 지극했다. 선화는 근본이 선(善)했다. 대해부는 본디 부여계 동이(東夷)다. 키가 작은 열도 사람과 달랐다. 기골이 장대하다. 대해부에게 딸 선화는 하늘이 준 선물이었다. 그 선물이 이제 다른 선택을 해야 했다.

정성스런 목욕-

선화는 정성으로 목욕했다. 따뜻한 물이 담긴 편백 목욕통에 말린 꽃잎과 죽염을 같이 넣어 몸을 담갔다. 죽염은 몸을 정갈히 해줄 것이고 말린 꽃잎들은 온몸에 은근한 향이 배게 해줄 것이다. 목욕에 지극히 열중했다. 마치 부정한 모든 것을 다 씻으려 하는 듯. 선화는 여호기가 야마다로 향했다는 소식을 들은 날,

꿈을 꾸었다. 밤하늘에서 일곱별이 자신의 품으로 쏟아져 들어왔다. 칠성(七星). 그 꿈 뒤에 쾌(卦)를 뽑아 보니 벚꽃에 길조가 들었다.

오신다-

인연(因緣). 선화는 여호기를 유심히 살폈다. 좋은 사람. 정감 있는 그러나 한구석 아픔이 느껴졌다. 그리고 그 속에 강인함과 따스함이 있다. 백성에게 저런 사람이라면… 잘할 것 같았다. 그런데 그 사람과 얘기하는 동안 그 느낌은 증폭되었고 차 한 잔 따르는 것을 놓친 후에 선화는 알았다. 자신과 여호기가 엮여 있는 것을. 처음이었다. 다른 사람, 그것도 나라의 운명을 걸어야 할지도 모르는 중차대한 시기에 혼을 놓고 그의 얘기에 빠져든 것이다. 알지 못하는 사이에 월하노인(月下老人)이라도 다녀간 듯 오랜 인연의 동아줄이 서로 묶어 놓은 것이다. 그 끈은 선화가 선택하게 했다.

잡아야 한다-

운명의 끈이 이어져 올 때 하늘은 인간에게 그 끈을 잡으라 한다. 내 안의 울림은 그렇게 하라고 한다. 그 끈 뒤에서 무엇이 계속 이어져 올지는 가르쳐 주지 않으면서 자꾸 잡으라고 한다.

그 두려움. 인간은 인연의 끈을 잡으며 앞일에 대해 두려워한다.

대해부도 그랬다. 여호기가 운명이라고 느껴지지만 이러한 선택이 과연 옳은지 두려웠다. 지금 야마다에 가야와 신라, 백제와 고구려가 모두 야마다에게 잘하는 이유는 아직 선택하지 않았기 때문이었다. 여왕 신녀가 선택하지 않았기에 야마다는 지금 누구의 편도 아니었다. 그런데 지금 여왕 신녀가 선택하고자 했다. 야마다의 운명이 결정되는 순간이다. 그것이 몇 년이 될지 아니면 몇십 년이 될지는 모르지만… 적어도 백 년 그 이상을 내다보아야 하는 큰 거래다.

그 순간이 온 것이다-

대해부는 여호기에게 다시 향기로운 술을 권했다. 그 한 잔의 술에 자신의 모든 것을 실으려 했다. 여호기. 이 사람과 이제 운명을 같이해야 한다. 그런 대해부의 감정은 여호기에게는 따스한 부자의 정으로 스며들어 왔다. 부자… 여호기에게는 아버지가 없다. 누구인지도 모른다. 여호기는 그래서 아비 뻘 되는 사람에게 잘했다. 그들을 위해서는 아무것이라도 해주고 싶었다. 기억에 없는 아비를 대신해 무엇이라도 해주고 싶었다. 그 마음을 가지고 지금 대해부를 대하고 있다.

아버지가 없다-

세상은 여호기에게 아버지를 기억조차 못 하게 했다. 여호기의 어린 기억은 항아리 속 검은 어둠과 빛 덩어리 그리고 핏물 뒤집어쓴 항아리 위의 여인들에서 멈춰져 있다. 기억이 끊긴 것이다. 잃은 것이다. 그 이전의 모든 기억이 없다. 오직 거기서 시작한다. 그 이후는 스승 근자부와 세상을 유랑하던 기억뿐. 그래서 여호기는 스승 근자부에게 물었었다.

"제 아버지는 누구예요?"
"하늘-"
"그럼 어머니는 땅이겠네요?"
"그걸 몰랐느냐?"

처음에는 스승 근자부가 아비인 줄 알았다. 항아리에서 나와서 본 얼굴, 거기에 근자부가 있었다. 세상 누구나 스승이 아비고 아비가 스승인 줄 알았다. 그러나 아비는 아비고 스승은 스승이라는 것을 떠돌며 배웠다. 스승이 아비가 아니구나. 어느 날 그렇게 생각하기 시작했다. 그리고 여호기는 아비와 어미를 찾는 것을 미뤘다. 그것은 자신이 힘을 가졌을 때 해야 할 일이었다. 절대의 힘을 가져야 했다. 멸문의 이유. 그 이유를 알고 그 복수를 하려면 힘이 있어야 했다. 절실함으로 살아왔다. 한 치의 흐트러짐 없이 하루하루를 다짐하면서 오직 힘을 얻기 위해… 그런데 여기 적(敵)이라면 적이어야 하는 이곳에서 흐트러지고 있었다. 감상에 빠지고 있으니 난감했다. 그 마음을 마치 알고 있는 듯 대해부는 빙그레 웃고만 있었다.

"혹시 갖고 싶은 것이 있으십니까?"

갖고 싶은 것이라… 뭐가 있을까. 가족. 그랬다. 대해부의 물음에 여호기는 가족을 떠올렸다. 그렇게 갖고 싶었던 가족. 가졌다. 얻었다. 무예대전에서의 승리는 그렇게 많은 것을 주었다. 여호기에게는 아내 하료도 장인 진루도 그리고 아들 걸걸도 있었다. 잠시 흐뭇했다. 자신이 이루고 있는 것에 대한 만족감이 뭉클 가슴 벅차게 치밀어 오른다. 지켜야 할 것들이 생겼다. 어떤 일이 있어도 꼭 지켜내야 할 것. 가족이었다.

"많은 사람이 행복하게 사는 것입니다."

그런 큰 뜻을 가지고 싶습니다. 이 말은 늘 하던 말이었다. 스승 근자부는. 세상 사람들이 어렵고 힘든 시절. 그들의 고통을 덜어주는 사람이 큰 사람이요. 지도자다. 자신의 능력으로 다른 이들에게 행복을 더해주는 사람. 그것이 본디 웅지(雄志)다. 땅을 넓게 가지는 것도 아니요. 권력이 많아서도 아니다. 다른 이들의 고통을 덜어주는 것, 그것이 진정한 큰 사내가 가야 할 길이다. 그 말을 들으면서 자란 여호기였다. 스승 근자부는 그런 사내였다. 아는 사람들은 그를 다 존경했다. 근자부는 넓은 사람이었다. 자신은 하나도 없지만, 그 가운데에서도 돕고 또 도왔다. 떠돌이 유민들은 그래서 스승 근자부를 진심으로 대했다. 목숨보다 강한 애정이 그들 사이에 있었다. 그 시절 여호기는 좋았다. 사람들과 웃고 떠들고, 배고픈 아이들이 배부르게 먹는 모습. 거기에서 여호기는 스승의 위대함과 자신의 행복감을 느끼곤 했다. 그것. 지금 대해부의 질문 때문에 기억이 났다. 그 사람들도… 스승님도 보고 싶어졌다.

참 바르다-

잠시 회한에 빠진 여호기를 보면서 대해부는 그의 답을 곰곰이 곱씹어 보았다. 권력이란 사람을 치우치게 한다. 중심에서 처신하기란 배고픈 손님에게 잔칫상 봐 달라는 것처럼 힘들다. 원하든 원하지 않든지 하게 하는 힘이 권력에 있다. 하라고 하면 한다. 그래서 어렵다. 하라고 하는 말이 옳은지 안 옳은지를 알아야 하는데 낮은 권력은 그것이 가능하다. 그러나 절대 권력에 누가 옳고 그름을 얘기해주겠는가. 그저 따를 뿐. 거기 함정이 생긴다. 다른 이는 이권과 자신에게 유리함을 근거로 얘기한다. 절대 권력이 부패하는 이유다. 모두 다 불행하고 행복해지는 차이는 그 절대 권력을 어떤 사람에게 몰아주느냐의 선택 때문이다.

됐다-

여호기는 선화인 줄 몰랐다. 그만큼 변했다. 술좌석 처음의 모습과는 달라져 있었다. 무척 편한 복장에서 고운 내가 났다. 향내. 여인의 냄새. 여호기는 이십 대 열혈 청년에 이미 여인을 알고 있다. 선화로부터 그 여인의 냄새가 물씬 풍겨 왔다. 조금 당황했다. 여호기는 이런 상황이 매우 낯설었다. 대해부는 그런 여호기를 보고 내심 즐거워졌다. 그리고 뒷일을 보러 간다고 시종을 불렀다. 비틀- 시종이 부축하고 대해부는 방을 나섰다.

다들 비켜라-

고래고래 소리를 지르고 대해부가 밖으로 나가자 여호기와 선화 단둘이 있게 됐다. 대해부는 내실을 지키는 시동 시녀도 다 데리고 가버렸다. 여호기는 선화를 살폈다. 선화는 볼과 목덜미가 발그스레해졌다. 부끄럼을 타고 있었다. 여호기도 부끄러워졌다.

흠흠-

헛기침만 했다. 선화가 얼른 술 한 잔을 권한다. 술잔을 받는 손이 잠시 떨렸다. 선화가 배시시 웃음을 흘린다. 여호기는 더욱 부끄러워져서 벌컥 한 잔을 다 털어 넣었다. 여호기는 자신이 다른 이보다 술이 약하다는 생각을 하지 못했다. 왜 대해부는 아직 안 오는 것일까. 그 생각만 하고 있었다. 선화가 잔에 술을 채워 주면 주는 대로 다 마셨다. 잔이 비면 선화는 또 잔을 채웠다. 그러면 또 부끄러워서 마셨다. 한순간.

잠에서 깼다-

그리고 알았다. 여호기는 그대로 취해서 잠이 들었다. 그런데 여호기 품에 무엇이 얹혀 있었다. 여인이다. 그제야 정신이 났다.

여호기는 술에 취해서 소변이 마려웠다. 소변을 누어야 한다고 생각해서 소변이라고 했다. 대해부는 오지 않고, 시동 시녀도 없고, 이걸 어쩌나 하는데 저도 모르게 소변이다-라고 말했다. 취해서. 몸을 제대로 가누지도 못하고 술상에서 소변을 보고자 했다. 그때 둘밖에 없었다. 야마다의 귀한 신녀 선화와 자신뿐. 그런데도 여호기는 술에 취해 남자를 꺼냈다. 그리고 눈치 빠른 선화가 대준 도자기에 오줌을 누었다. 장쾌하게 참았던 오줌이 도자기 안에 콸콸 쏟아졌다. 그런데 그 순간, 참 묘했다. 선화는 첫 남자를 보고 있었다. 처음으로 둘만의 공간에서 사내의 남성을 보면서 그 오줌을 받고 있었다. 열도의 대국 야마다의 여왕 신녀가. 그러나 선화는 오히려 이 상황이 어색하거나 부끄럽지 않았다. 그저 흘리지 말아야겠다는 생각뿐이었다. 참 많이도 나온다. 그 시간이 길게만 느껴졌다.

그리고 잠시 후-

여호기는 세상이 다 시원해졌다. 몸도 가벼워졌다. 그런 찰라. 도자기를 옆으로 치우는 선화가 눈에 들어왔다. 아직 바지를 추스르지도 않았는데 바지는 홀러덩 벗겨져 있고 앞에 신녀 선화가 있었다. 그리고 불끈 바로 일어서는 사내의 본능이 선화를 끌어당겼다. 작은 여인. 검은 피부가 단단해 보인다. 살결이 고왔다. 와락- 안고 싶어서 안았다. 여호기의 품에 쏙 들어와 버린다. 그 작고 소중한 여체를 여호기는 탐했다. 아- 장대한 호걸의 그것은 작아서 더욱 애처로운 여인의 교성을 만들었다. 길고도 길게. 야마다 신궁(新宮)의 내실에서는 그렇게 한 하늘과 땅이 어우러지고 있었다. 어젯밤을 그렇게 보냈다.

그 기억이 떠올랐다. 자신의 품에 반은 얹힌 여인. 두꺼운 팔뚝을 베고 자는 선화의 표정은 어린아이처럼 평화스럽다. 어제 선화는 폭풍우 내려치는 하늘을 겪었다. 대지가 갈라지고 물이 차오르는 태풍. 그 태풍 속에서 고요함을 맛보고 있었다. 여호기는 선화의 가냘픈 육체가 느껴지자 도저히 더 참을 수 없는 욕구를 느낀다. 아래에서 퍼지는 욕망은 신녀의 가슴과 밀지(密池)로 손을 이끌고… 성스러운 신녀를 범한다. 또 범한다. 그렇게 신녀 선화의 아침은 다시 고요한 태풍의 눈을 벗어나 폭풍우를 맞이한다. 잠에서 깨는 것과 동시에 선화는 여호기의 얼굴을 한가득 보았다.

아, 내 사람-

이 사람이다. 바로 나의 정인(情人)이고 야마다의 신인(神人)이다. 오랜 세월 열도의 여왕들은 신녀이면서 동시에 하늘이 내린 사람, 즉 천인(天人)을 모셨다. 그 천인(天人)은 대부분 대륙이나 반도의 선진문명을 가져다준 사람들이다. 그래서 부여계거나 백제나 고구려, 가야와 신라 등의 태사자, 즉 왕자들이 많았다. 대륙과 반도의 각 나라와 열도의 나라들은 그렇게 깊은 거래와 밀약의 밤들을 보낸 것이다. 그래서 열도 여인국들의 왕가는 일반 백성과 달리 키도 크고 기골이 장대하여 존경받고 위엄을 갖추게 되는 것이다. 선진 문물을 받아들이는 것과 동시에 그 유전자도 받아들이고 있었던 것이다. 어미를 닮아 작고 눈이 크다는 야마다의 여왕 선화는 그래서 더욱 신비로웠다.

여왕을 준다-

모든 것을 준다는 뜻이다. 만약 사내가 왕이 되면 그 사내는 자신의 욕망을 위해 열도 여인을 탐할 것이다. 그러면 문물을 받아들일 때 주어야 하는 가장 큰 신뢰, 즉 이 나라와의 관계성에서 열도의 나라들은 줄 것이 없어진다. 그런데 나라에 여왕이 있다면 달라진다. 바로 여왕 자신을 준다. 그러면 그 나라를 준 것과 무엇이 다른가. 그래서 깊은 관계가 이어진다. 떼려야 뗄 수 없는 사이. 그 사이를 채우기 위해 어젯밤 여호기는 신녀 선화와 깊숙한 관계를 맺었다. 그 깊은 밀착만이 넓은 바다를 사이에 두고서도 서로 신뢰할 수 있는 관계가 되게 하는 것이다. 이것이 열도 여인국의 비밀이었다.

 천인(天人). 하늘의 후손인 대동이족(大東夷族)은 예로부터 문명의 창조자였다. 그 천인을 맞이하는데 지금 야마다는 대모험을 하고 있었다. 야마다가 열도 내에서 강국이 될 수 있었던 것은 다 대해부의 혜안(慧眼) 때문이었다. 백제와는 물론 가야와 신라, 부여, 고구려 등과도 거래하고 있었다. 주변 여인국들은 주로 가야나 백제, 신라, 부여 왕족 중에서 여왕의 천인을 골랐다. 야마다 또한 그러했다. 한(韓) 반도를 거쳐 온 부여계로 3백 년을 이어왔다. 대해부가문은 야마다의 천인가였으며 가장 큰 상단을 운영하고 있었다. 백제와 거래가 깊었지만, 신라와 가야와 오히려 더 긴밀해 보이기까지 했다. 대해부가가 야마다를 지배하기 시작한 이후에도 신라와 가야 왕족에서 주로 여왕의 남자, 즉 천인을 골랐다. 다만 실지로 천인 역할을 한 사람은 반드시 부여계, 즉 대해부가의 수장이었다. 그는 곧 여왕의 아비였다. 그렇게 될 수밖에 없었던 비밀이 있었다. 부여계 아비가 자신이 죽기 전에 반드시 신라와 가야계의 천인을 죽였다. 그리고 새로운 여왕 신녀 후계가 다시 대해부가 수장의 딸 중에서 뽑히면 문명을 가져다줄 천인을 당시 문물이 가장 앞선 나라의 왕자 중에서 고르고 그 실질적인 천인 역할은 다시 여왕의 아비, 즉 대해부가의 수장이 했다. 여왕과 그 아비가 여전히 부여계 대해부가이므로 야마다의 권력을 내내 유지할 수 있었던 것이다. 대해부가는 그렇게 백제, 신라, 가야와 고구려 등과 등거리 외교로 관계하고 있었다. 그것이 안정된 권력을 만들었고 이를 바탕으로 야마다는 규슈의 중심으로 성장했다.

대해부 가문의 비밀 또 하나. 대해부가에게는 다른 여인국과 달리 좋은 벗들이 있었다. 열도 각국에서 가장 요구되는 것 중의 하나가 철제 무기다. 철이 생산되지 않은 열도에서 철을 구해서 제련하고 무기와 농기구를 만드는 것은 곧 국가의 존망이 걸린 일이다. 이런 이유로 대륙이나 반도의 선진 문물은 매우 중요했다. 부여계인 대해부는 그런 면에서 다행이었다. 오랜 비밀이 있었다. 대해부가에 전해 내려온 벗들. 그들은 옛 단군조선의 마지막 무사들이었다. 그 은신처가 대해부가 영토 내에 있었다. 천인

대(千忍隊)라고 그들 스스로 불렀다. 옛 단군조선의 멸망을 한탄하며 숨은 자들. 그 사람들이 옛 단군조선의 철 기술로 대해부가의 무기를 만들어주고 있었다. 대해부는 다른 여인국과 달리 단철(單鐵)과 최신 병기만을 구해주면 그들은 그것으로 강한 무기를 만들어 주었다. 그런 행운이 야마다에 있었다. 이제 그 행운은 아마도 여호기의 것인지도 모른다고 대해부는 생각했다.

선화가 골랐다-

대해부는 그래도 마지막까지 고민했다. 백제 왕자도 아니었다. 일개 장수. 게다가 혼인까지 해서 아들도 하나 있는데 이게 무슨 황망한 일인가. 그런 생각이 한편 들었다. 그러나 선화가 선택했다. 그리고 자신의 눈에도 여호기는 호걸이었다. 사내였다. 큰 그릇이었다. 왕비족 진루가 여호기에게 전하라고 한 것처럼 백제 상권에 대해 열도에서의 독점적 지위라는 큰 선물이 있다고 해도. 그래도 여호기와 관계를 맺게 할 수는 없었다. 특히, 나중에 백제왕가에서 신녀를 요구하게 되면 선화는 참 어려운 상황에 빠지게 된다. 그런 의미에서 대해부는 고민하고 또 고민했다. 그러나 선화는 단호했다. 그 표정을 대해부는 읽었다. 차 한 잔을 놓친 그 시각에 대해부는 선화가 여호기를 선택했음을 알았다. 단 한 번도 선화는 그런 실수를 한 적이 없었다. 자신보다도 더 치밀하고 냉정한 딸이었다. 그런데 여호기의 말에 넋을 잃었다. 그렇게 매료되어 있었다. 그래서 대해부는 선화의 선택을 믿었다. 그냥 따르기로 했다. 하늘의 뜻이 아닐까… 하면서.

"저 아이… 절대무왕의 어미가 될 것이야."

그 이야기. 대해부는 선화의 신탁을 옛 단군조선의 선인(仙人)에게서 들었다. 21일간 바둑만 두고 불쑥 던진 말은 정말 가슴 뛰는 벅찬 얘기였다. 절대무왕. 그 전설. 열도 각국을 통일하고 번영의 시초를 연다는 그 왕기가 선화에 있다. 그 얘기를 선인은 해주었다. 그리고 열도의 새 시대는 야마다에서 이렇게 시작하는구나- 그렇게 탄식도 아니고 환호도 아닌 중얼거린 말에서 대해부는 느꼈다. 야마다. 열도 통일국가의 중심이다. 그리고 그 씨앗을 선화가 잉태한다. 대해부는 자신의 대망(大望)이 서서히 시작됨을 느꼈다. 그 기운이 다가옴을 느꼈다. 그런 선화다. 그런 신녀 선화를 여호기에게 안겼다. 다 준 것이다. 야마다는 이제 되돌릴 수 없는 운명의 끈을 여호기에게 묶었다. 모험. 대해부는 복잡한 마음으로 힘차게 떠오르는 동해(東海)의 아침을 맞이하고 있었다.

열도의 일은 잘됐다-

정말 잘 된 일이었다. 원하는 것 이상으로 얻었다. 여호기는 바다를 건너는 내내 그렇게 생각했다.

역시 여호기다-

한성백제의 귀족들은 물론 대천관 신녀와 내신좌평 진루까지 모두가 인정하는 여호기의 공이었다. 가져간 것 보다 얻어온 선물이 더 많았다. 백제 왕실은 물론 한성백제의 백성이 좋아할 일이었다. 앞으로 바다 너머 노략질하는 자들이 현저히 줄어들 것이다. 게다가 열도의 특산물과 한성백제의 산물들이 교류될 것이다. 줄 것도 받은 것도 다 풍족했다. 필요하면 대륙백제에 야마다의 지원군을 보낼 수도 있었다. 바다에서의 싸움이나 후방 지원을 위한 해운(海運)에서 든든한 원군체계를 구축하게 된 것이다. 이것은 더욱 뜻밖의 선물이었다.

거대한 야마다 대해부가의 상단이 한성백제 열수(洌水)에 닿아 있었다. 왕실에 바치는 진상품도 귀했다. 멀리 서역의 물품까지 대해부가의 상단은 남방 문물을 포함한 진귀한 것들을 올렸다. 내신좌평 진루는 흐뭇했다.

대해부는 내신좌평 진루와 밀담을 나눴다. 백제와 야마다의 조약(條約)을 문서로 만들었다. 내신좌평 진루가 여호기의 장인인 것을 알고 있던 대해부는 이문(利文)이 많은 것에 대해서는 왕비족 진씨가와 직거래로 하길 원했다. 진루로써는 더 환영할 일이었다. 왕비족 진씨가는 특히 고도의 양잠(養蠶) 기술 덕분에 질 좋은 비단과 약재를 줄 수 있었다. 그런 면에서 대해부가에도 이는 좋은 일이었다. 대해부는 진루가 보통 사람이 아님을 알 수 있었다. 권력에 대한 매우 강한 집착과 본능을 가지고 있는 사람이라고 생각했다. 그래서 알았다. 여호기는 변화할 것이다. 이 장인이라는 사람이 그냥 있을 사람이 아니다. 대해부는 여호기의 부인도 보고 싶어 했다.

진루는 대해부를 자신의 집에 초청했다. 그리고 여호기의 아내 하료도 불렀다. 그리고 자신의 딸이자 여호기의 아내인 하료를 그리고 손자 걸걸을 대해부에게 소개했다.

대단하다―

대해부는 느꼈다. 하료를 보는 순간 놀랐다. 대해부도 사람 보는 법, 즉 관상법을 배웠다. 어지간한 선인(仙人)보다는 대해부가 나았다. 그 대해부가 하료를 보고 놀랐다. 보통 여인이 아니다. 왕기가 느껴졌다. 그 칼 같은 당참이 곳곳에 배여 있다. 이런 여자. 누가 같이 살 수 있나. 여호기의 복(福)인가? 순간 대해부는 선화에 대한 걱정도 생겼다. 다만 바다 건너 열도에 있는 것이 다행이라 생각했다. 그만큼 대해부는 하료의 기질을 꿰뚫어 보고 있었다.

"남편께서 무한 승승장구하실 겁니다."

덕담치곤 매우 기이한 덕담(德談)이었다. 무한승승(無限乘乘). 오르고 또 오르고 끝없이 오른다. 그럼… 나아가 왕도 될 수 있다는 뜻이 아닌가. 그런 말로 들렸다. 하료는 그 말을 예민하게 받아들였다. 하료는 기분이 좋아졌다. 그래야 했다. 암- 그래야 하고말고. 그런 내심을 숨길 수 없었다. 금세 웃음이 흘러나왔다. 그래서 대해부에게 친절해졌다.

"다 잘될 것입니다. 저희를 잘 도와주십시오!"

그런 얘기. 자기중심적인 말로 하료는 대해부에게 하나가 되자고 했다. 하료는 권력욕과 자기 과시욕을 가지고 있다. 저 기질만 없다면 하는 생각으로 대해부가 여호기의 아들 걸걸을 보았다. 준수하긴 하지만 평범하다. 그것이 대해부를 오히려 안심하게 했다. 역시 다행이라고 생각하면서 진루가 건네는 술잔을 받았다. 대해부의 술은 끝이 없었다. 그는 천하의 대주가였다. 밤새워 마시고 아침에 다시 또 술상을 볼 수 있었다. 그가 취했을 때는 뭔가 의도가 있을 때였다. 야마다 신궁에서는 다 아는 사실이었다. 열도 내 각국의 사신들은 물론 패주들의 모임에서도 대해부의 술 실력은 국가 경영 실력 이상으로 인정을 받고 있었다. 다들 그의 술 실력을 그의 정신력으로 알았다. 그만큼 심지(心地)가 굳은 사람이다.

 한성백제 행은 많은 의미가 있었다. 다른 때라면… 또 다른 사람이라면, 태사자는 야마다 웅본성이나 신궁에서 한참을 더 있었을 것이다. 1년 2년을 넘게 있을 수도 있었을 것이다. 그러나 지금 여호기는 다르다. 백제가 전쟁 중 아닌가. 그런데 백제의 군장인 자신이 호사에 빠져 있을 수만은 없었다. 이를 누구보다 잘 아는 선화 역시 여호기를 편하게 해주고 싶었다. 이미 여호기는 몸과 마음이 온통 선화에 빠져 있었다. 그래서 더욱 선화는 여호기를 위해 많은 것을 주고 싶었다. 그런 선화의 요구는 대해부를 곤란하게 했다. 하지만 선화의 고집은 꺾이지 않았다. 그래서 대해부조차 말리지 못하고 백제에 많은 선물과 훨씬 나은 조건을 가지고 바다를 건넜다.

 헤어지는 날-

 여호기는 참으로 허전해졌다. 우울한 여호기를 보면서 선화는 고마웠다. 그리고 열도를 떠나는 날. 여호기는 떨어지지 않는 발걸음을 떼야 했다. 매정하게도 선화는 나와 보지도 않았다. 그만큼 아쉬움이 크리라. 선화는 채 한 달도 못 있고 떠나야 하는 자신이 미울 것이라고 여호기는 생각했다. 밝달항에 있던 배에 오르고, 저 멀리 야마다 신궁(新宮)이 보이자 아쉬움이 밀려왔다. 언제 다시 올 것인가. 아무 때나 올 수 있는 사람이 아니지 않은가. 신분은 전쟁터를 누벼야 하는 장수요. 부인과 자식이 있지를 않은가. 참 기가 찰 노릇이다. 그런 생각으로 선화가 있을 야마다 신궁(新宮)을 선실에서 홀로 서서 바라보고 있었다. 그때였다. 누군가 자신의 허리를 감싸 안았다. 누군가? 깜짝 놀랐다. 선화였다. 신녀 선화가 자신의 허리를 감싸 안고 있었다.

상단 행수 차림의 신녀.

선화-

몰라볼 변장이었다. 선화가 배에 함께 있었다. 여호기만을 그냥 보낼 수 없었기에 그녀는 함께 한성백제로의 장도에 따라 오른 것이었다. 야마다 신궁을 바라보며 애달파 하는 여호기를 보면서 선화는 정말 자신이 잘 따라왔다고 생각했다. 짧은 야마다 생활이 그들을 그렇게 아쉽게 갈라놓지는 못했다.

눈치 안 채도록-

야마다를 지배하던 비미호 여왕 신녀 선화와 신인 대해부가 둘다 사라졌다? 국가 권력의 공백(空白)이니 있을 수 없는 일이다. 더구나 열도의 중심국 핵심인물이 한성백제에서 일반 백성처럼 활보한다니… 역시 있을 수 없는 일이었다. 따라나서겠다는 선화를 결국 말릴 수는 없었다. 그래서 대해부는 두 가지로 해법을 찾았다. 야마다에 선화의 동생 인화로 하여금 선화의 역할을 대신 하게 했다. 비미호 여왕 신녀가 야마다에 여전히 있게 되는 것이다. 그리고 선화는 동생 인화로 변장하여 대해부가의 행수로써 백제행을 하는 것으로 꾸몄다.

탁월한 외교술-

한성백제에서 여호기는 뛰어난 능력을 지닌 군장으로 평가받고 있었다. 대단한 능력. 무예보다 외교술이 더 뛰어날지도 모른다. 그런 말들이 백성은 물론 중신들 사이에 파다했다. 여호기는 이제 한성백제에서는 누구도 무시할 수 없는 존재로 자리 잡고 있었다. 가야 각국과 신라, 열도에서의 무용담이 수행원들을 통해 백성에게까지 일시에 퍼졌다. 그런 얘기들을 접할 때마다 하료는 우쭐해졌다. 남편 여호기에 대한 자부심이었다.

우복은 여호기에 대한 호평에 긴장했다. 아니라고 부정할 수도 없었다. 그만큼 여호기의 이번 남행은 대성공이었다. 한성백제에 대한 후방 안정은 물론 대륙백제에 열도 무사들의 지원도 얻은 것이다.

우복은 대해부를 보면서 참 놀라운 사람이라고 생각했다. 보통 인물이 아니었다. 그런데 그 대해부가 여호기를 애지중지 귀한 자식 대하듯 한다. 여호기를 대하는 대해부의 태도는 우복으로서는 선뜻 이해할 수 없는 부분이 있었다. 불과 얼마 안 된 그 시간에 여호기는 무엇을 했기에 저 걸물의 마음을 사로잡았을까? 저 대해부라는 사람은 무엇 때문에 여호기를 저리도 귀히 따르나. 이해할 수 없었다. 가야 각국과 신라는 위협이라도 할 수 있었다. 흑우가 상단의 정보망을 통해 그 얘기를 들었다. 반공갈에 반협박, 그리고 회유. 탁월했다. 여호기의 전략은 탁월했다. 전해 들은 얘기에 우복은 놀랐다. 그런데 이건 더 황당하다. 대해부의 제안과 대해부의 겸양 그리고 여호기에 대한 애정, 참으로 놀라울 뿐이다. 이 모두가 여호기의 능력이란 말인가.

그 깊이를 알 수 없는 사람-

한성백제를 둘러보는 신녀 선화는 모든 것이 신기했다. 야마다 신궁 안에만 있던 선화는 이국의 느낌이 드는 색다른 기쁨을 만끽하고 있었다. 신녀 선화와 대해부가 일시에 야마다 궁을 비운 것은 이제까지 없었다. 이번 한성백제 행은 의미가 있었다. 단순히 조약이 아니다. 상대방이 절대적으로 필요할 그때 가장 깊은 관계를 맺을 수 있다. 그런 면에서 이번 한성백제로의 장도는 큰 성과가 예고되었다. 특히, 선화는 고집을 부렸다. 대단했다. 여호기와 조금이라도 함께 있고 싶었던 마음. 그리고 여호기를 위하는 마음. 그것이 합해져 한성백제 행은 대성공이었다. 선화의 의도가 맞았다. 전쟁 준비를 하고 있던 한성백제는 든든한 후군(後軍)을 얻었다. 한성백제 또한 야마다에게 전폭적인 지원과 혜택을 주었다. 이제 백제와 야마다는 새로운 관계를 맺었다. 다 여호기의 공(功)이었다.

대륙 비류계다-

야마다 대해부는 또 한 가지를 얻을 수 있었다. 한성백제에서 내신좌평 진루에게서 여호기가 대륙백제 비류계임을 알게 된 것이다. 아, 그래서였구나… 대해부는 자신의 꿈이 맞아가고 있다고 생각했다. 끝없는 벌판 위에 태양이 솟는다. 그 태양이 갑자기 자신을 덮쳐 온다. 그 꿈. 도저히 잊을 수 없는 그 꿈. 그 꿈이다. 자신과 선화가 왜 그렇게 여호기에게 푹- 빠져 버렸는지. 그 이유를 알 것 같았다. 어찌 인간사에 우연히 있을 수 있나. 이토록 큰일들이 어떻게 그냥 이루어지겠는가. 천만번의 억겁이 모였을 것이다. 상천(上天), 중천(中天)의 역사가 엉켜 있을 것이다. 대륙백제 그 중심가는 비류계다. 언제든지 대륙에 거점을 만들 수 있다. 대해부는 혼자만의 생각을 가슴 속 깊숙이 묻었다.

모사재천 307

바다다-

　대륙에서는 동이족 국가가 아닌 다른 국가들은 바다를 접하기가 쉽지 않았다. 그래서 대해부는 삼국지연의의 적벽대전을 비웃는다. 적벽(赤壁), 그곳은 대륙 한복판 장강 중류에 있다. 거기가 위, 촉, 오, 삼국의 최대 격전지라고 한다. 그 작고 좁은 강변에서 수십만이 접전을 하였다니 상상이라도 조금 지나쳤다. 조조의 위나라와 손권의 오나라가 대륙의 동쪽에서도 경계했다면 바다를 통해 장강과 황하 위와 아래로 넘나들면서 대격전을 치렀을 것이다. 그 좁디좁은 곳에서 싸울 이유가 없다. 대해부는 대륙을 경략하는 큰 꿈이 있었다. 그래서 상상했었다. 대륙의 중심을 얻기 위해서는 대 상륙작전이 필요하다. 그를 위해서는 대륙에 큰 기반이 있어야 한다. 대륙 북부의 관문은 누가 뭐래도 대방이고, 요하와 황화 강변이니 그곳은 옛 대륙 비류계의 본고장이다.

　대륙의 동쪽 바닷길을 가장 잘 아는 이들. 백가제해. 백제 사람들이다. 오랜 세월 바다를 누볐던 사람들은 해류와 계절별로 서로 다른 바람을 적절히 이용했다. 대륙 동쪽과 반도의 서쪽 중간에는 해류가 남만 아래 너른 바다에서부터 요동과 요서가 있는 발해만까지 올라간다. 그 올라온 해류는 대륙의 동쪽과 반도의 서쪽 연안을 타고 다시 내려온다. 이 해류의 큰 물줄기를 잘 따르기만 한다면 먼 바닷길이 어렵지 않게 된다.

동이족의 배는 애초부터 달랐다. 소서노 모태후는 바다를 건널 수 있는 배를 알고 있었다. 그것은 가운데 중심, 즉 용골을 끼고 돛을 달며 측면을 갈대를 엮어 만들었던 환국 시대의 배에서 시작했다. 용골은 험한 바다를 이용해야 했던 대동이족의 배들이 가진 돛대를 세우는 중심으로 이어져 왔다. 또한 노(櫓)가 달랐다. 강을 오가는 배들과 깊은 바다를 건너야 했던 노의 형태와 운영이 달랐다. 그것들이 백제와 위(倭) 세력에게는 있었다.

삿대와 돛과 노를 통해 배는 앞으로 나간다. 삿대는 기다란 대나무나 장대를 말하는데, 배 위에서 축대나 땅을 밀어서 움직인다. 강에서 주로 사용된다. 돛대란 갑판 위에 세운 기둥이다. 소나무와 참나무로 길게 만든다. 돛대는 배의 용도와 규모에 따라 달라진다. 앞 돛대는 바로 세우고, 뒷 돛대는 뒤쪽으로 약간 기울여 세운다. 앞 돛대를 이물대라 하고, 중간 돛대를 한판돛대 또는 허릿대라고 하며, 뒷 돛대를 고물대라 한다. 돛대에는 돛이 설치되는데 돛은 바람을 받아 배가 나가게 한다. 돛은 천으로 만든다. 천은 황토로 물을 들여 질기게 한다. 바람을 더욱 많이 받게 하기 위해서다. 황토로 물을 들인 것은 천의 작은 구멍을 막아 바람을 많이 모으며 햇볕이나 비바람, 소금기에 천이 빨리 삭는 것을 방지한다. 돛은 순풍은 물론 역풍에도 앞으로 나갈 수 있게 만들어졌다. 노(櫓)는 사람의 힘으로 물을 밀어내어 배를 나가게 한다. 노는 바람이 없을 때 급류나 역류를 제외하고는 모든 구역에서 사용된다. 백제 배의 노(櫓)는 배의 뒤쪽으로 향해 있다. 바다에서의 대형선박을 쉽게 부리게 한다. 노는 물고기의 지느러미 방향으로 설치되어 있다.

소서노 모태후 시절부터 백제는 배를 잘 만들었다. 황해바다를 중심으로 해류와 옛 바다지도를 이용해 바다를 경략하여 부(富)를 만들었다. 그래서 대륙의 동쪽과 반도의 서쪽, 열도의 연안 강 입구를 중심으로 백제의 교역장들이 많이 있었다. 대해부는 백제 교역장들에 대해서 진루와 상의하고 있었던 것이다. 위(倭) 세력의 모든 거래는 야마다에 의해서만 이루어지게 하려고 한다. 그렇게만 되면 위(倭) 세력에서의 야마다는 절대적인 지위를 얻게 되는 것이다.

보통이 아니구나─

진루는 한 사람을 보았다. 대해부가의 여자 행수. 대해부 곁에서 때론 여호기 옆에서 그녀가 미소를 띠고 웃고 있었다. 그 관계. 눈치 빠른 진루는 알았다. 그리고 다른 이들이 모르게 냉소를 머금었다. 하료 또한 직감이 좋지 않았다. 대해부가의 행수와 여호기. 그러나 정치 관계를 너무도 잘 알았던 하료는 여호기와의 오랜 여행으로 친해진 것이라고 좋게만 생각했다. 그래서 한편으로는 이해하면서 한편으로는 화가 났다. 다만 워낙 성과가 좋으니 그 흥에 취해 아주 짧은 질투와 분노를 가지곤 곧 잊어버렸다.

한성백제에서의 여호기와 선화의 생활이 시작되었다. 그래도 정한 기일이 지나면 야마다의 여왕이자 신녀인 선화는 대해부를 따라 야마다로 가야 했다. 그러나 당분간 한성백제 상단 거점을 조성하는 일이 중요했던바 이것을 선화가 맡아 하기로 했다. 한두 달이면 될 일이지만 굳이 선화가 남겠다고 했다. 대해부는 반대했다. 야마다를 오래 비워둘 수는 없었다. 대륙백제에 있는 책계왕에게 이번 화친조약을 보고하는 것도 예정되어 있었다. 열도에서의 일도 많았다. 그런데 선화가 고집을 꺾지 않았다. 잠시라도 더 여호기와 함께 있고 싶어 했다. 결국, 대해부가 야마다로 가고 선화가 백제에 남기로 했다.

近肖古大王
근초고대왕

제 1 권 謀事在天(모사재천)

첫 시작은 시작되는 것이 없이
시작한 하나로
셋은 아무리 나누어도 끝이 없는 본질이다.

지은이 : 윤영용
발행인 : 정혜현
제 호 : 우쭉 양진니
진 행 : 강일권
협 력 : 전회규 / 이승영
모 토 : 양웅준
삽 화 : 김순곤
편 집 : 이문형
펴낸곳 : 도서출판 웰컴

출판등록 2010. 1. 26. 제319-2010-6호
서울시 동작구 상도동 445경향렉스빌(아) 102동 903호
전화 02-785-4133, 팩스 02-6008-2889

ⓒ 윤영용, 2010. Printed in Seoul, Korea

값 12,000원
ISBN 978-89-963900-2-2 04910
ISBN 978-89-963900-1-5 세트

※ 이 책의 판권은 도서출판 웰컴에 있으며, 이 책의 내용의 전부 또는 일부를 재사용하려면
반드시 양측의 서면동의를 받아야 합니다.
※ 이 서적은 저작권법에 의하여 한국 내에서 보호를 받는 저작물이므로 무단전재 및 복제를 금합니다.

http://gunchogo.com